U0855730

自在从容

梁实秋 著

中国妇女出版社

图书在版编目（CIP）数据

自在从容/梁实秋著. -- 北京 ：中国妇女出版社，2019.7

ISBN 978-7-5127-1733-6

Ⅰ. ①自… Ⅱ. ①梁… Ⅲ. ①散文集－中国－当代
Ⅳ. ①I267

中国版本图书馆CIP数据核字(2019)第076707号

自在从容

作　　者：梁实秋　著
责任编辑：宋　罡
封面设计：尚上文化
责任印制：王卫东
出版发行：中国妇女出版社
地　　址：北京市东城区史家胡同甲24号　　**邮政编码**：100010
电　　话：（010）65133160（发行部）　　65133161（邮购）
网　　址：www.womenbooks.cn
法律顾问：北京市道可特律师事务所
经　　销：各地新华书店
印　　刷：三河市金轩印务有限公司
开　　本：170×240　1/16
印　　张：14
字　　数：227千字
版　　次：2019年7月第1版
印　　次：2019年7月第1次
书　　号：ISBN 978-7-5127-1733-6
定　　价：45.00元

版权所有・侵权必究（如有印装错误，请与发行部联系）

目录

俗世烟火中的诗意

笑看人间百态

从容地走向未来

书籍中典藏的力量

人生的自在之旅

俗世烟火中的诗意

“我凭窗眺望，不禁说了一句赞叹的话：‘这地方风景如画，可惜火车走得太快，一下子就要过去了。’某大员立刻招呼：‘教火车停下来。’火车真的停了，让我们细细观赏那一片景物。”

钱

钱这个东西，不可说，不可说。一说起阿堵物，就显着俗。其实钱本身是有用的东西，无所谓俗。或形如契刀，或外圆而孔方，样子都不难看。若是带有斑斑绿锈，就更古朴可爱。稍晚的“交子”“钞引”以至于近代的纸币，也无不力求精美雅观，何俗之有？钱财的进出取舍之间诚然大有道理，不过贫者自贫，廉者自廉，关键在于人，与钱本身无涉。像和峤①那样的爱钱如命，只可说是钱癖，不能斥之曰俗；像石崇那样的挥金似土，只可说是奢汰，不能算得上雅。俗也好，雅也好，事在人为，钱无雅俗可辨。

有人喜集邮，也有人喜集火柴盒，也有人喜集戏报子，也有人喜集鼻烟壶；也有人喜集砚、集墨、集字画古董，甚至集眼镜、集围裙、集三角裤。各有所好，没有什么道理可讲。但是古今中外几乎人人都喜欢收集的却是通货。钱不嫌多，愈多愈好。庄子曰：“钱财不积，则贪者忧。”岂止贪者忧？不贪的人也一样想积财。

人在小的时候都玩过扑满，这玩意儿历史悠久，《西京杂记》：“扑满者，以土为器，以蓄钱，有入窍而无出窍，满则扑之。”北平叫卖小贩，有喊“小盆儿小罐儿”的，担子上就有大大小小的扑满，全是陶土烧成的，形状不雅，一碰就碎。虽然里面容不下多少钱，可是孩子们从小就知道储蓄的道理了。外国也有近似扑满的东西，不过通常不是颠扑得碎的，是用钥匙可以打开的，多半作猪形，

---

① 和峤：曹魏后期和西晋初期大臣，性至俭，以致吝啬，爱钱如命，人谓之有“钱癖”。——编者注（本书所有注释皆为编者所加，后同。）

名之为“猪银行”。不晓得为什么选择猪形，也许是取其大肚能容吧？

我们的平民大部分是穷苦的，靠天吃饭，就怕干旱水涝，所以养成一种饥荒心理，“常将有日思无日，莫待无时思有时”。储蓄的美德普遍存在于各阶层。我从前认识一位小学教员。别看她月薪只有区区三十余元，她省吃俭用，省俭到午餐常是一碗清汤挂面洒上几滴香油，二十年下来，她拥有两栋小房。(谁忍心说她是不劳而获的资产阶级？）我也知道一位人力车夫，劳其筋骨，为人做马牛，苦熬了半辈子，携带一笔小小的资财，回籍买田娶妻生子做了一个自耕的小地主。这些可敬的人，他们的钱是一文一文积攒起来的。而且他们常是量入为储，每有收入，不拘多寡，先扣一成两成作为储蓄，然后再安排支出。就这样，他们爬上了社会的阶梯。

“人无横财不富，马无夜草不肥”。话虽如此，横财逼人而来，不是人人唾手可得，也不是全然可以泰然接受的。“腰缠十万贯，骑鹤下扬州”，只是一厢情愿的想法，暴发之后，势难持久，君不见：显宦的孙子做了乞丐，巨商的儿子做了龟奴？及身而验的现世报，更是所在多有。钱财这个东西，真是难以捉摸，聚散无常。所以谚云：“积财千万，不如薄技在身。”

钱多了就有麻烦，不知放在哪里好。枕头底下没有多少空间，破鞋窠里面也塞不进多少。眼看着财源滚滚，求田问舍怕招物议，多财善贾又怕风波，无可奈何只好送进银行。我在杂志上看到过一段趣谈：印第安人酋长某，平素聚敛不少，有一天背了一大口袋钞票存入银行，定期一年，期满之日他要求全部提出，行员把钞票一叠一叠的堆在柜台上，有如山积。酋长看了一下，徐曰：“请再续存一年。”行员惊异，既要续存，何必提出？酋长说：“不先提出，我怎么知道我的钱是否安然无恙的保存在这里？”这当然是笑话，不过我们从前也有金山银山之说，却是千真万确的。我们从前金融界执牛耳的大部分是山西人，票庄掌柜的几乎一律是老西儿。据说他们家里就有金山银山。赚了金银运回老家，熔为液体，泼在内室地上，积年累月一勺一勺的泼上去，就成了一座座亮晶晶的金山银山。要用钱的时候凿下一块就行，不虞盗贼光顾。没亲眼见过金山银山的人，至少总见过冥衣铺用纸糊成的金童玉女、金山银山吧？从前好像还没有近代恶性通货膨胀的怪事，然而如何维护既得的资财，也已经是颇费心机了。如今有些大户把钱弄到某些外国去，因为那里的银行有政府担保，没有倒闭之虞，而且还为存户保密，真是服务周到极了。

善居积的陶朱公[1]，人人羡慕，但是看他变姓名游江湖，其心理恐怕有几分像是挟巨资逃往国外做寓公，离乡背井的，多少有一点不自在。所以一个人尽管贪财，不可无厌。无冻馁之忧，有安全之感，能罢手时且罢手，大可不必“人为财死”而后已，陶朱公还算是聪明的。

钱，要花出去，才发生作用。穷人手头不裕，为了住顾不得衣，为了衣顾不得食，为了食谈不到娱乐，有时候几个孩子同时需要买新鞋，会把父母急得冒冷汗！贫窭到这个地步，一个钱也不能妄用，只有牛衣对泣的份儿。小康之家用钱大有伸缩余地，最高明的是不求生活水准之全面提高，而在几点上稍稍突破，自得其乐。有人爱买书，有人爱买衣裳，有人爱度周末，各随所好。把钱集中用在一点上，便可比较容易适度满足自己的欲望。至于豪富之家，挥金如土，未必是福，穷奢极欲，乐极生悲，如果我们举例说明，则近似幸灾乐祸，不提也罢。公元前五世纪雅典的泰蒙，享受了人间的荣华富贵，也吃尽了世态炎凉的苦头，他最了解金钱的性质，他认识了金钱的本来面目，钱是人类的公娼！与其像泰蒙那样疯狂而死，不如早些疏散资财，做些有益之事，清清白白，赤裸裸来去无牵挂。

---

① 陶朱公，本名范蠡，字少伯，春秋末期的政治家、军事家和经营思想家。范蠡助越王勾践灭掉吴国后，弃官离越，经齐国西行至陶（今山东省定陶县），以陶为“天下之中，诸侯四通”，遂定居于陶，成一代富翁。

沙　发

诗的题材，俯拾即是。而且并没有什么雅俗之分，端视作者的想法与手法是否高雅而已。雅的题目可能写得很俗，俗的亦可能写得很雅。

沙发，一俗物耳，何尝不可入诗？

英国十八世纪末诗人古柏（William Cowper）有一首诗，题名就是“沙发”。他写完《沙发》之后，接连又写了五首，《时钟》《花园》《冬夜》《冬晨散步》《冬午散步》，六首诗于一七八五年合刊为一集，集名为《任务》（*The Task*）。诗人在序言里将诗篇之写作过程简述于后：有一位女士喜爱无韵诗，要作者以此诗体试写一首，并指定题目为“沙发”。他遵命；适闲来无事，乃以另一主题系于其后；随兴之所至信笔写去，起初只想写一琐细小诗，终乃认真从事成为一卷。

事实经过颇为有趣。古柏所谓一位女士是奥斯登夫人，她屡次请他试写无韵诗，有一天他说：“如果你给我一个题目，我就写。”“啊，你可以写任何题目，”她说，“就写这张沙发好了。”于是他就写了这首诗，其实题目和内容并不相称，作者自己也知道。把约翰·吉尔宾故事讲给他听的也是这一位奥斯登夫人，他听了之后一夜未睡，写成了那首著名的《疯汉骑马歌》。古柏的诗集刊行后，有人批评其标题“任务”二字为不当，他曾辩白说（见《书翰集》第一八四）：

> 讲到这标题，我认为是再好不过。一部书包括了这么多的不同的题目，而其中又没有一个是主要的，要想寻一个能概括一切的标题，乃是不可能的。既然如此，引用此诗之所由产生的情况以为标题，似乎是必然的了；我所做的固已超过了所指定的任务，我觉得“任务”一词仍

不失为一适当的标题。一座房子总归是一座房子，纵然造房者造出了一座房子比他预计大出了十倍。我大可以仿星期日报纸的例，称之为《杂俎》（*Olio*），但是那样做实在对我自己不起，因为此集花样虽多，自信尚不杂乱。

这首《沙发》长达七百七十四行，开端是这样的：

我歌咏沙发。我最近歌咏过
“真理”“希望”与“慈善”，以惶恐的心情
触过庄严的琴弦，以战栗的手
努力逃离了那探险的翱翔，
如今要休息一下写个平凡的题目；
题材虽然平凡，而情况仍然是
庄严可傲的——因为这是美人之命。

紧接着古柏就叙说沙发之历史的演变。首言古代的祖先，没有服装家具，睡在岩石或沙滩之上，随后创制了粗笨简陋的三脚石板凳，演进而为橡木制大坐凳。终于三只脚变成四只脚，座位上铺了软垫，覆以彩色的织锦。印度传进了藤，藤条编成了椅，椅背挺直，坐上去不舒适，座位又滑，坐上去不安稳，两足悬空，踏不着实地。抱怨最多的是女性，于是有靠背与扶手之双人长椅乃应运而生。一点点地进步而成为今日之沙发。

沙发宜于患关节炎者所享用（现代医学主张患关节炎者不宜坐沙发，而宜于坐高背硬椅），但是诗人说，宁愿牺牲这种享受，不愿患关节炎。诗人说，他一向爱的是散步于乡间青草铺垫的小路，他从小时候爱的是穿山越岭或是闲游江畔。

那时节没有沙发待我享受，
那时节我不需要沙发。青春
很快地恢复体力，长期劳动
只引发短期疲乏……

从这幼时漫步乡间的回忆，古柏抒发了他对乡间风景的爱慕。“现在我已不复年轻，而年轻时使我着迷的景物依然是可爱的，依然使我着迷。”他一一地描述乡间的风景、声音、花草、农舍、人物……乡间是可爱的，相反的，城市是可憎的。

虽然美好的事物在
纯朴而优雅的土壤里最能滋长，
也许只有在那里才能茂盛，
可是在城市里便不行；那些
狂傲、闹嚣，而唯利是图的城市！
各地的渣滓秽物都流入
这公共的肮脏的阴沟里来。

他把城市形容成为藏垢纳污的地方，富庶导致懒惰与淫逸，放荡与贪婪。但是古柏也不得不承认，城市孕育艺术、科学与哲学，伦敦是最美的城市也是最恶劣的罪恶渊薮。他的最后结论可以用一行警句做代表：

上帝制造了乡村，人制造了城市。
（God made the country，and man made the town．）

电　话

清末民初的时候，北平开始有了电话，但是还不普遍。我家里在民国元年装了电话，我还记得号码是东局六八六号。那一天，我们小孩子都很兴奋，看电话局的工人们蹿房越脊牵着电线走如履平地，像是特技表演。那时候，一般人都称电话为德律风，当然是译音。但是清末某一些上海人的笔记，自作聪明，说德律风乃西洋某发明家之姓氏，因纪念他的发明，遂以他的姓氏名之。那时的电话不似现在的样式，是钉挂在墙上的庞然大物，顶端两个大铃像是瞪着的大眼睛，下面是一块斜木板，预备放纸笔什么的样子，再下面便像是隆起的大腹，里边是机器了。右手有个摇尺，打电话的时候要咕噜咕噜地猛摇一二十下，然后摘下左方的耳机，嘴对着当中的小喇叭说话、叫号。这样笨重的电话机，现在恐怕只有博物馆里才得一见了。外边打电话进来，铃声一响，举家惊慌奔走相告，有的人还不敢去接听，不知怕的是什么。

从前的人脑筋简单，觉得和老远老远的人说话一定要提高嗓门，生怕对方听不到，于是彼此对吼，声嘶力竭。他们不知道充分利用电话，没有想到电话里可以喁喁情语，可以娓娓闲聊，可以聊个把钟头，可以霸占线路旁若无人。我最近看见过一位用功的学生，一面伏案执笔，一面歪着脑袋把电话耳机夹在肩头上，口里不时念念有词，原来是在和他的一位同学长期交谈，借收切磋之效。老一辈的人，常以为电话多少是属于奇淫技巧一类，并不过分欣赏，顶多打个电话到长发号叫几斤黄酒，或是打个电话到宝华春叫一只烧鸭子的时候，不能不承认那份方便。至若闲来没事找个人聊天，则串门子也好，上茶馆也好，对面晤谈，有说有笑，何必性急，玩弄那个洋玩意儿?

后来电话渐渐普遍，许多人家由“天棚鱼缸石榴树”一变而为“电灯电话自来水”的局面。虽说最近有一处擦皮鞋的摊子都有了电话，究竟这还是一项值得一提的设备，房屋招租广告就常常标明带有电话。广告下不必说明“门窗户壁俱全”，因为那是题中应有之义，而电话则不然了。

尽管电话还不够普遍，但是在使用上已有泛滥成灾之势。我有一位朋友颇有科学头脑，他在临睡之前在电话上做了手脚，外面打电话进来而铃不响，他可以安然地高枕而眠。我总觉得这有一点儿自私，自己随时打出去，而不许别人随时打进来。可是如果你好梦正酣，突被电话惊醒，大有可能对方拨错了号码，这时候你能不气得七窍生烟吗?如果你在各种最不便起身接电话的时候，而电话铃响个不停，你是否会觉得十分扫兴、狼狈、愤怒?有人给电话机装个插头，用时插上，不用时拔下，日夜安宁，永绝后患。我问他：“这样做，不怕误事吗?”他说：“误什么事?误谁的事?电话响，有如‘夜猫子进宅’，大概没有好事。”他的话不是无理，可是我狠不下心这样做。如果人人都这样的壁垒森严，电话就根本失效了，你打电话去怕也没有人接。

电话号码拨错，小事一件，贤者不免，本无须懊恼，可恼的是对方时常是粗声粗气，一觉得话不对头，便呱嗒一声挂断，好像是一位病危的人突然断气，连一声“对不起”都没来得及说，这时节要我这方面轻轻把耳机放好我也感觉为难。

电话机有一定装置的地方，或墙上，或桌上，或床头。当然也有在厨房或洗手间装有分机的。无论如何，人总有距离电话十尺、二十尺开外的时候，铃响之后，即使几个箭步蹿过去接，也需要几秒钟的时候。对方往往就不耐烦了，你刚拿起耳机，他已愤而断绝往来。有几个人能像一些机关大老雇得起专管电话的女秘书?对方往往还理直气壮地责问下来：“为什么电话没有人接?”我需要诌出理由为自己的有亏职守勉强开脱。

电话打通，谁先报出姓名身份，没有关系，先道出姓名的一方不见得吃亏，偏偏有人喜欢捉迷藏。“喂，你是哪里?”“你要哪里?”“我要×××××××号。”“我这里就是。”“×××在不在家?”“你是哪一位?”“我姓W。”“大名呢?”“我是×××。”“好，你等一下。”这样枉费唇舌还算是干净利落的，很可能话不投机，一时肝火旺，演变成为小规模的口角。还有比这个更烦人的：“喂，你猜我是谁?猜猜看!怎么连我的声音都听不出来?”对于这样童心未泯的戴着面具的人，只好忍耐，自承愚蠢。

电话不设防，谁都可以打进来。我有时不揣冒昧，竟敢盘诘对方的姓名身份，而得到的答话是：“我是你的读者。”好像读者有权随时打电话给作者，好像作者应该有“售后服务”的精神。我追问他有何见教，回答往往是：某一个英文字应该怎样讲、怎样读、怎样用；某一句话应该怎样译；再不就是问英文怎样可以学好。这总是好学之士，我不敢怠慢，请他写封信来，我当书面答复。此后多半是音讯杳然，大概他是认为这是小事，不值得一操翰墨吧。

门　铃

居住的地方不该砌起围墙。既然砌了墙，不该留一个出入的门口。既然留了门口，不该安上一个门铃。因为门铃带来许多烦恼。

门铃非奢侈品，前后左右的邻居皆有之。而且巧得很，所装门铃大概都是属于一个类型，发出哑哑的沙沙的声音。一声铃响，就是心惊，以为有什么人的高轩莅止，需要仔细地倾耳辨别，究竟是人家的铃响，还是自己的铃响，一方面怕开门太迟慢待嘉宾，一方面怕一场误会徒劳往返，然而必须等待第二声甚至第三声铃响，才能确实分辨出来。往往因此而惹得来人不耐烦，面有愠色。于是我把门铃拆去，换装了一个声音与众不同的铃。铃一响，就去开门，真正的是如响斯应。

实际上不能如响斯应。寒舍虽非深宅大院，但是没有应门三尺之童，必须自理门户，由起居之处走到门口也还有一点空间，空间即时间，有时还要脱鞋换鞋，倒屣是不可能的，所以其间要有一点耽搁。新的门铃响声相当洪亮，不但主人不会充耳不闻，客人自己也听得清清楚楚。很少客人愿意在门外多停留几秒钟，总是希望主人用超音速的步伐前来应门。尤其是送信的人，常常是迫不及待，按起门铃如鸣警报，一声比一声急。有时候沿门求乞的人，也充分地利用这一设备，而且是理直气壮地大模大样地按铃。卖广柑的，修理棕绷竹椅的，打滴滴涕的，推销酱油的，推销牛奶的，传教的洋人及准洋人，都有权利按铃，而且常是在最令人感觉不方便的时候来使劲地按铃。铃声无论怎样悦耳，总是给人以不愉快的预兆时为多。

铃是给人按的，不拘什么人都可以按，主人有应声开门的义务，没有不去开门的权利。开门之后，一个鸠形鹄面的人手里拿着烂糟糟的一本捐册，缘起写得十分凄惨，有“舍弟江南死，家兄塞北亡”的意味，外加还有什么证明文件之类。遇到这种场面，除了敬谨捐献之外，夫复何言？然而这不是最伤脑筋的事，尤有甚于此者。多半是在午睡方酣之际，一声铃响，令人怵然以惊，赶紧披衣起身施施然出，开门四望，阒（qù）无一人。只觉阴风扑面，令人打一个冷战。一条夹着尾巴的野狗斜着眼睛瞟我一下匆匆过去，一个不信鬼的人遇见这样情形也要觉得心头栗栗。这种怪事时常发生，久之我才知道这乃是一些小朋友的户外游戏之一种，“打了就跑”。你在四向张望的时候，他也许藏在一个墙角正在窃窃冷笑。

有些人大概是有奇怪的收藏癖，喜欢收集各式各样的电铃的盖子，否则为什么门口电铃上的盖子常常不翼而飞呢？这种盖子是没有什么其他的用场的，不值得窃取，只能像集邮一般地满足一种收藏的癖好。但是这癖好却建筑在别人的烦恼上。没有把你的大门摘走，已是取不伤廉，还怨的是什么？感谢工业的伟大进步，有一种电铃没有凸出的圆盖了，钉在墙上平乎乎地只露出滑不溜丢的一个小尖头在外面供你按，但不能一把抓。

按照我国固有文明，拉铃和电铃一样有用，而烦恼较少。《江南余载》有这样一条：“陈雍家置大铃，署其旁曰：‘无钱雇仆，客至请挽之。’”今之拉铃，即其遗风。这样的拉铃简单朴素，既无虞被人采集而去，亦不致被视为户外游戏的用具。而且，既非电化器材，不怕停电。从前我家里的门铃就是这样的，记得是在我的祖父去世的那年，出殡时狮子“松活”的头下系着的几个大铜铃，扎在一起累累然挂在房檐下，作为门铃用。挽拉起来，哗嘟哗嘟地乱响，声势浩大。自从改装了电铃，就一直烦恼，直到于今。

这一切烦恼皆是城市生活环境使然。如果是野堂山居，必定门可罗雀，偶然有长者车辙，隔着柴扉即可望见颜色，“门前剥啄定佳客，檐外孱颜皆好山”，那是什么情景？

牙　签

施耐庵《水浒传・序》有“进盘飧，嚼杨木”一语，所谓“嚼杨木”就是饭后用牙签剔牙的意思。晋高僧法显求法西域，著《佛国记》，有云：“沙抵国南门道东佛在此嚼杨枝，刺土中即生……”这个“嚼”字当作“削”解。“嚼杨木”当然不是把一根杨木放在嘴里咀嚼。饭后嚼一块槟榔还可以，谁也不会吃饱了之后嚼木头。“嚼杨木”是借用“嚼杨枝”语，谓取一根牙签剔牙。杨枝净齿是西域风俗，所以中文里也借用佛书上的名词。《隋书・真腊传》：“每旦澡洗，以杨枝净齿，读诵经咒。又澡洒乃食，食罢，还用杨枝净齿，又读经咒。”可见他们的规矩在念经前和食后都要杨枝净齿。

为了好奇，翻阅赛珍珠女士译的《水浒传》，她的这一句的译文甚为奇特：“Take food，chew a bit of this or that.”我们若是把这句译文还原，便成了“进食，嚼一点这个又嚼一点那个”。衡以信、达、雅之义，显然不信。

牙缝里塞上一丝肉、一根刺，或任何残膏剩馥，我们都会自动地本能地思除之而后快。我不了解为什么这净齿的工具需要等到五世纪中由西域发明然后才得传入中土。我们发明了罗盘、火药、印刷术，没能发明用牙签剔牙！

西洋人使用牙签更是晚近的事。英国到了十六世纪末年还把牙签当作一件稀奇的东西，只有在海外游历过的花花大少才口里衔着一根牙签招摇过市，行人为之侧目。大概牙签是从意大利传入英国的，而追究根源，又是从亚洲传到意大利的，想来是贸易商人由威尼斯到近东以至远东把这净齿之具带到欧洲。莎士比亚的《无事自扰》有这样的句子：“我愿从亚洲之最远的地带给你取一根牙签。”此外在其他三四出戏里也都提到牙签，认为那是“旅行家”的标记。以描述人物著名的散文家Overbury，也是莎士比亚同时代的人，在他的一篇《旅行家》里也说：

“他的牙签乃是他的一项主要的特点。”可见三百年前西洋的平常人是不剔牙的。藏垢纳污到了饱和点之后也就不成问题。倒是饭后在齿颊之间横剔竖抉的人，显着矫揉造作，自命不凡！

人自谦年长曰马齿徒增，其实人不如马，人到了年纪便要齿牙摇落，至少也是齿牙之间产生罅隙，有如一把烂牌，不是一三五，就是二四六，中间仅是嵌张！这时节便需要牙签，有象牙质的，有银质的，有尖的，有扁的，还有带弯钩的，都中看不中用。普通的是竹质的，质坚而锐，易折，易伤牙龈。我个人经验中所使用过的牙签最理想的莫过于从前北平致美斋路西雅座所预备的那种牙签。北平饭馆的规矩，饭后照例有一碟槟榔豆蔻，外带牙签，这是由堂倌预备的，与柜上无涉。致美斋的牙签是特制的，其特点第一是长，约有自来水笔那样长，拿在手中可以摆出搦毛笔管的姿势，在口腔里到处探钻无远弗届；第二是质韧，是真正最好的杨柳枝做的，拐弯抹角的地方都可以照顾得到，有刚柔相济之妙。现在台湾也有一种白柳木的牙签，但嫌其不够长，头上不够尖。如今想起致美斋的牙签，尤其想起当初在致美斋做堂倌后来做了大掌柜的初仁义先生（他常常送一大包牙签给我），不胜惆怅！

有些事是人人都做的，但不可当着人的面前公然做之。这当然也是要看各国的风俗习惯。例如牙签的使用，其状不雅，咧着血盆大口，拧眉皱眼，剔之，抠之，攒之，抉之，使旁观的人不快。纵然手搭凉棚放在嘴边，仍是欲盖弥彰，减少不了多少丑态。至于已经剔牙竣事而仍然叼着一根牙签昂然迈步于大庭广众之间者，我们只能佩服他的天真。

散　步

《琅嬛记》云："古之老人，饭后必散步。"好像是散步限于饭后，仅是老人行之，而且盛行于古时。现代的我，年纪不大，清晨起来盥洗完毕便提起手杖出门去散步。这好像是不合古法，但我已行之有年，而且同好甚多，不止我一人。

清晨走到空旷处，看东方既白，远山如黛，空气里没有太多的尘埃炊烟混杂在内，可以放心地尽量地深呼吸，这便是一天中难得的享受。据估计："目前一般都市的空气中，灰尘和烟煤的每周降量，平均每平方公里均为五吨，在人烟稠密或工厂林立的地区，有的竟达二十吨之多。"养鱼的都知道要经常为鱼换水，关在城市里的人真是如在火宅，难道还不在每天清早从软暖习气中挣脱出来，服几口清凉散？

散步的去处不一定要是山明水秀之区，如果风景宜人，固然觉得心旷神怡，就是荒村陋巷，也自有它的情趣。一切只要随缘。我从前沿着淡水河边，走到萤桥，现在顺着一条马路，走到土桥，天天如是，仍然觉得目不暇接。朝露未干时，有蚯蚓，大蜗牛，在路边蠕动，没有人伤害它们，在这时候这些小小的生物可以和我们和平共处。也常见有被碾毙的田鸡、野鼠横尸路上，令人触目惊心，想到生死无常，河边蹲踞着三三两两浣衣女，态度并不轻闲，她们的背上兜着垂头瞌睡的小孩子。田畦间伫立着几个庄稼汉，大概是刚拔完萝卜摘过菜。是农家苦，还是农家乐，不大好说。就是从巷弄里面穿行，无意中听到人家里的喁喁絮语，有时也能令人忍俊不住。

六朝人喜欢服五石散，服下去之后五内如焚，浑身发热，必须散步以资宣泄。到唐朝时犹有这种风气。元稹诗"行药步墙阴"，陆龟蒙诗"更拟结茅临水次，偶因行药到村前"。所谓行药，就是服药后的散步。这种散步，我想是不舒服的。肚里面有丹砂、雄黄、白矾之类的东西作怪，必须脚步加快，步出一身大汗，方得畅快。我所谓的散步不这样地紧张，遇到天寒风大，可以缩颈疾行，否则亦不妨迈方步，缓缓而行。培根有言：“散步利胃。”我的胃口已经太好，不可再利，所以我从不踉跄地趱路。六朝人所谓“风神萧散，望之如神仙中人”，一定不是在行药时的写照。散步时总是携带一根手杖，手里才觉得不闲得慌。山水画里的人物，凡是跋山涉水的总免不了要有一根邛杖，否则好像是摆不稳当似的。王维诗：“策杖村西日斜。”村东日出时也是一样的需要策杖。一杖在手，无须舞动，拖曳就可以了。我的一根手杖，因为在地面摩擦的关系，已较当初短了寸余。手杖有时亦可作为武器，聊备不时之需，因为在街上散步者不仅是人，还有狗。不是夹着尾巴的丧家之狗，也不是循循然汪汪叫的土生土长的狗，而是那种雄赳赳的横眉竖眼张口伸舌的巨獒，气咻咻地迎面而来，后面还跟着骑脚踏车的扈从，这时节我只得一面退避三舍，一面加力握紧我手里的竹杖。那狗脖上挂着牌子，当然是纳过税的，还可能是系出名门，自然也有权利出来散步。还好，此外尚未遇见过别的什么猛兽。唐慈藏大师“独静行禅，不避虎兕”，我只有自惭定力不够。

散步不需要伴侣，东望西望没人管，快步慢步由你说，这不但是自由，而且只有在这种时候才特别容易领略到“前不见古人，后不见来者”那种“分段苦”的味道。天覆地载，孑然一身。事实上街道上也不是绝对的阒无一人，策杖而行的不只我一个，而且经常地有很熟的面孔准时准地地出现，还有三五成群的小姑娘，老远地就送来木屐声。天长日久，面孔都熟了，但是谁也不理谁。在外国的小都市，你清早出门，一路上打扫台阶的老太婆总要对你搭讪一两句话，要是在郊外山上，任何人都要彼此脱帽招呼。他们不嫌多事。我有时候发现，一个形容枯槁的老者忽然不见他在街道散步了，第二天也不见，第三天也不见，我真不敢猜想他是到哪里去了。

太阳一出山，把人影照得好长，这时候就该往回走。再晚一点便要看到穿蓝条睡衣睡裤的女人们在街上或是河沟里倒垃圾，或者是捧出红泥小火炉在路边呼呼地扇起来，弄得烟气腾腾。尤其是，风驰电掣的现代交通工具也要像是猛虎出柙一般地露面了，行人总以回避为宜。所以，散步一定要在清晨。白居易诗：“晚来天气好，散步中门前。”要知道白居易住的地方是伊阙，是香山，和我们住的地方不一样。

狗

我初到重庆，住在一间湫隘的小室里，窗外还有三两窠肥硕的芭蕉，屋里益发显得阴森森的，每逢夜雨，凄惨欲绝。但凄凉中毕竟有些诗意，旅中得此，尚复何求？我所最感苦恼的乃是房门外的那一只狗。

我的房门外是一间穿堂，亦即房东一家老小用膳之地，餐桌底下永远卧着一条脑满肠肥的大狗。主人从来没有扫过地，每餐的残羹剩饭，骨屑稀粥，以及小儿便溺，全都在地上星罗棋布着，由那只大狗来舔得一干二净。如果有生人走进，狗便不免有所误会，以为是要和他争食，于是声色俱厉的猛扑过去。在这一家里，狗完全担负了“洒扫应对”的责任。“君子有三畏”，猘犬其一也。我知道性命并无危险，但是每次出来进去总要经过他的防次，言语不通，思想亦异，每次都要引起摩擦，酿成冲突，日久之后真觉厌烦之至。其间曾经谋求种种对策，一度投以饵饼，期收绥靖之效，不料饵饼尚未啖完，乘我返身开锁之际，无警告的向我的腿部偷袭过来，又一度改取“进攻乃最好之防御”的方法，转取主动，见头打头，见尾打尾，虽无挫衄，然积小胜终不能成大胜，且转战之余，血脉贲张，亦大失体统。因此外出即怵回家，回到房里又不敢多饮茶。不过使我最难堪的还不是狗，而是他的主人的态度。

狗从桌底下向我扑过来的时候，如果主人在场，我心里是存着一种奢望的：我觉得狗虽然也是高等动物，脊椎动物哺乳类，然而，究竟，至少在外形上，主人和我是属于较近似的一类，我希望他给我一些援助或同情。但是我错了，主客异势，亲疏有别，主人和狗站在同一立场。我并不是说主人也帮着狗狺狺然来对付我，他们尚不至于这样的合群。我是说主人对我并不解救，看着我的狼狈而哄然噱笑，泛起一种得意之色，面带着笑容对狗嗔骂几声：“小花！你昏了？连×先生你都不认识了！”骂的是狗，用的是让我所能听懂的语言。那弦外之音是：“我已尽了管束之责了，你如果被狗吃掉莫要怪我。”然后他就像是在罗马剧场里看基督徒被猛兽扑食似的作壁上观。俗语说：“打狗看主人。”我觉得不看主人还好，看了主人我倒要狠狠的再打狗几棍。

后来我疏散下乡，遂脱离了这恶犬之家，听说继续住那间房的是一位军人，他也遭遇了狗的同样的待遇，也遭遇了狗的主人的同样的待遇，但是他比我有办法，他拔出枪来把狗当场格毙了，我于称快之余，想起那位主人的悲怆，又不能不付予同情了。特别是，残茶剩饭丢在地下无人舔，主人势必躬亲洒扫，其凄凉是可想而知的。

在乡下不是没有犬危。没有背景的野犬是容易应付的，除了菜花黄时的疯犬不计外，普通的野犬都是些不修边幅的夹尾巴的可怜的东西，就是汪汪的叫起来也是有气无力的，不像人家豢养的狗那样振振有词自成系统。有些人家在门口挂着牌示“内有恶犬”，我觉得这比门里埋伏恶犬的人家要忠厚得多。我遇见过埋伏，往往猝不及防，惊惶大呼，主人闻声搴帘而出，嫣然而笑，肃客入座。从容相告狗在最近咬伤了多少人。这是一种有效的安慰，因为我之未及于难是比较可庆幸的事了。但是我终不明白，他为什么不索兴养一只虎？来一个吃一个，来两个吃一双，岂不是更为体面么？

这道理我终于明白了。雅舍无围墙，而盗风炽，于是添置了一只狗。一日邮差贸贸然来，狗大咆哮，邮差且战且走，蹒跚而逸，主人拊掌大笑。我顿有所悟。别人的狼狈永远是一件可笑的事，被狗所困的人是和踏在香蕉皮上面跌跤的人同样的可笑。养狗的目的就要他咬人，至少作吃人状。这就是等于养鸡是为要他生蛋一样，假如一只狗像一只猫一样，整天晒太阳睡觉，客人来便咪咪叫两声，然后逡巡而去，我想不但主人惭愧，客人也要惊讶。所以狗咬客人，在主人方面认为狗是克尽厥职，表面上尽管对客抱歉，内心里是有一种愉快，觉得我的这只狗并非是挂名差事，他守在岗位上发挥了作用。所以对狗一面诃责，一面也还要嘉勉。因此脸上才泛出那一层得意之色。还有衣冠楚楚的人，狗是不大咬的，这在主人也不能不有“先获我心”之感。所可遗憾者，有些主人并不以衣裳取人，亦并不以衣裳废人，而这种道理无法通知门上，有时不免要慢待佳宾。不过就大体论，狗的眼力总是和他的主人差不了多少。所以，有这样多的人家都养狗。

小　花

小花子本是野猫，经菁清留养在房门口处，起先是供给一点食物一点水，后来给他一只大纸箱作为他的窝，放在楼梯拐角处，终乃给他买了一只孩子用的鹅绒被袋作为铺垫，而且给他设了　个沙盆逐日换除洒扫。从此小花子就在我们门前定居，不再到处晃荡，活像《鸿弯禧》里的叫花子，喝完豆汁儿之后甩甩袖子连呼："我是不走的了啊，我是不走的了啊！"

彼此相安，没有多久。

有一天我回家看见菁清抱着小花子在房间里踱来踱去，我惊问："他怎么登堂入室了？"我们本来约定不许他越雷池一步的。

"外面风大，冷，你不是说过猫怕冷吗？"

我是说过，猫是怕冷。结果让他在室内暖和了一阵，仍然送到户外。看着它在寒风里缩成一团偎在纸箱里，我心里也有些不忍。

再过些时，有一天小花子不见了，整天都没回来就食，不知他云游何处去了。一天两天过去，杳无消息。他虽是野猫，我们对他不只有一饭之恩，当然甚是牵挂。每天打开门看看，猫去箱空，辄为黯然。

忽然有一天他回来了。浑身泥污，而且沾有血迹。他的嘴里挂着血淋淋的一块肉似的东西，像是碎裂的牙肉。菁清赶快把他抱起，洗刷一下，在身上有血迹处涂了紫药水，发现他的两颗虎牙没有了，满嘴是血。我们不知他遭遇了什么灾难，落得如此狼狈。菁清取出一个竹笼，把他装了进去，骑车直奔国际猫狗专科病院辜仲良（泰堂）先生处。辜大夫说，他的牙被人敲断了，大量出血，被人塞进几团药棉花，他在身上乱舔所以到处有血迹。于是给他打针防破伤风，注射消炎剂，清洗口腔，取出药棉花，涂药。菁清抱他回来，说："看他这个样子，今天不要教他在门外睡了吧？”我还有什么话说。于是小花进了家门，睡在属于黑猫公主的笼子里。黑猫公主关在楼上寝室里。三猫隔离，各不相扰。这是临时处置，我心想过一两天还是要放小花子到门外去的。

但是没想到第二天菁清又有了新发现，她告我说，在她掰开猫嘴涂药时发觉猫的舌头短了一大截，舌尖不见了。大概是牙被敲断时，被人顺手把舌头也剪断了。菁清要我看，我不敢看。我不知道他犯了什么大过，受此酷刑。我这才明白为什么每次喂他吃鱼总是吃得盘里盘外狼藉不堪，原来他既无门牙又缺半截舌头。世界上是有厌猫的人。据说，拿破仑就厌恶猫，“在某次战役中，有个侍从走过拿破仑的卧房时，突然听到这位法国皇帝在呼救。他打开房门一看，拿破仑的衣服才穿到一半，满头大汗，用剑猛刺绣帷，原来他是在追杀一只小猫。”美国的艾森豪总统也恨猫，“在盖茨堡家中的电视机旁，备有一支鸟枪打击乌鸦。此外他还下令，周遭若出现任何猫，格杀勿论。”英文里有一个专门名词，称厌恶猫者为ailurophobe。我想我们的小花子一定是在外游荡时遇到了一位厌猫者，敲掉门牙剪断舌头还算是便宜了它。

菁清说，这猫太可怜，并且历数他的本质不恶，天性很乖，体态轻盈，毛又细软，但是她就没有明白表示要长期收养他的意思。我也没有明白表示我要改变不许它进门的初衷。事实逐步演变，他已成了我们家庭的一员。菁清奉献刷毛、挖耳、剪指甲全套服务，还不时的把他抱在怀里亲了又亲。我每星期上市买鱼也由七斤变为十斤。煮鱼摘刺喂食的时候，也由准备两盘改为三盘。

“米已熟了，只欠一筛”，最后菁清画龙点睛似的提出了一个话题，“这猫已不像是一只野猫了，似不可再把他当做街头浪子，也不再是小叫花子，我们把‘小花子’的名字里的‘子’字取消，就叫他‘小花’吧。”

我说“好吧”。从此名正言顺，小花子成了小花。我担心的是以后是否还有二花、三花闻风而至。

猫的故事

猫很乖，喜欢偎傍着人；有时候又爱蹭人的腿，闻人的脚。唯有冬尽春来的时候，猫叫春的声音颇不悦耳。呜呜的一声一声的吼，然后突然的哇咬之声大作，唏哩哗啦的，铿天地而动神祇。这时候你休想安睡。所以有人不惜昏夜起床持大竹竿而追逐之。相传有一位和尚作过这样的一首诗："猫叫春来猫叫春，听他愈叫愈精神。老僧亦有猫儿意，不敢人前叫一声。"这位师父富同情心，想来不至于抡大竹竿子去赶猫。

我的家在北平的一个深巷里。有一天，冬夜荒寒，卖水萝卜的，卖硬面饽饽的，都过去了，除了值更的梆子遥远的响声可以说是万籁俱寂。这时候屋瓦上嗥的一声猫叫了起来，时而如怨如诉，时而如诟如詈，然后一阵跳踉，窜到另外一间房上去了，往返跳跃，搅得一家不安。如是者数日。

北平的窗子是糊纸的，窗棂不宽不窄正好容一只猫儿出入，只消他用爪一划即可通往无阻。在春暖时节，有一夜，我在睡梦中好像听到小院书房的窗纸响，第二天发现窗棂上果然撕破了一个洞，显然的是有野猫钻了进去。大概是饿极了，进去捉老鼠。我把窗纸补好，不料第二天猫又来，仍从原处出入，这就使我有些不耐烦，一之已甚，岂可再乎？第三天又发生同样情形，而且把书桌、书架都弄得凌乱不堪，书桌上印了无数的梅花印，我按捺不住了。我家的厨师是一个足智多谋的人，除了调和鼎鼐之外还贯通不少的左道旁门，他因为厨房里的肉常常被猫拖拉到灶下，鱼常被猫叼着上了墙头，怀恨于心，于是殚智竭力，发明了一个简单而有效的捕猫方法。他用铁丝一根，在窗棂上猫经常出入之处钉一个铁钉，铁丝一端系牢在铁钉之上，另一端在铁丝上做一活扣，使铁丝作圆箍形，把圆箍伸缩到适度放在窗棂上，便诸事完备，静待活捉。猫窜进屋的时候前腿伸入之后身躯势必触到铁丝圆箍，于是正好套在身上，活生生悬在半空，愈挣扎则圆箍愈紧。厨师看我为猫所苦无计可施，遂自告奋勇为我在书房窗上装置了这么一个机关。我对他起初并无信心，姑妄从之。但是当天夜里居然有了动静，早晨起来一看，一只瘦猫奄奄一息的赫然挂在那里！

厨师对于捉到的猫向来执法如山，不稍宽假，我看了猫的那副可怜相直为它缓颊。结果是从轻发落予以开释，但是厨师坚持不能不稍予膺惩，即在猫身上用原来的铁丝系上一只空罐头，开启街门放她一条生路。只见猫一溜烟似的唏哩哗啦的拖着罐头绝尘而去，像是新婚夫妻的汽车之离教堂去度蜜月。跑得愈快，罐头响声愈大，猫受惊乃跑得更快，惊动了好几条野狗跟在后面追赶，黄尘滚滚，一瞬间出了巷口往北而去。它以后的遭遇如何我不知道，我心想它吃了这个苦头以后绝对不会再光顾我的书房。窗户纸重新糊好，我准备高枕而眠。

当天夜里，听见铁罐响，起初是在后院砖地上哗啷哗啷的响，随后像是有东西提着铁罐猱升胯院的枣树，终乃在我的屋瓦上作响。屋瓦是一垄一垄的，中有小沟，所以铁罐越过瓦垅的声音是咯噔咯噔的清晰可辨。我打了一个冷战：难道是那只猫的阴魂不散？她拖着铁罐子跑了一天，藏躲在什么地方，终于夤夜又复光临寒舍，我家究竟有什么东西值得使它这样的念念不忘？

咣当一声，铁罐坠地，显然的是铁丝断了。几乎同时，噗的一声，猫顺着我窗前的丁香树也落了地。它低声的呻吟了一声，好像是初释重负后的一声叹息。随后我的书房窗纸又撕破了——历史重演。

这一回我下了决心，我如果再度把它活捉，要用重典，不是系一个铁罐就能了事。我先到书房里去查看现场，情况有一些异样，大书架接近顶棚最高的一格有几本书洒落在地上。倾耳细听，书架上有呼噜呼噜的声音。怎么猫找到了这个地方来酣睡？我搬了高凳爬上去窥视，吓我一大跳，原来是那只瘦猫拥着四只小猫在喂奶！四只小猫是黑白花的，咕咕容容的在猫的怀里乱挤，好像眼睛还没有睁开，显然是出生不久。在车船上遇到有妇人生产，照例被视为喜事，母子好像都可以享受好多的优待。我的书房里如今喜事临门，而且一胎四个，原来的一腔怒火消去了不少。天地之大德曰生，这道理本该普及于一切有情。猫为了它的四只小猫，不顾一切的冒着危险回来喂奶，伟大的母爱实在是无以复加！

猫的秘密被我发现，感觉安全受了威胁，一夜的功夫她把四只小猫都叼离书房，不知运到什么地方去了。

骆　驼

台北没有什么好去处。我从前常喜欢到动物园走动走动，其中两个地方对我有诱惑。一个是一家茶馆，有高屋建瓴之势，凭窗远眺，一片油绿的田畴，小川蜿蜒其间，颇可使人目旷神怡。另一值得看的便是那一双骆驼了。

有人喜欢看猴子，看那些乖巧伶俐的动物，略具人形，而生活究竟简陋，于是令人不由得生出优越之感，掏一把花生米掷进去。有人喜欢看狮子跳火圈，狗做算学，老虎翻筋头，觉得有趣。我之看骆驼则是另外一种心情，骆驼扮演的是悲剧的角色。它的槛外是冷冷清清的，没有游人围绕，所谓槛也只是一根杉木横着拦在门口。地上是烂糟糟的泥。它卧在那里，老远一看，真像是大块的毛姜，逼近一看，真可吓人！一块块的毛都在脱落，斑驳的皮肤上隐隐的露着血迹。嘴张着，下巴垂着，有上气无下气的在喘。水汪汪的两只眼睛好像是眼泪扑簌的盼望着能见亲族一面似的。腰间的肋骨历历可数，颈子又细又长，尾巴像是一条破扫帚。骆峰只剩下了干皮，像是一只麻袋搭在背上。骆驼为什么落到这悲惨地步呢？难道“沙漠之舟”的雄姿即不过如是吗？

我心目中的骆驼不这样的。儿时在家乡，一听见大铜铃叮叮当当响就知道送煤的骆驼来了，愧无管宁[1]的修养，往往夺门出现，一根细绳穿系着好几只骆驼，有时是十只八只的，一顺的立在路边。满脸煤污的煤商一声吆喝，骆驼便乖乖的跪下来给人卸货，嘴角往往流着白沫，口里不往的嚼——反刍。有时还跟着

① 管宁：东汉末年和曹魏时期高士，以讲解《诗经》《书经》著名，几代帝王征召，他都坚辞不就。

一只小骆驼，几乎用跑步在后面追随着。面对着这样庞大而温驯的驮兽，我们不能不惊异的欣赏。

是亚热带的气候不适于骆驼居住（非洲北部的国家有骆驼兵团，在沙漠中驰骋，以骁勇善战著名，不过那骆驼是单峰骆驼，不是我们所说的双峰骆驼），动物园的那一双骆驼不久就不见了，标本室也没有空间容纳它们。我从此也不大常去动物园了。我尝想：公文书里罢黜一个人的时候常用“人地不宜”四字，总算是一个比较体面的下台的借口。这骆驼之黯然消逝，也许就是类似“人地不宜”之故吧？生长在北方大地之上的巨兽，如何能局促在这样的小小圈子里，如何能耐得住这炎热南方的郁蒸？它们当然要憔悴，要悒悒，要委顿以死。我想它们看着身上的毛一块块的脱落，真的要变成为“有板无毛”的状态，蕉风椰雨，晨夕对泣，心里多么凄凉！真不知是什么人恶作剧，把它们运到此间，使得它们尝受这一段辛酸，使得我们也兴起“人何以堪”的感叹！

其实，骆驼不仅是在这炎蒸之地难以生存，就是在北方大陆其命运也是在日趋于衰微。在运输事业机械化的时代，谁还肯牵着一串串的骆驼招摇过市？沙漠地带该是骆驼的用武之地了，但现在沙漠里听说也有现代的交通工具。骆驼是驯兽，自己不复能在野外繁殖谋生。等到为人类服务的机会完全消失的时候，我不知道它将如何繁衍下去。最悲惨的是，大家都讥笑它是兽类中最愚蠢的当中的一个：因为它只会消极的忍耐。给它背上驮五百磅的重载，它会跪下来承受。它肯食用大多数哺乳动物所拒绝食用的荆棘苦草，它肯饮用带盐味的脏水。它奔走三天三夜可以不喝水，并不是因为它的肚子里储藏着水，是因为它在体内由于脂肪氧化而制造出水。它的驼峰据说是美味，我虽未尝过，可是想想熊掌的味道，大概也不过尔尔。像这样的动物若是从地面上消逝，可能不至于引起多少人的惋惜。尤其是在如今这个世界，大家所喜欢豢养的乃是善伺人意的哈巴狗，像骆驼这样的“任重道远”的家伙，恐怕只好由它一声不响的从这世界舞台上退下去罢！

蚊子与苍蝇

我家里人口众多。除了我和我的太太，还有一个娘姨以外，有几千百头的苍蝇，有几千百头的蚊子。苍蝇、蚊子和我们很亲近，苍蝇和我们亲近的时候在早晨，蚊子和我们亲近的时候在夜里。所以我们可以很从容地和他们周旋。一缕阳光从窗子射到我的太太的脸上，随后就有一只苍蝇不远千里而来，绕床三匝，不晓得在何处栖止才好，我蜷卧床头，静以待变。只见这只苍蝇飞去飞来，嗡嗡有声，不偏不倚地正正落在我的太太的鼻尖上。太太的上嘴唇翕动了一下，我揣测她的意思，大概是表示她的鼻尖有感觉的。那只苍蝇也有本领，真禁得起震动，抖抖翅膀，仍然高踞在鼻尖上。假使苍蝇能老老实实在鼻尖上占一席地，我的太太夙来是很有度量的，未曾不可以和他相安无事。无奈那只苍蝇，动手动脚地东搔西挠。太太着实不耐烦，只能伸出手来，加以驱除。太太的鼻尖，像有吸力一般，苍蝇飞起来绕了几个圈子，仍然归到原处。如是者数次。假使苍蝇肯换一个地方，太太或者也可以相当地容忍。她忍不住了，把头钻到被里去。苍蝇甚觉没趣，搭讪着又来和我亲近。

物以类聚，一点也不错。苍蝇的合群心恐怕要在我们中国人以上。记得小时候唱过一个《苍蝇歌》，内中的警句是："一个苍蝇嘤嘤嘤，两个苍蝇嗡嗡嗡，一群苍蝇轰轰轰！"苍蝇的音乐，的确是由清悠以渐至于雄壮。当其嘤嘤的时候，我便从梦中醒来，侧耳而听，等到嗡嗡的时候，我便翻过身去，想在较远的地方去听，到了轰轰的时候，我便兴奋得由床上跳起来了，音乐感人之深，不亦伟哉！

过了一天非人的生活了，到了夜晚想做一件人做的事，睡觉。但是，不忙睡，宝贝的蚊子来了。蚊子由来访以至于兴辞，双方的工作不外下列几种：（一）蚊子奏细乐；（二）我挥手致敬；（三）乐止；（四）休息片刻；（五）

是我不当心，皮肤碰了蚊子的嘴，奇痛；（六）蚊子奏乐；（七）我挥手送客；（八）我痒；（九）我抓；（十）我还痒；（十一）我还抓；（十二）出血；（十三）我睡着了。睡着以后，双方仍然工作，但稍简单一些，前四段工作一概豁免。清晨醒来，察视一夜工作的痕迹，常常发现腿部做玉蜀黍状，一粒一粒地凸起来。有时候面部略微改变一点形状，例如嘴唇加厚，鼻梁增高。有时工作过度，面部一块白一块红的，做豆沙粽子状。据脑筋灵敏的人说，若做一床帐子，则蚊子与苍蝇自然可以不做入幕之宾，有用的精神也可以不用在与蚊蝇亲近了。但我已和太太商量就绪，在下月发薪以前，无论如何，我们仍然要保持大国民的态度，对蚊蝇决不排斥。

火

忽然听得人声鼎沸，门外有跑步声。如果我有六朝人风度，应该充耳不闻，若无其事，这才显得悠闲高旷，管宁、华歆割席的故事我们不该忘怀。但我究竟未能免俗，“风声鹤唳草木皆兵”，这些年来离乱的经验太多，听见一点声响就悚然而惊，何况是嘈杂的人声发于肘腋，焉能不矍然而作，一探究竟呢？

走到户外，只见西南方一股黑烟矗立在半天空，烧烤的味道扑鼻而来，很显然的，是什么地方失火了。

我打开街门，啊，好汹涌的一股人流！其中有穿长袍的，有短打的，有趿着拖鞋的，有抱着吃奶的孩子的，有扶着拐杖的，有的是呼朋引友，有的是全家出发，七姑姑八姨姨，扶老携弱，有说有笑地向着一个方向疾行。

我随波逐流地到了巷口。火势果然不小。火舌从窗口伸出来舐墙，一团团的火球往天空迸射，一阵阵的白烟间杂着黑烟，烟灰被风吹着像是香灰似的扑簌而下。

街上挤满了人，黑压压一片，凡是火的热气烤不着的地方都站满了人，人从四面八方赶了过来。有一家茶叶铺搬出好几条板凳，招待亲友，立刻就挤满了，像兔儿爷摊子似的，高高的，不妨视线，得看。

有一位太性急的观客，踩了一位女客的脚，开始“国骂”。这是插曲，并不被人注意。

有一个半大的小子爬上树了，得意地锐叫起来，很多的孩子都不免羡慕。

邻近的屋顶上也出现了人，有人骑在屋脊上。

火场里有人往外抢东西，我只见一床床的被褥都堆在马路边上了。箱笼、木盆、席子、热水壶……杂然并陈。

一面是表演，一面是观众，壁垒森严。观众是在欣赏，在喝彩。观众当然不能参加表演。

一阵哗唧哗唧的响声，消防队来了，血红的车，晶亮的铜帽，崭新的制服，高筒的皮靴，观众看着很满意，认为行头不错。

皮带照例是要漏水的。横亘在马路上的一截皮带，就有好几处喷泉，喷得有丈把高。路上是一片汪洋。

水像银蛇似的往火里钻，嗞嗞地响。倏时间没有黑烟了，只剩了白烟，又像是云雾。看样子，烧了没有几间房。

“走吧！没有什么了。”有人说。

老远的还有人跑来，直抱怨，跑一身大汗，没看见什么，好像是应该单为他再烧几间房子才好。

观众渐渐散了，像是戏园子刚散戏。

笑看人间百态

“没有人不爱惜他的生命，但很少人珍视他的时间。”

考生的悲哀

我是一个投考大学的学生，简称曰考生。

常言道，生、老、病、死，乃人生四件大事。就我个人而言，除了这四件大事之外，考大学也是一个很大的关键。

中学一毕业，我就觉得飘飘然，不知哪里是我的归宿。“上智与下愚不移”。我并不是谦逊，我非上智，考大学简直没有把握，但我也并不是狂傲，我亦非下愚，总不能不去投考。我惴惴然，在所能投考的地方全去报名了。

有人想安慰我，有人想恫吓我，有人说风凉话：“考学校的事可真没有准，全凭运气。”这倒是正道着了我的心情。我正是要碰碰运气。也许有人相信，考场的事与父母的德行祖上的阴功坟地的风水都很有关系，我却不愿因为自己考学校而连累父母祖坟，所以说我是很单纯地碰碰运气，试试我的流年。

话虽如此，我心里的忐忑不安是与日俱增的。我把铅笔修得溜尖，锥子似的。墨盒里加足了墨汁。自来水笔灌足了墨水，外加墨水一瓶。三角板、毛笔、橡皮……一应俱全。

一清早我到了考场，已经满坑满谷的都是我的难友，一个个的都是神头鬼脸，龇牙咧嘴的。

听人说过，从前科举场中，有人喊：“有恩的报恩，有怨的报怨！”我想到这里，就毛骨悚然。考场虽然是很爽朗，似也不免有些阴森之气。万一有个鬼魂和我过不去呢？

题目试卷都发下来了。我一目十行，先把题目大略地扫看一遍。还好，听说从前有学校考国文只有一道作文题目，全体交了白卷，因为题目没人懂，题目好像是“卞壶不苟时好论”，典出《晋书》。我这一回总算没有遇见“卞壶”，虽然“井儿”“明儿”也难倒了我。有好几门功课，题目真多，好像是在做常识试验。试场里只听得沙沙地响，像是蚕吃桑叶。我手眼并用，笔不停挥。

“啪”的一声，旁边一位朋友的墨水壶摔了，溅了我一裤子蓝墨水。这一点也不稀奇，有必然性。考生没有不洒墨水的。有人的自来水笔干了，这也是必然的。有人站起来大声问：“抄题不抄题？”这也是必然的。

考场大致是肃静的。监考的先生们不知是怎样选的，都是目光炯炯，东一位，西一位，好多道目光在试场上扫来扫去，有的立在台上高瞻远瞩，有的坐在空位子上做埋伏，有的巡回检阅，真是如临大敌。最有趣的是查对照片，一位先生给一个考生相面一次，有时候还需要仔细端详，验明正身而后已。

榜？不是榜！那是犯人的判决书。

榜上如果没有我的名字，我从此在人面前要矮下半尺多。我在街上只能擦着边行走。我在家里只能低声下气地说话。我吃的饭只能从脊梁骨下去。不敢想。如果榜上有名，则除了怕嘴乐得闭不上之外当无其他危险。明天发榜，我这一夜没睡好，直做梦，竟梦见范进。

天亮，报童在街上喊：“买报瞧！买报瞧！”我连爬带滚地起来，买了一张报，打开一看，蚂蚁似的一片人名，我闭紧了嘴，怕心脏从口里跳出来，找来找去，找到了，我的名字赫然在焉！只听得，“扑通”一声，心像石头一般落了地。我和范进不一样，我没发疯，我也不觉得乐，我只觉得麻木空虚，我不由自主地从眼里迸出了两行热泪。

流行的谬论

有许多俚语俗谚，都是多少年来的经验与智慧累积锻炼而成的。简单的一句话，好像含着颠扑不破的真理。所以在言谈之间，常被摭引，有时候比古圣先贤的嘉言遗训还更亲切动人。由于时代变迁，曩昔[①]的金言有些未必可以奉为圭臬，有些即使仍在流行，事实上也已近于谬论。如要举例，信手拈来就有下面几条：

一、树大自直

一个孩子，缺乏家教，或是父母溺爱，很容易变成性情乖张，恣肆无礼，稍长也许还会沾染恶习，自甘堕落。常言道："三岁看小，七岁看老。"悲观的人就要认为这个孩子没有出息，长大了之后大概是败家子或社会上的蛀虫。有些人比较乐观（包括大多数父母在内），另有想法："没关系，树大自直。""浪子回头金不换"的故事不是常有所闻吗？

树大会不会都能自直，我怀疑。山水画里的树很少是直的，多半是欹里歪斜的，甚或是悬空倒挂的。"抚孤松而盘桓"，那孤松不歪不斜便很难去抚。景山上的那棵歪脖树，是天造地设的投缳殉国的装备，至今也没有直起来。当然，山上的巨木神木都是直挺挺地矗立着的，一片片的杉木林全是栋梁之材，也没有一棵是弯曲的。这些树不是长大了才变直，而是生来就直。堂前栽龙柏，若无木架扶

① 曩昔（nǎng xī）：意为往日、从前。

持，早晚会东倒西歪。

浪子回头的事是有的，但是不多，所以一有这种事情发生，便被人传诵，算是佳话。浪子而不回头者则比比皆是，没有人觉得值得齿及。没出息的孩子变得有出息，我们可以举出许多例子，而没出息的孩子一直没出息到底，则如恒河沙数。

树要修要剪，要扶要培。孩子也是一样。弯了的树不会自直，放纵坏了的孩子大概也不会自立。西谚有云："舍不得用板子，便会纵坏了孩子。"约翰逊博士不完全反对体罚，孩子的行为若是不正，在他身上肉厚的地方给几巴掌，他认为是最简捷了当的处理方法。

二、虱多不痒，债多不愁

晋王猛"扪虱而言，旁若无人"，固然是名士风流，无视权势。可是他的大布袖内长满了体虱（有无头虱阴虱我们不知道），那分奇痒难熬，就是没有多少经验的人也能想象得出。嵇康与山巨源绝交，也自称"性复多虱，把搔无已"，作为不堪"裹以章服揖拜上官"的理由之一。若说虱多不痒，天晓得！虱不生则已，生则繁殖甚速，孵化很快，虱愈多则愈痒，势必非"倩麻姑痒处搔"不可。

对许多人而言，借贷是寻常事。初次向人告贷，也许带有几分忸怩，手心朝上，口将言而嗫嚅。既贷到手，久不能偿，心头不能不感到压力，不愁才怪！债愈多则压力愈大。债主逼上门来，无辞以对，处境尴尬，设若遇到索债暴徒，则不免当场挂彩。也许有人要说，近有以债养债之说，多方接纳，广开债源，债额愈大，则借贷愈易，于是由小债而变成大债，挹彼注此，左右逢源，最后由大债而变成呆账，不了了之。殊不知这种缺德之事也不是人尽能为，其人必长袖善舞而且寡廉鲜耻，随时担着风险，若说他心里坦然，无忧无虑，恐亦不然。又有人说，既不能偿，则走为上计。昔人有"债台高筑"之说，所谓债台即是逃债之台。如今时代进步，欲逃债可以远走高飞，到异乡做寓公，不必自己高筑债台，何愁之有？殊不知人非情急，谁也不愿效狗急之跳墙。身在外邦，也要藏藏躲躲，见不得人，我猜想他的那种生活也不是一个愁字了得。

有虱必痒，债多必愁。

三、老天爷饿不死瞎家雀儿

有人真相信“天地之大德曰生”，对于一切有情之伦挣扎于濒死边缘好像视若无睹。人间有无法糊口者，有生而残障者，有遭逢饥馑、旱涝蝗灾，辗转沟壑者。他认为不必着慌，“船到桥头自然直”，冥冥之中似有主宰，到头来大家都有饭吃。即使是一只瞎家雀也不会活生生地饿死。

谁说的！我在寒冷的北方就不止一次看到家雀从檐角坠下，显然是饥寒交迫而死的，不过我没有去验它是否瞎。我记得哈代有一首诗，题曰“提醒者”，大意是说他在圣诞前夕正在准备过一个快乐的夜晚，忽见窗外寒枝之上落着一只小鸟，冻得直哆嗦，饿得啄食一个硬干果，一下子坠下去，像个雪球似的死了。他叹道，我难得刚要快活一阵，你竟来提醒我生活的艰难困苦！这是典型的悲观主义者哈代的一首小诗，他大概不知道我们的那句俗话“老天爷饿不死瞎家雀儿”。麻雀微细不足道，但是看看非洲在旱灾笼罩之下，多少人都成了饿殍，白骨黄沙，惨不忍睹，是人谋不臧，还是天降鞠凶？人在情急的时候，无不呼天抢地，天地会一伸援手吗？有些地方旱魃肆虐，忽然大雨滂沱，大家额手相庆，感谢上苍，没有想到雨水滋润了干土，蝗虫的卵得以在地下孵化，不久就构成了蝗灾。老天爷是何居心？

天生万物，相克相杀，没有地方讲理去，老天爷管不了许多。

四、好的开始便是成功的一半

这句话是从外语翻译过来的，很多人常把这句话挂在嘴边，未尝不是一句善颂善祷的话，当事人听了觉得很受用。但是再想一下，一个辉煌的开始便是百分之五十成功的保证，天下有这等便宜事？

《诗经・大雅・荡》：“靡不有初，鲜克有终。”是比较平实的说法。我们国人做事擅长的一手是“五分钟热度”，在开始的时候激昂慷慨，铺张扬厉，好像是要雷厉风行，但是过不了多久，渐渐一切抛在脑后，虽然口里高唱“贯彻始终”，事实上常是有始无终。

参加赛跑的人，起步固然要紧，但最后胜利却系于临终的冲刺。最近看我们的一个球队参加国际比赛，开始有板有眼，好一阵子一直领先，但是后继无力，终落惨败。好的开始似乎无关最后的成败。

五、眼不见为净

老早有人劝我别吃烧饼，说烧饼里常夹有老鼠屎，我不信。后来我好奇，有一天掰开烧饼看看，赫然一粒老鼠屎在焉。“一粒老鼠屎搅坏一锅粥！”从此我有了戒心，不敢常吃烧饼。偶然吃一次，必先掰开仔细看看。

有人笑我过分小心。他的理论是：我们每天吃的东西种类繁多，焉能一一亲自检视，大致不差也就是了，眼不见为净。人的肉眼本来所见有限，好多有毒的或无害的微生物都不是肉眼所能窥察得到的。眼见的未必净，眼不见的也未必不净。他这种说法好有一比。现代司法观念之一是：凡嫌犯之未能证实其为有罪之前，一律假设其为无罪。食物未经化验其为不净，似乎也可以认为它是净的。这种说法很危险，如果轻信眼不见为净，很可能吃下某些东西而受害不浅，重则致命，轻则缠绵病榻伏枕呻吟。

科学方法建立在几项哲学假设上面，其中之一是假设物质乃普遍一致。抽样检查之可靠性也是假立其全部品质都是一样的。我们除了信赖科学检验之外别无选择。俗话说：“过水为净。”不失为可行，蔬菜水果之类多洗几遍即可减除其中残留的农药。不过食物不是都可以水洗的。

“眼不见为净”之说固不可盲从，所谓“不干不净，吃了没病”之说简直是荒谬。

六、伸手不打笑脸人

笑脸是不常见的。常见的是面皮绷得紧紧的驴脸、可以刮下一层霜的冷脸、好像才吞了农药下去的苦脸、睡眠不足的或是劬劳瘏悴的病脸，再不就是满脸横肉的凶脸。所以我们偶然看见一张笑脸，不由得心生喜悦。那笑脸也许不是生自内心而自然流露，也许是为了某种需要而强作笑颜。脸不必笑得像一朵花，只要面部肌肉稍微放松，嘴角稍微咧开一点，就会给人以相当的舒适感。我一向相信，笑脸是人际关系中可以通行无阻的安全证。即使人在盛怒之中，摩拳擦掌，但是不会去打一个笑脸人，他下不去手。

最近看了报上一则新闻，开始觉得笑脸并不一定能保障一个人的安全。赔笑脸有时还是免不了挨嘴巴，实属常有，我所见的这条新闻却不寻常。有一位不务正业而专走邪道的青年，有一天踉跄地回家，狼狈地伏在案头，一言不发。老母见状，不禁莞尔。这一笑，不打紧，不知年轻人是误会为讥笑、讪笑，或是冷笑，他上去对准老母胸前就是一拳。老母应拳而倒，一命归西！微微一笑引起致命的一拳。以后下文如何，不得而知。

人到了要伸手打人的时候，笑脸不但不足以御强拳，而且可以招致杀身之祸。但愿这是一条孤证。

七、吃一行，恨一行

“三百六十行，行行出状元”。这是说职业不分上下，每一行范围之内，一个人只要努力，不愁不能出人头地做到顶尖的位置。这也是劝勉人各就岗位奋斗向上，不要一味地“这山望着那山高”。究竟行还是有高低，犹山之有高低。状元与状元不同。西瓜大王不能与钢铁大王比，馄饨大王也不能和煤油大王比。

每一行都有它的艰难困苦，其发展的路常是坎坷多舛的。投身到任何一个行当，只好埋头苦干。有人只看见和尚吃馒头，没看见和尚受戒，遂生羡慕别人之心，以为自己这一行只有苦没有乐，不但自己唉声叹气，恨自己选错了行，还会谆谆告诫他的子弟千万别再做这一行。这叫作“吃一行，恨一行”。

造出“吃一行，恨一行”这句话的人，其用心可能是劝勉大家安分守己，但是这句话也道出了无数人的无可奈何的心情。其实干一行应该爱一行才对。因为没有一行没有乐趣，至少一件工作之完满的完成便是无上乐趣。很多知道敬业的人不但自己满足于他的行当，而且教导他的子弟步武他的踪迹，被人称为“克绍箕裘[1]”，其间没有丝毫恨意。

八、子不嫌母丑，狗不嫌家贫

狗是很聪明的动物，但不算太聪明。乞丐拄着一根杖，提着一个钵，沿门求乞，一条瘦狗寸步不离地跟随着他。得到一些残肴剩炙，人与狗分而食之。但是狗不会离开他，不会看到较好的去处便去趋就，所以说狗不算太聪明，虽然它有那么一分义气。

在儿女的眼光里，母亲应该是最美最可爱最可信赖最该受感激的一个人。人有丑的，母亲没有丑的。母亲可以老，但不会丑。从前有一首很流行的儿歌《乌鸦歌》，记得歌词是这样的："乌鸦乌鸦对我叫，乌鸦真真孝。乌鸦老了不能飞，对着小鸦啼。小鸦朝朝打食归，打食归来先喂母。'母亲从前喂过我！'"这是借乌鸦反哺来劝孝的歌，但是最后一句"母亲从前喂过我"实在非常动人，没有失去人性的人回想起"母亲从前喂过我"，再听了这句歌词，恐怕没有不心酸的。每个人大概都会为了他的母亲而感觉骄傲，谁会嫌他的母亲丑？

"狗不嫌家贫，子不嫌母丑"，话没有错。不过嫌贫爱富恐怕是人之常情，不嫌家贫这份美誉恐怕要让狗来独享。子嫌母丑的例子也不是没有。我就知道有两个例子，无独有偶。有两位受过所谓"高等教育"的人，家里宴见宾客，照例有两位衣服破敝的老妇捧茶出来，主人不予介绍，客人也就安然受之，以为那个老妪必是佣妇。久之才从侧面打听出来那老妪乃主人之生母。主人嫌其老丑，有失体面，认为见不得人，使之奉茶，废物利用而已。

狗不嫌家贫，并未言过其实。子不嫌母丑，对越来越多的人来说，有变为谬论的可能。

---

① 克绍箕裘：比喻能继承父祖的事业。

模范男子

Henry Arthur Jones在一篇短剧 *The Goal*里有这样的一段：

你别误会我，亲爱的。我的年纪够做你的祖父。（温和地握着她的手）你别误会我。（严肃地）留神你如何选择你的终身伴侣。你选择的范围是广大的，你将来的终身幸福，或下几代的幸福，完全在你向那一二十名求婚男子中之一说一声“我愿意”的时候而决定：留神，亲爱的！留神！要上上下下地仔细打量他几遍！要看准了他是有圆大的眼睛而且敢对着你的面注视的；要看准他的白眼珠是纯洁无疵。要留心他的头部形状不古怪，额际不低。要圆圆的头，高高的额，听见没有！和你握手的时候，注意他怎样地握！要握得强而稳，不是冷而平。年轻人不该有干冷的手。别说愿意嫁的话，除非你看到了他不穿长裤的时候，穿骑服或穿朝服的时候。看看他腿的形状——是不是好看？美观的腿，喂，斐奇，要留神那是不是他的真腿。看他是结实的，微瘦而不臃肿；不斜眼珠；不结巴；没有任何局促不安的痉挛或各种的怪现象。别嫁给一个秃头人！有人说我们十代后全要秃头。那么等十代，斐奇，还是别嫁一个秃头人！你记得住这些吗？亲爱的。看他走路的样子！是不是有一双富有弹性的脚，脚上有伸缩——能走四五里路而不动声色分毫。他冬天或春天若是咳嗽，就别要他。青年永远不该有咳嗽的病。还要考察确实他能痛笑——不是忍笑，喘笑，或嘎嘎地笑，而是从胸间深处发出来的沉痛着实的大笑。他若有一点钱，或是很多，那更好！好了！你若选这样的一个人，斐奇，我并不预言你一定幸福，但是你若不幸福，那不是你的错，不是他的错，也不是我的错了！

这一节话固有些浪漫，甚至于是伤感，但却相当地表现了西方人一般的对于“模范男子”的概念。这一段话所刻画的模范男子，注重的是体格健壮、意志坚强、秉性聪明这几点。这就和中国人心目中的理想男子大有不同。我们中国人的模范男子，在体格方面以“白白的胖胖的”为主，在性情方面以“斯文”“风流”为主。大约我们做人的道理，总以异性的要求为标准。女性要嫁给什么样的男人，我们便努力地去做什么样的男人。中国女子因为数千年来不受正当的教育，因为缠足，以致身心交病，成为病态的动物；男人便也跟着成为病态的动物。所以要把男人变好，是先要把女人的心理改变一下才成的。

拥　挤

据我所知，拥挤是我们中国人特有的一种现象。

有一天我等公共汽车出城，汽车站早已挤得黑压压一片，汽车尚未停稳，一群人蜂拥而上，结果是车上的人不得下来，下面的人也不得上去，一阵混战之后，上面的人倒是也下来了，下面的人除了孱弱文雅的之外倒是也都上去了。然而费掉“民力”不少。

既上车之后，不消说可以听到下列各种的呼声：“哎哟！你看看我的脚！”“别挤哟！”“喂，你趴在我的身子上了！”“没得办法！”“你倒是拉住上面的把手呀！”

有人告诉我，外国大都市的地底电车，在每天某个时间，也挤。不过又有人告诉我，外国人虽挤，挤得有秩序些。

在交通工具不够而人口众多的情形之下，这种拥挤实在也是不可免。我要说的是那种争先恐后旁若无人的态度。譬如说在邮局、车站、轮船之类的场所，那种每人各自为战的抢先姿势，实在令人难堪。

据说在外国的车站、电影院之类卖票的地方，往往摆成一个一字长蛇阵，先到者站在前面，后到者自动地附于骥尾，循序前进，而无须乎浪费体力，且可不伤和气。这个办法，我觉得好，该学。我有一次在电影院，看见一共只有三个人买票，而那三个鼎足而立不甘人后，三个人都挤得面红耳赤，都伸着脖子伸着胳臂向那一个小小的洞里挤。我想三个人固不必排长蛇阵，只要稍为疏散一下，就可以相当舒服地达到目的，何苦那样“团结”呢？

推行新生活运动，应该特别注意到守秩序的习惯之养成。最好是先在车站、轮船之类的地方由军警严厉督促。在中小学里，教师要把守秩序的道理与方法讲给学生听。我国前驻德大使程天放先生在《时事新报》发表过一篇文章论德国的民族性，曾提起在柏林开世界运动大会时所表现出的良好秩序。我们应该效法。

不效法外国人也行，我们中国的“固有道德”不是也主张“谦让”一道吗？如能恢复固有道德，揖让雍容，公共汽车一停，大家打躬作揖地说“您请，您请”，那也有意思。

应酬话

两位素未谋面的人，一旦遇到了，经人略一介绍，或竟未经介绍，马上就要攀谈起来，并且要做出十分亲热的样儿，这不是一件容易事。非善于应酬者不办。

初出茅庐的后生小子，会到生人，面红耳赤，手忙脚乱，一句人话也说不出，假如旁边有一座钟，恐怕只有钟声嘀嘀嗒嗒地响着。善于应酬者，则不然了，他能于请教“尊姓”、“大名”、“台甫”、“府上”之后，额外寻出一套趣味浓厚的应酬话。其中的精粹，可以略举一二如下：

“今天的天气热啊！”

“是的，这两天热得难过。”

“下一阵雨就好了。”

“可不是，下一阵雨至少要凉快好几天呢。”

这样地谈下去，可以延长到半点多钟，而讨论的范围不出“天气”一端。旁边的人看着将不禁啧啧称叹曰：这两位士兄多么漂亮！多么健谈！多么会应酬！应酬至此，真可以出而问世矣！

但是除了天气之外，还有可谈的事物没有？凡是自己能辨明天气之冷热的人，常常感觉到，语言无味，还不如免开尊口，比较的可以令人不致笑出声来。

司丹康

有一天我去理发，在将要理完的时候，理发匠向我说："阿要司丹康？"

我从鼻孔里发出一种怀疑的声音来。

他还是说："阿要司丹康？"

我没奈何，冒险点了一下头。他从很远的一张台子上取来一罐Stacomb[①]，没头没脑地在我的头发上乱抹了一阵。

我出来和朋友说，朋友笑我没见过世面。他们说某某国货店早就出售，某某要人在演说对英美经济绝交时头上擦的就是司丹康，某某小姐也是用这个……我孤陋寡闻，望尘莫及了。然而我有感慨焉。

中国人用外国货，不稀奇；用外国货而给他一个中国译名，说的时候还十分顺口，这就有些奇了。当理发匠说"司丹康"三字时，他万没想到这三个字有解释的必要，更没想到年轻轻的一个人会不知道司丹康为何物。

司丹康是美国货，用用何妨？"美国货用用何妨"的哲学成立之后，于是美国橘子、美国苹果、美国冰激凌、美国的什么克尔伯屈克……一齐都用用何妨。司丹康是否比广生行的油黏，美国橘子是否比福州橘子甜，美国冰激凌是否比上海冰激凌凉……你不必管，你只管买美国货就是。因为凡是美国货就是好的！

① Stacomb：即司丹康的英文原文，一种焗油产品。

麻　雀

听说美国闹过一阵子“麻雀狂”，三教九流以及似是而非的人，没有不打麻雀的，有几位留而不学的留学生，还因着传授麻雀术，居然致富了呢。曾几何时，麻雀之风，已成过去，这就可见美国人做事，没有我们中国人这样的有恒心，我们的一副麻雀牌，自从曾祖高祖的时候打起，到现在那般曾孙玄孙就许还没有打完。中国之有悠远的历史，岂偶然哉！

有人说：时间即是金钱，不可虚掷在打牌上面。对于这种非议，有两种解释：上流的解释就是，我们大国的国民，自是雍容闲适，不把金钱放在心上；下流的解释就是，我们打牌，正是为钱，或输或赢，总不曾脱离钱的范围。由此观之，打麻雀是无可非议的了。好，再来八圈！

一个五官四肢头脑胸脏大致齐全的人，若不幸而没有秉受喜打麻雀的遗德，我们也无须十分惋惜了。因为他还可以把时间用在旁的事业上去。一般的人我倒希望他们打一辈子的牌，虽无大益，亦无大害。设若麻雀制度，一旦废除，我们中国将凭空添出成千成万的无业游民。如何使得？

打　架

我们江浙的下等社会的人，打架是有一定的方式的。譬如说：张三得罪了李四，在两人不在一处的时候，张三可以起誓要杀李四，李四也可以赌咒要杀张三。等到两人遇到，也不见得闹出什么命案来。顶多打一架。

打架就要有打架的方式。两方先怒目相视，然后口出秽言，双方由妹妹骂起，骂到外祖母为上，声音越来越高，小脸越来越红，最后，双方同时卷袖口，同时摘眼镜，同时向后退，距离愈来愈远。这时节，和解的人应运而生。劝架的人越热心，打架的人越凶猛，结果是双方距离太远，无结果而散。

听说在夷狄之邦，打起架来是没有人劝的，总要你死我活，见个高低。由这一端看来，也就可见我们中国人的确是文明多了，虽在打架的时候，也以人命为重，绝不轻易流血。所以善于打架的人，总是按照我上面所说的方式，危险比较少些。至于一言既出，拳头随之，闹到头破血出，在聪明人眼里看来那是笨伯!

束　胸

本报八日香港电……有人提议禁女子束胸及青年男女吸食烟酒，经省务会议通过，云云。这是德政，可佩之至。

女子束胸，实在应该禁，只是实行起来，恐怕要很费苦心，譬如，一位胸部稽查员，巷头伫立，见一女郎姗姗而来，胸部隐约坟起少许，稽查人员若是胆怯一些，或客气一些，单凭眼力，便很难断定这位女郎是否犯束胸的罪。并且女子身体，参差不齐，有的胸部完全是一块平阳之地，实在不曾束胸；亦有胸部的肉像气垫子似的，东一块凸，西一块凹，而事实上胸部已经五花大绑地捆了好几道。这怎么办?

青年男女吸食烟酒，也实在应该禁。我想这烟一定不是专指鸦片，酒也一定不是专指火酒。老年男女，就和旧报纸似的，不值什么，就是烟熏死，酒毒死，都不要紧。唯独娇嫩的青年男女，用处大，保护得要特别周到，不能不禁止他们吸食烟酒。

如今是个解放的年头儿，头发解放，缠足解放，如今又是胸部解放，但是烟禁和酒禁．却又解放不得。

乐户捐

昨日北京电："警厅通令严禁妓女退捐歇业，免影响乐户捐[1]。"这一段电文翻成我们日常通用的语言，就是："当妓女的，无论在身体上、精神上、经济上受什么压迫，也不准停止营业，以免影响北京警厅的收入。"再干脆些："北京警厅逼迫妓女继续卖淫。"

妓女通常被叫作摇钱树，北京摇钱树的大老板便是警厅，因为乐户捐是警厅最大的收入的一项。所以近年来妓女生意萧条，纷纷歇业，警厅收入大受打击，为维持薪饷来源计，不得不勒令禁止。妓女与警厅的关系之深，有若是者。真可以说，警厅与妓女，相依为命。

"饭大家吃"这句话，只是说说而已。即如北京警厅的人要吃饭，便管不得妓女有没有饭吃了。其实北方人还是太忠厚，禁止妓女歇业，大可不必说明是为乐户捐的缘故，至少也可以想出几条冠冕堂皇的理由，例如，（一）妓寮里面服务的男女人员甚多，一旦歇业，生计断绝，影响地方治安；（二）妓寮是娱乐场所，也是文化机关，北京中外观瞻所系，须臾不可离。这样讲来，多么体面，多么好听！

---

① 本文写于20世纪20年代。乐户捐是北洋政府对妓女课征的一种税。

撒　网

我们通常有婚丧大事，不敢自秘，总是要印许多帖子，分送亲友。这也是一种很正大的举动。但是分送帖子，与施舍粥食略有不同，绝不可抱多多益善的决心。否则你这一张帖子送到一个不相干的人的手里，他的心里不免要生出一种非常的感想，有时竟把你的婚帖当作丧帖看，或是把你的丧帖当作婚帖看。

北京人把乱送请帖这件事唤作“撒网”，那意思是说：送帖的人不分畛域，到处送帖，是希望多收几份礼物，如同撒网捞鱼一般。其实如今的鱼，比撒网的人要聪明些，有时候他们会从网缝里钻出去，让你白撒一网；有时候你只捞起一点点的东西，倒赔上许多撒网的费用。

有些撒网的人，并不是从经济方面着眼，他们是想多请几位客人，撑撑场面。于是乎赵大娶媳妇，赵大的亲戚的朋友邻居李四也接着请帖了。于是乎王二平常认为最没有人格的孙五，也接着王二的结婚帖子了。掉在网里的人，有时费了许多周折，才能知道究竟谁是撒网的人。

但是天道好还，你这回撒一个大网，不久你就要掉在许多人的网里。

信纸信封

凡是开办一个铺子，创立一个学校，组织一个机关，或发起一切其他大家吃饭的团体，第一件要紧的事，据有经验的人说，就是印制信纸信封。有许多机关，干脆直说吧，唯一的事务就是印制信纸信封，此外不必更下什么资本。说也奇怪，社会人士真有眼光，看见你用的信封信纸印着机关的名字，顿时对你增加三分信仰。信纸上要是再印上几个英文字，你的人格就算是有了担保。因为这个理由，在无论什么像样的机关，信纸信封的费用都是一笔很大的开销。

然而（一个很使劲儿的然而），公家的信纸信封，用在公家的事务上者，可不算多；用到私人的事务上者，可不算少。这在用信纸信封的人想来，不是没有充分理由的。理由是：用几张信纸信封，在公家损失无几，在我一方面节省良多。奉行俭德的人，就没有话说了。

有一天我接到一封从外国邮局寄来的信，那封信是免贴邮票的信封，在贴邮票的角上印着："如有以此信封做私用者，处以二百元之罚金。"从字面上看来，公私似甚分明，然而帝国主义者做的事，当然是不足为训了。我们中国人盗用公家信纸信封者，恐怕还不多，还没有到惹人注意或特颁刑律的地步。大可乐观。

名　片

名片不是什么特殊阶级所特有的，人人都可享用。上自达官贵人，下至妓娼走贩，只消你有一个名字，再只消你有几角钱，你便可印一盒名片。

名片的种类式样之多，就如同印名片的人一样。有足以令人发笑的，有足以令人害怕的，也有足以令人哭不得笑不得的。若有人把各式的名片聚集起来，恐怕比香烟里的画片还更有趣。

官僚的名片，时行的是单印名姓，不加官衔。其实官做大了，人就自然出名，带官衔的名片简直用不着。唯独有一般不大不小的人物，印起名片来，深恐自己的姓名太轻太贱，压不住那薄薄的一张纸，于是把古往今来的官衔一齐印在名片上，望上去黑乎乎的一片，就好像一个人的背上驮起一块大石碑。

身通洋务，或将要身通洋务的先生，名片上的几个英文字是少不得的，“汤姆”“查利”都成，甚而再冠上一个声音相近的外国姓。因为名片者，乃是一个人的全部人格的表现。

招　聘

古代的人有时候求才若渴，只消你真有一点本领，往往不惜三顾茅庐，求你指教。如今这个时代，茅庐一天比一天的多起来，但是很少有人来光顾。住在茅庐里的人不免发急，因发急而看报，有时候竟在报上发现招聘经理、招聘书记等的广告。

若非自己的夫人没有兄弟，谁肯登报招聘经理？这是很明显的事。然而世界上不肯“以小人之心度君子之腹”的人尚未绝迹，所以有人招聘贤才，就有人欣然而往。

当经理有当经理的规矩，须要先交出多少的押款；做书记也有做书记的手续，须要先交出多少钱的报名费。这押款和报名费如数交付之后，你的责任就算尽了，不必再希望有什么下文。如其真有了下文，那也是足以令你哭一场的下文。

思想顽固的人，常常不明了现代社会的组织法，动辄曰：人心不古。其实不尽然。人心不古者，只一部分人而已；即如看见招聘广告而欣然应征的人们，他们的心仍是很古的。

送　礼

俗语说："官不打送礼的。"此语甚妙。因为从前的官不是等闲人，他是可以随便打人的，所以有人怕见官，见了官便不由得有三分惧怕，而送礼的人则必定是有求于人，唯恐人家不肯赏收，必定是卑躬屈膝春风满面、点头哈腰老半天，谁还狠得下心打笑脸人？至于礼之厚薄，倒无关宏旨，好歹是进账，细大不捐，收下再说。

不过送礼的人也确实有些是该打屁股的。

送礼这件事，在送的这一方面是很苦恼的一个节目，尤其是逢时按节的例行送礼。前例既开，欲罢不能。如果是个什么机构之类，有人可以支使采办，倒还省事。采办的人在其中可以大显身手。礼讲究四色，其中少不得一篮应时水果，篮子硕大无朋，红绳缎带，五花大绑，一张塑胶纸绷罩在上面，绷得紧，系得牢，要打开还很费手脚。打开之后，时常令人叫绝。原来篮子之中有草纸一堆坟然隆起，上面盖着一层光艳照人的苹果、梨、柑之类，一部分水果的下面是黑烂发霉的。四色之中可能还有金华火腿一只，使得这一份礼物益发高贵而隆重。死尸可以冷藏而不腐，火腿则必须在适当温度中长期腌制，而亚热带天气只适宜促成其速朽。我就收到过不止一只金玉其外的火腿，纸包得又俊又俏，绳子捆得紧紧的，露在外面的爪尖干干净净，红色门票上还有金字。有一天打开一看，嘿！就像医师开刀发现内部癌瘸已经溃散赶紧缝起创口了事一般，我也赶快把它原封包起。原来里面万头攒动着又白又胖的蛆虫，而且不需用竹筷贯刺就有一股浓厚的尸臭令人欲呕。我有意把这只金华火腿送走，使它物还原主，又真怕伤了他的自尊，而且西谚有云："不要扒开人家赠你的一匹马的嘴巴看。"其意是对礼物不可挑剔。无可奈何之中，想起了平剧中有"人头挂高杆"之说，于是乘黄昏时候，蹑手蹑脚地把这只火腿挂在大门外的电线杆上，自门隙窥伺之，果见有人施施然来，睹物一惊，驻足逡巡，然后四顾无人迅速出手，挟之而去，这只火腿的最后下落如何我就不知道了。送水果、送火腿的人，那份隆情盛意，我当然是领受了。

英文里有个名词“白象”（white elephant），意为相当名贵而无实用并且难于处置的东西。试想有人送你一头白象，你把它安顿在哪里？你一天需要饲喂它多少食粮？它病了你怎么办？它发脾气你怎么办？我相信一旦白象到门，你会手足无措。事实上我们收到的礼物偶然也是近似白象，令人啼笑皆非。我收到一项礼物，瓶状的电桌灯一盏，立在地面上就几乎与我齐眉，若是放在太和殿里当然不嫌其大，可惜蜗居逼仄，虽不至于仅可容膝，这样的庞然巨制放在桌上实在不称，万一头重脚轻倒栽下来，说不定会砸死人。居然有客人来，欣赏其体制之雄伟，说它壮观，我立即举以相赠，请他把白象牵了出去，后遂不知其所终。

生日礼物，顺理成章的是一块蛋糕。问题在，你送一块，他也送一块，一下子收到两块、二十块大蛋糕，其中还可能有两个人抬着拿进来的超大号的，虽说“好的东西不嫌多”，真的多了起来也是一患。我亲见有一位官场中人，他生日那天收到三十块以上的蛋糕，陈列在走廊上，洋洋大观。最后筵席散了，主人央客各自携带一块蛋糕回家，这样才得收疏散之效。客人各自提着像帽盒似的一个纸匣子，鱼贯而出，煞是好看。照理说，蛋糕是好东西，或细而软，或糙而松，各有其风味，唯独上面糊着的一层雪白的“蜡油”实在令人难以入口。偶然也有使用搅打过的鲜奶油的，但不常见，常见的便是“蜡油”。我曾亲见一个任性的孩子，一次罄了一个直径一尺以上的蜡油蛋糕，父母不拦阻他，因为他府上蛋糕实在太多正苦没有销场，结果是那个孩子倒在床上呻吟呕吐，黄澄澄一橛一橛地从嘴里吐出来，那样子好难看！

有些人家是很讲究禁忌的。大概，最忌的是送钟，因为钟与终二字同音。送钟来，拒受则失礼，往往当即回敬一元钱，象征其是买而非送，即足以破除其不祥。其实自始即有终，此乃自然之道。何况大限未至，即有人先来预约执绋，料想将来局面不致冷冷清清，也正是好事。有人在生日的时候，收到一份奇特的礼物——半匹粗白布。这种东西不是没有实用，将来不定为了谁而遵礼成服的时候，为经、为带均无不可，只是不知要收藏多久。主妇灵机一动，把布染成粉红色，剪裁加缝，做成很出色的成套的沙发罩布，化乖戾为吉祥。有人忌讳朋友送书给他，生怕因此而赌输。我从不赌博，因此最欢迎有人送书给我，未读之书太多，开卷总归有益，但是朋友总是怕我坏了手气，只有很少的几位肯以书见贻，真所谓：“知我者，二三子！”

送礼给人，当然是应该投其所好。除非是存心怄气，像诸葛孔明之送巾帼给司马仲达。所以送礼之前，势必要先通过大脑思量一番。如果对方是和尚，送篦子就不大相宜，虽然也有“金篦刮眼”之说。如果对方患消渴，则再好的巧克力糖也难以使他衷心喜悦。如果对方已经老掉了牙，铁蚕豆就不可以请他尝试。诸如此类，不必细举。再说礼物轻重也该有个斟酌，轻了固然寒碜，重了也容易启人疑窦，以为你有什么分外的企图。从前旧俗，家家有一本礼簿，往来户头均有记录，逢年过节或红白喜事均有例可循，或送现金，或送席票。如果向无往来，新开户头，则看下次遇到机会对方有无还礼，有则继续下去，无则不再往来，这不失为公平合理的办法。现在时代不同，人口流动，应酬频繁，粉红炸弹与白色讣闻满天飞，送礼变成了灾害，如果逃不掉躲不开，则只好虚应故事，投以一篮鲜花或是一端幛子，而没有其他多少选择了。

广　告

从前旧式商家讲究货真价实，一旦做出了名，口碑载道，自然生意鼎盛，无须大吹大擂，广事招徕。北平同仁堂乐家老铺，小小的几间门面，比街道的地面还低矮两尺，小小的一块匾，没有高擎的“丸散膏丹道地药材”的大招牌，可是每天一开门就是顾客盈门，里三层外三层，真是挤得水泄不通（那时候还没有所谓排队之说）。没人能冒用同仁堂的名义，同仁堂只此一家，别无分店，要抓药就要到大栅栏去挤。

这种情形不独同仁堂一家为然。买服装衣料就到瑞蚨祥，买茶叶就到东鸿记西鸿记，准没有错。买酱羊肉到月盛斋，去晚了买不着。买酱菜到六必居，也许是严嵩的那块匾引人。吃螃蟹、涮羊肉就到正阳楼，吃烤牛肉就要照顾安儿胡同老五，喝酸梅汤要去信远斋。他们都不在报纸上登广告，不派人撒传单。大家心里都有数。做买卖的规规矩矩做买卖，他们不想发大财，照顾主儿也老老实实地做照顾主儿，他们不想试新奇。

但是时代变了，谁也没有办法教它不变。先是在前门大街信昌洋行楼上竖起“仁丹”大广告牌，好像那翘胡子的人头还不够惹人厌，再加上夸大其词的“起死回生”的标语。犹嫌招摇不够尽兴，再补上一个由一群叫花子组成的乐队，吹吹打打，穿行市街。仁丹是还不错，可是日本人那一套宣传伎俩，我觉得太讨厌了。

由西直门通往万寿山那一条大道，中间黄土铺路，经常有清道夫一勺一勺地泼水，两边是大石板路，供大排子车使用，边上种植高大的柳树，古道垂杨，夹道飘拂，颇为壮观可喜。不知从哪一天起，路边转弯处立起了一两丈高的大木牌，强盗牌的香烟，大联珠牌的香烟，如雨后春笋出现了。我每周末在这大道上来往一回，只觉得那广告收了破坏景观之效，附带着还惹人厌。我不吸烟，到了吸烟的年龄我也自知选择，谁也不会被一个广告牌子所左右。

坐火车到上海，沿途看见“百龄机”的广告牌子，除了三个大字之外还有一行小字：“有意想不到之效力。”到底那百龄机是什么东西，有什么意想不到的效力，谁也说不清，就这样糊里糊涂地产生了广告效果，不少人盲从附和。《小说月报》《东方杂志》也出现了“红色补丸”的广告，画的是一个佝偻着腰的老人，手扶着胯，旁边注着“图中寓意”四个字。寓什么意？补丸而可以用颜色为名，我只知道明末三大案，皇帝吃了红丸而暴崩。

这些都还是广告术的初期亮相。尔后广告方式日新月异，无孔不入，大有泛滥成灾之势。广告成了工商业的出品成本之重要项目。

报纸刊登广告，是天经地义。人民大众利用刊登广告的办法，可以警告逃妻，可以凤求凰或凰求凤，可以叫卖价格低廉而美轮美奂的琼楼玉宇，可以报失，可以道歉，可以鸣谢救火，可以感谢良医，可以宣扬仙药，可以贺人结婚，可以贺人家的儿子得博士学位，可以一大排一大排讣告同一某某董事长的死讯，可以公开诉愿喊冤，可以公开歌功颂德，可以宣告为某某举办冥寿，可以公告拒绝往来户，可以揭露各种考试的金榜，可以……不胜枚举。我的感想是：广告太多了，时常把新闻挤得局处一隅。有些广告其实是浪费，除了给报馆增加收益之外，不免令读者报以冷眼，甚或嗤之以鼻。同时广告所占篇幅有时也太大了，其实整版整页的大广告吓不倒人。外国的报纸，不限张数，广告更多，平常每日出好几十张，星期日甚至好几百页，报童暗暗叫苦，收垃圾的人也吃不消。我国的报纸好像情形好些，广告再多也是在那三大张之内，然而已经令人感到泛滥成灾了。

杂志非广告不能维持，其中广告客户不少是人情应酬，并非心甘情愿送上门来，可是也有声望素著的大刊物，一向以不登载广告为傲，也禁不住经济考虑而大开广告之门。我们不反对刊物登载广告，只是登载广告的方式值得研究。有些杂志的广告部分特别选用重磅的厚纸，彩色精印，有喧宾夺主之势，更有鱼目混珠之嫌。有人对我说，这样的刊物到他手里，对不起，他时常先把广告部分尽可能地撕除净尽，然后再捧而读之。我说他做得过分，辜负了广告客户的好意，他说为了自卫，情非得已。他又说，利用邮递投送广告函的，他也是一律原封投入字纸篓里，他没有工夫看。

我不懂为什么大街小巷有那么多的搬家小广告到处乱贴，墙上、楼梯边、电梯内，满坑满谷。没有地址，只具电话号码。粘贴得还十分结实，洗刷也不容易。更有高手大概会飞檐走壁，能在大厦二三丈高处的壁上张贴。听说取缔过一阵，但是“野火烧不尽，春风吹又生”了。

有吉房招租的人，其心情之急是可以理解的。在报纸上登个分类小广告也就可以了，何必写红纸条子到处乱贴。我最近看到这样的大张红纸条子贴在路旁邮箱上了。显然有人去撕，但是撕不掉，经过多日雨淋才脱落一部分，现在还剩有斑驳的纸痕留在邮箱上!

电视上的广告更不必说，天下没有白吃的午餐，没有广告哪里能有节目可看？可是那些广告逼人而来，真煞风景。我不想买大厦房子，我也没有香港脚，我更不打算进补，可是那些广告偏来呶呶不休，有时还重复一遍。有人看电视，一见广告上映，登时闭上眼睛养神，我没有这样本领，我一闭眼就真个睡着了。我应变的办法是只看没有广告的一段短短的节目，广告一来我就关掉它。这样做，我想对自己没有多大损失。

早起打开报纸，触目烦心的是广告，广告；出去散步映入眼帘的又是广告，广告；午后绿衣人来投送的也多是广告，广告；晚上打开电视仍然少不了广告，广告。每日生活被广告折磨得够苦，要想六根清净，看来颇不容易。

从容地走向未来

“‘疲马恋旧秣，羁禽思故栖’是孟郊的句子，人与疲马羁禽无异，高飞远走，疲于津梁，不免怀念自己的旧家园。”

记得当时年纪小

我十岁的时候进高小，北京朝阳门内南小街新鲜胡同京师公立第三小学校。越是小时候的事情，越是记得清楚。前几年一位无名氏先生寄我一张第三小学的大门口的照片，完全是七十多年前的样子，一点也没变。我看了之后，不知是欢喜还是惆怅，总之是别有一番滋味在心头。我猜想到这位无名氏先生是谁，因为他是我的第三小学的同学，虽然先后差了好几十年。我曾写过一篇小文《我在小学》，收在《秋室杂忆》里，提到教我唱歌的时老师。现在再谈谈我小时候唱歌的情形。

我的启蒙的第一首歌是《春之花》。调子我还记得，还能哼得上来，歌词却记不得了。头两句好像是："春光明媚好花开，如诗如画如锦绣。"唱歌是每周一小时，总在下午，摇铃前两名工友抬进教室一架小小的风琴。当时觉得风琴是很奇妙的东西，老师用两脚踏着两块板子，鼓动风箱，两手按键盘，其声呜呜然，成为各种调子。《春之花》的调子很简单，记得只有六句，重叠反复，其实只有三句，但是很好听。老师扯着沙哑的嗓音，先唱一遍，然后他唱一句，全班跟着唱一句，然后再全首唱一遍，全班跟着全首唱一遍。唱过三五遍，摇铃下课了，校工忙着把风琴抬出去。这风琴是一宝，各班共用，学生们不准碰一下的。

唱歌这一堂课最轻松，课前不要准备，扯着喉咙吼就行。老师也不点名，也不打分数考试。唱歌和手工一课都是我们最欢迎的，而且老师都很和蔼。

有一首歌，调子我也记得，歌词记得几句，是这样开始的：

亚人应种亚洲田，
黄种应享黄海权，
青年，青年，

切莫同种自相残。
坐教欧美着先鞭！
不怕死，不爱钱，
丈夫决不受人怜。

这首歌声调比《春之花》雄壮，唱起来蛮有劲的，但是不大懂词的意义。是谁“同种相残”？这歌是日本人作的，还是中国人作的，用意何在？怎么又冒出“不怕死，不爱钱”的话？何谓“不受人怜”？老师不讲解，学生也不问，我一直糊涂至今。但是这首歌我忘不了。

还有所谓军歌，也是学生们喜欢学着唱的。当时有些军队驻扎在城里，东城根儿禄米仓就是一个兵营，一队队的兵常出来在大街小巷里快步慢步地走，一面走还一面唱。我是一放学就回家，不在街上打滚，所以很少遇到队伍唱歌，可是间接地也听熟了军歌的几个片段，如：

三国战将勇，
首推赵子龙，
长坂坡前逞英雄。
还有张翼德，
他奶奶的硬是凶，
哇啦哇啦吼两声，
吓退了百万兵。

歌词很粗浅，合于一般大兵的口味，也投小学生的喜爱，我常听同学们唱军歌，自己也不禁地有时哼两句。

我十四岁进清华中等科，一年级还有音乐，好像是一种课外活动。教师是一位美国人，Miss Seeley，丰姿绰约，是清华园里出色的人物。她教我们唱歌，首先是唱校歌，校歌是英文，也有中译，但是从来没有人用中文唱校歌。我不喜欢用英文唱校歌，所以至今我记不得怎样唱了。可是我小时嗓音好，调门高，经过测验就被选入幼年歌唱团，有一次还到城里青年会做过公开演唱会。同班的应尚能有音乐天才，唱低音，那天在青年会他涂黑了脸饰一黑人，载歌载舞，口里唱着——

It’s nice to get up
Early in the morning,
But，it’s nicer
To lie in bed.

满堂喝彩，掌声如雷，那盛况至今如在目前。我不久倒嗓喑哑不成声，遂对唱歌失去兴趣。有些同学喜欢星期日参加一些美国教师家里的查经班，于是Onward Christian Soldiers，Marching as to War … 之类的歌声洋洋乎盈耳。“一百零一首名歌”在清华园里也不时地荡漾起来。这皆非我之所好。我乃渐渐地成为兰姆所谓“没有耳朵的人”。

抗战时期，我已近中年，中年人还唱什么歌？寓处附近有小学，小学生的歌声不时地传送过来。像“起来，不愿做奴隶的人们”那首进行曲，听的回数太多了，没人教也会唱。还有一首歌我常听小学生们唱，我的印象很深：

张老三，我问你：
你的家乡在哪里？
我的家，在山西，
过河还有二十里。
张老三，我问你：
种田还是做生意？

这样的一问一答，张老三终于供出他是布商，而且囤积了不少布匹，赢得不少暴利，于是这首歌的最后几句是：

一大批，一大批，
囤积在家里。
你是坏东西，

你真该枪毙！

这首歌大概对于囤积居奇的奸商以及一般人士发生不小的影响。

抗战时期也有与抗战无关的歌大为流行。例如，《教我如何不想她》虽说是模仿旧曲《四季相思》的意思，格调却是新的，抑扬顿挫，风靡一时。使我最难忘的是《记得当时年纪小》一首小歌，作者黄自是清华同学。我学唱这首歌是在一个温暖的季秋时节，在重庆南岸海棠山坡上，经朋友指点，反复唱了好几遍，事隔数十年，仍然萦绕在耳边。

上文发表后，引起几位读者兴趣，或来书指正，或予补充。

平群先生和刘济华先生分别告诉我《黄种应享黄海权》那首歌的全本是这样写的：

黄种应享黄海权，
亚人应种亚洲田。
青年，青年，
切莫同种自相残，
坐教欧美着先鞭。
不怕死，不爱钱，
丈夫决不受人怜。
纵洪水滔天，
只手挽狂澜，
方不负石磐铁砚，
后哲先贤！

我还是不大懂，教儿童唱这样的歌是什么意思。有一位来信说此歌是“九一八”以后日本人作的，我想恐怕不对，此歌流行甚早，“九一八”是二十多年后的事。不过我也疑心到此歌作者用心不善。

小民女士来信补充了《三国战将勇》那首军歌的好几句，但是全文她也记不得了。

我最大的错误是关于《张老三》那首歌。杨沄先生来信说，《张老三》是抗战名曲《河边对口唱》，全文如下：

〔对唱〕张老三，我问你，你的家乡在哪里？
我的家，在山西，过河还有三百里。
我问你，在家里，种田还是做生意？
拿锄头，耕田地，种的高粱和玉米。
为什么，到此地，河边流浪受孤凄？
痛心事，莫提起，家破人亡无消息。
张老三，莫伤悲，我的命运不如你。
为什么，王老七，你的家乡在何地？
在东北，做生意，家乡八年无消息。
这该说，我和你，都是有家不能回。
〔合唱〕仇和恨，在心里，奔腾如同黄河水！
黄河边，定主意，咱们一同打回去！
为国家，当兵去，太行山上打游击！
从今后，我和你，一同打回老家去！

据杨先生说这歌曲是《黄河大合唱》中的一段，乃光未然（张光年）作词，冼星海作曲，于民国二十八年在延安完成，此曲在台湾为禁歌。显然的不是我文中所谓打击囤积的奸商的歌，我之所以有此错误，乃因这不是我童年唱过的歌，而是后来听孩子们常唱的，其歌唱的调子又好像和那打击奸商的歌有些相近，所以我就把两个歌联在一起了。

我的女儿文蔷来信告诉我，打击奸商的歌她是唱过的，其歌词大概是这样的——

你、你、你，你这个坏东西，
市面上日常用品不够用，

你一大批，一大批，囤积在家里！
只为你，发财肥自己，
别人的痛苦你全不理，
你这坏东西，你这坏东西，
真是该枪毙！
嗨！你这坏东西！
嗨！你真该枪毙！

一九八六年十二月十八日补记

七六年四月四日《中华日报·副刊》王令娴女士一篇文章也提到《你这个坏东西》这首歌，记得更完全，如下：

你、你、你，
你这个坏东西！
市面上日常用品不够用哟，
你一大批，一大批，
囤积在家里。
只管你发财，肥了自己，
别人的痛苦，你是全不理。
坏东西，坏东西，
囤积居奇，捣乱金融，破坏抗战。
都是你！
你的罪名和汉奸一样的。
别人在抗战里，
出钱又出力唷！
只有你，整天地在钱上打主意。
想一想，你自己，
是要钱做什么呢！
到头来你一个钱也带不进棺材里。
你这个坏东西！

童年生活

我的童年生活，只模糊地记得一些事。

北平有一童谣：

小小子儿，
坐门墩儿，
哭哭啼啼地想媳妇儿。
娶了媳妇儿干什么呀？
点灯，说话儿；
吹灯，做伴儿；
早晨起来梳小辫儿。

梳小辫儿是一天中第一件大事。我是在民国元年才把小辫儿剪了去的。那时候我的辫子已有一尺多长，睡一夜觉，辫子往往就松散了，辫子不梳好是不准出屋门的。所以早起急于梳辫子，而母亲忙，匆匆地给我梳，揪得头皮疼。我非常厌恶这根猪尾巴。父亲读《扬州十日记》《大义觉迷录》之类的书，常把满军入关之后“留头不留发，留发不留头”的事讲给我们听，我们对于辫子益发没有好感。革命后把辫子一刀两断，十分快意。那时候北平的新式理发馆只有东总布胡同西口路北一处，座椅两张。我第一次到那里剪发，连揪带剪，相当痛，而且头发楂顺着脖子掉下去。

民国以前，我的家是纯粹旧式的。孩子不是一家之主，是受气包儿。家规很严。门房、下房，根本不许孩子涉足其间。爷爷奶奶住的上房，无事也不准进去，父亲的书房也是禁地，佛堂更不用说。所以孩子们活动的空间有限。室内游戏以在炕上攀登被窝垛为主，再不就是用窗帘布挂在几张桌前做成小屋状，钻进去坐着，彼此做客互访为乐。玩具是有的，不外乎“打糖锣儿的”担子上买来的泥巴制的小蜡签儿之类，从隆福寺买来的小“空竹”算是上品了。

我记得儿时的服装，最简单不过。夏天似乎永远是一身竹布裤褂，白布是禁忌。冬天自然是大棉袄小棉袄，穿得滚圆臃肿。鞋子袜子都是自家做的，自古以来不就是以“青鞋布袜”作为高人雅士的标识吗？我们在童年时就有了那样的打扮。进了清华之后，才斗胆自主写信到天津邮购了一双白帆布鞋，才买了洋袜子穿。暑假把一双手工做的布袜子原样带回家，被母亲发现，才停止了布袜的供应。布鞋、毛窝，一直在脚上穿着，皮鞋是很久以后的事了。

小孩子哪有不馋的？早晨烧饼油条或是三角馒头，然后一顿面一顿饭，三餐无缺，要想吃零食不大容易。门口零食小贩是不许照顾的，有时候偷着吃“果子干”“玻璃粉”或是买串糖葫芦，被发现便不免要挨骂。所以我出去到大鹁鸽市进陶氏学堂的时候，看见卖浆米藕的小贩，驻足而观，几乎馋死，豁出两天不吃烧饼油条积了两个铜板才得买了一小碟吃。我的一个弟弟想吃肉，有一天情不自已地问出一句使母亲心酸的话：“妈，小炸丸子卖多少钱一碟？”

革命以后，情况不同了。我的家庭也起了革命。我们可以穿白布衫裤，可以随时在院子里拍皮球、放风筝、耍金箍棒，可以逛隆福寺吃“驴打滚儿”“艾窝窝”。父亲也带我们挤厂甸。念字号儿，描红模子，读商务出版的“人手足刀尺，一人二手，开门见山，山高月小，水落石出……”，这一套启蒙教育，都是在炕桌上，在母亲的笤帚疙瘩的威吓下，顺利进行的。我们没受过体罚。我比较顽皮淘气，可是也没挨过打。我爱发问，我读过“一老人，入市中，买鱼两尾，步行回家”之后，曾经发问：“为什么买鱼两尾就不许他回家？”

父亲给我们订了一份商务的《儿童画报》，卷末有一栏绘一空白轮廓，要小读者运用想象力在其中填画一件彩色的实物。寄了去如果中选则有奖。我得了好几次奖，大概我是属于“小时了了”那一类型。上房后炕的炕案上有一箱装订成册的《吴友如画宝》，虽然说明文字未必能看得懂，画中大意往往能体会到一大部分，帮助我了解社会人生不浅。性的知识，我便是在八九岁时从吴友如的几期画报中领悟到的。

这就是我童年生活的大概。

我在小学

我在六七岁的时候开始描红模子，念字号儿。所谓“红模子”就是红色的单张字帖，小孩子用毛笔蘸墨把红字涂黑即可。帖上的字不外是“上大人孔乙己化三千……”“一去二三里烟村四五家……”以及“王子去求仙丹成上九天……”之类。描红模子很容易描成墨猪，要练得一笔下去就横平竖直才算得功夫。所谓“字号儿”就是小方纸片，我父亲在每张纸片上写一个字，每天要我认几个字，逐日复习。后来书局印售成盒“看图识字”，一面是字，一面是画，就更有趣了，我们弟兄姊妹一大群，围坐在一张炕上的矮桌周边写字认字，有说有笑。有一次我一拱腿，把炕桌翻到地上去。母亲经常坐在炕沿上，一面做活计，一面看着我们，身边少不了一把炕笤帚，那笤帚若是倒握着在小小的脑袋上敲一记是很痛的。在那时体罚是最直截了当的教学法。

不久，我们住的内政部街西口内路北开了一个学堂，离我家只有四五个门。校门横楣有砖刻的五个福字，故称之为五福门。后院有一棵合欢树，俗称马缨花，落花满地，孩子们抢着拾起来玩，每天早晨谁先到校谁就可以捡到最好的花，我有早起的习惯，所以我总是拾得最多。有一天我一觉醒来，窗棂上有一格已经有了阳光，急得直哭，母亲匆忙给我梳小辫，打发我上学，不大工夫我就回转了，学堂尚未开门。在这学堂我学得了什么已不记得，只记得开学那一天，学生们都穿戴一色的缨帽呢靴站在院里，只见穿戴整齐的翎顶袍褂的提调学监们摇摇摆摆地走到前面，对着至圣先师孔子的牌位领导全体行三跪九叩礼。

在这个学堂里浑浑噩噩地过了一阵。不知怎么，这学校关门大吉。于是家里请了一位教师，贾文斌先生，字宪章，密云县人，口音有一点怯，是一名拔贡。我的二姐、大哥和我三个人在西院书房受教于这位老师。所用课本已经是新编的国文教科书，从“人、手、足、刀、尺”起，到“一人二手，开门见山”，以至于“司马光幼时……”，《三字经》《百家姓》《千字文》这一段就没有经历过。贾老师的教学法是传统的“念背打”三部曲，但是第三部“打”从未实行过。不过有一次我们惹得他生了大气，那是我背书时背不出来，二姐偷偷举起书本给我看，老师本来是背对着我们的，陡然回头撞见，气得满面通红，但是没有动用桌上放着的精工雕刻的一把戒尺。还有一次也是二姐惹出来的，书房有一座大钟，每天下午钟鸣四下就放学，我们时常暗自把时针向前拨快十来分钟。老师渐渐觉得座钟不大可靠，便利用太阳光照在窗纸上的阴影用朱笔画一道线，阴影没移到线上是不放学的。日久季节变换阴影的位置也跟着移动，朱笔线也就一条条地加多。二姐想到了一个方法，趁老师不在屋里替他加上一条线，果然我们提早放学了，试行几次之后又被老师发现，我们都受了一顿训斥。辛亥革命前二年，我和大哥进了大鹁鸽市的陶氏学堂。陶是陶端方，在当时是满清政府里的一位比较有知识的人，对于金石颇有研究，而且收藏甚富，历任要职，声势煊赫，还知道开办洋学堂，很难为他了。学堂之设主要的是为教育他的家族子弟，因为他家人口众多，不过也附带着招收外面的学生，收费甚昂，故有贵族学堂之称。父亲要我们受新式教育，所以不惜学费负担投入当时公认最好的学校，事实上却大失所望。所谓新式的洋学堂，只是徒有其表。我在这学堂读了一年可以说什么也没有学到，除了让我认识了一些丑恶腐败的现象。

陶氏学堂是私立贵族学堂，陶氏子弟自成特殊阶级原无足异。但是有些现象却是令人难以置信的。陶氏子弟上课时随身携带老妈子，听讲之间可以唤老妈子外出买来一壶酸梅汤送到桌下慢慢饮用。听先生讲书，随时可以写个纸条，搓成一个纸团，丢到老师讲台上去，代替口头发问，老师不以为忤。陶氏子弟个个恣肆骄纵，横冲直撞，记得其中有一位名陶栻者，尤其飞扬跋扈。他们在课堂内外，成群地呼啸出入，动辄动手打人，大家为之侧目。

国文老师是一位南方人，已不记得他的姓名，教我们读《诗经》。他根据他的祖传秘方，教我们读，教我们背诵，就是不讲解，当然即使讲解也不是儿童所能领略的。他领头扯着嗓子喊“击鼓其镗”，我们全班跟着喊“击鼓其镗”，然后我们一句句地循声朗诵“踊跃用兵，土国城漕，我独南行”。他老先生喉咙哑了，便唤一位班长之类的学生代他吼叫。一首诗朗诵过几十遍，深深地记入在我们的脑子里，迄今有些首诗我仍记得清清楚楚。脑子里记若干首诗当然是好事，但是付了多大的代价！一部分童时宝贵的光阴是这样耗去的！

有趣的是体操一课。所谓体操，就是兵操。夏季制服是白帆布制的，草帽，白线袜，黑皂鞋。裤腿旁边各有一条红带，衣服上有黄铜纽扣。辫子则需盘起来扣在草帽底下。我的父母瞒着祖父母给我们做了制服，因为祖父母的见解是属于更老一代的，他们无法理解在家里没有丧事的时候孩子们可以穿白衣白裤。因此我们受到严重的警告，穿好操衣之后要罩上一件竹布大褂，白色裤脚管要高高地卷起来，才可以从屋里走到院里，下学回家时依然要偷偷摸摸溜到屋里赶快换装。在民元以前我平时没有穿过白布衣裤。

武昌起义，鼙鼓之声动地而来，随后端方遇害，陶氏学堂当然立即瓦解，陶氏子弟之在课堂内喝酸梅汤的那几位以后也不知下落如何了。这时节，祖父母相继逝世，父亲做了一件大事，全家剪小辫子。在剪辫子那一天，父亲对我们讲了一大套话，平素看的《大义觉迷录》《扬州十日记》供给他不少愤慨的资料，我们对于这污脏麻烦的辫子本来就十分厌恶，巴不得把它齐根剪去，但是在发动并州快剪[①]之际，我们的二舅爹爹还忍不住泫然流涕。民国成立，薄海腾欢，第一任正式大总统项城袁世凯先生不愿到南京去就职，嗾使第三镇曹锟驻禄米仓部队于阴历正月十二日夜晚兵变，大烧大抢，平津人民遭殃者不计其数。我亦躬逢其盛。兵变过后很久，家里情形逐渐稳定，我才有机会进入公立第三小学。

公立第三小学在东城根新鲜胡同，是当时办得比较良好的学校，离我家又近，所以父亲决定要我和大哥投入该校。校长赫杏村先生，旗人，精明强干，声若洪钟。我和大哥都编入高小一年级，主任教师是周士莱先生，号香如，山西人，年纪不大，三十几岁，但是蓄了小胡子，道貌岸然。周先生是我真正的启蒙业师。他教我们国文、历史、地理、习字。他的教学方法非常认真负责。在史地方面于课本之外另编补充教材，每次上课之前密密匝匝地写满了两块大黑板，要我们抄写，月终呈缴核阅。例如，历史一科，鸿门之宴、垓下之围、淝水之战、

---

① 并州快剪：太原古称并州，并州剪刀在古代闻名天下。杜甫有诗云：“焉得并州快剪刀，剪取吴淞半江水。”

安史之乱、黄袍加身、明末三案，诸如此类的史料都有比较详细的补充。材料很平常，可是他肯费心讲授，而且不占用上课时间去写黑板。对于习字一项，他特别注意。他用黑板槽里积存的粉笔屑，和水做泥，用笔蘸着写字在黑板上作为示范，灰泥干了之后显得特别的黑白分明，而且粗细停匀，笔意毕现，周老师的字属于柳公权一派，瘦劲方正。他要我们写得横平竖直，规规矩矩。同时他也没有忽略行草的书法，我们每人都备有一本草书千字文拓本，与楷书对照。我从此学得初步的草书写法，其中一部分终身未曾忘。大字之外还要写“白折子”，折子里面夹上一张乌丝格，作为练习小楷之用。他知道我们小学毕业之后能升学的不多，所以在此三年之内基础必须打好，而习字是基本技能之一。

周老师也还负起训育的责任，那时候训育叫作修身。我记得他特别注意生活上的小节，例如，纽扣是否扣好，头发是否梳齐，以及说话的腔调，走路的姿势，无一不加指点。他要求于我们的很多，谁的笔记本子折角卷角就要受申斥。我的课业本子永远不敢不保持整洁。老师本人即是一个榜样。他布衣布履，纤尘不染，走起路来目不斜视，迈大步昂首前进，几乎两步一丈。讲起话来和颜悦色，但是永无戏言。在我们心目中他几乎是一个完人。我父亲很敬重周老师的为人，在我们毕业之后特别请他到家里为我的弟弟妹妹补课多年，后来还请他租用我们的邻院作为我们的邻居。我的弟弟妹妹都受业于周老师，至少我们写的字都像是周老师的笔法。

小学有英文一课，事实上我未进小学之前就已开始从父亲学习英文了。我父亲是同文馆第一期学生，所以懂些英文，庚子年乱起辍学的。小学的英文老师是王德先生，字仰臣。我们用的课本是《华英初阶》，教授的方法是由拼音开始，ba、be、bi、bo、bu，然后就是死背字句，记得第三课就有一句Is he of us？“彼乃我辈中人否？”这一句我背得滚瓜烂熟。老师一提Is he of us？我马上就回答出：“彼乃我辈中人否？”老师大为惊异，其实我在家里早已学过了。这样教学的方法使初学英文的人费时很多，但未养成初步的语言习惯，实在是精力的浪费。后来老师换了一位程洵先生，是一位日本留学生，有时穿着半身西装，英语发音也比较流利正确一些。我因为预先学过一些英文，所以在班上特感轻松，老师也特别嘉勉。临毕业时程老师送我一本原版的麦考莱《英国史》，这本书当时还不能看懂，后来却也变成对我有用的一本参考书。

体操老师锡福先生，字辅臣，旗人。他有一副苍老而沙哑的喉咙，喊起立正、稍息、枪上肩、枪放下的时候很是威风。排起队来我是末尾，排头的一位有我两个高。老师特别喜欢我们这一班，因为我们平常把枪擦得亮，服装整齐一些，而且开正步的时候特别用力踏地作响，给老师增面子。学校在新鲜胡同东口路南，操场在西口路北，我们排队到操场去的时候精神抖擞，有时遇到操场上还有别班同学上操未散，我们便更着力操演，逼得其他各班只有木然呆立瞠目赞叹的份儿。半小时操后，时常是踢足球，操场不画线，竖起竹竿便是球门，一半人臂缠红布，笛声一响便踢起球来，高头大马横冲直撞，像我这样的只能退避三舍以免受伤。结果是鸣笛收队皆大欢喜。

我的算术，像“鸡兔同笼”一类的题目我认为是专门用来折磨孩子的，因为当时想鸡兔是不会同笼的，即使同笼亦无须又数头又数脚，一眼看上去就会知道是几只鸡几只兔。现在我当然明白，是我自己笨，怨不得谁。手工课也不容易应付，不是抟泥，就是削竹，最可怕的是编纸，用修脚刀把彩色纸画出线条，然后再用别种彩色纸条编织上去，真需要鬼斧神工，在这方面常常由我的大姐帮忙，教手工的老师患严重口吃，结结巴巴的惹人笑。教理化的李秉衡老师，保定府人，曾经表演氢二氧一变成水，水没有变出来，玻璃瓶炸得粉碎，但是有一次却变成功了。有一次表演冷缩热胀，一只烧得滚烫的钢珠，被一位多事的同学伸手抓了起来，烫得满手掌溜浆大泡。教唱歌的是一位时老师，他没有歌喉，但是会按风琴，他教我们唱的《春之花》我至今不能忘。

有一次远足是三年中一件大事。事先筹划了很久，决定目的地为东直门外的自来水厂。这一天特别起了个大早，晨曦未上就赶到了学校，大家啜柳叶汤果腹，柳叶汤就是细长菱形薄面片加菜煮成的一种平民食品，但这是学校里难得一遇的旷典，免费供应，大家都很高兴，有人连罄数碗。不知是谁出的主意，向步军统领衙门借了六位喇叭手，改着我们学校的制服，排在我们队伍前面开道，六只亮晶晶的喇叭上挂着红绸彩，嘀嘀嗒嗒地吹起来，招摇过市，好不威风！由新鲜胡同走到东直门外，有四五里之遥，往返将近十里。自来水厂没有什么可看的，虽然那庞大的水池水塔以前都没有见过。这是我第一次徒步走出北京城墙，有久困出柙之感。午间归来，两腿清酸。下次作文的题目是《远足记》，文章交卷此一盛举才算是功德圆满。

我们一班二十几人，如今音容笑貌尚存脑海者不及半数，姓名未忘者更是寥寥可数了。年龄最大身体最高的是一位名叫连祥的同学，在二十开外，浓眉大眼，膀大腰圆，吹喇叭踢足球都是好手，脑袋后面留着一根三寸多长的小辫，用红绳扎紧，挺然翘然地立在后脑勺子上，像是一根小红萝卜。听说他以后当步兵去了。一位功课好而态度又最安详的是常禧，后来冠姓栾，他是我们的班长，周老师很器重他，后来听周老师说他在江西某处任商务印书馆分馆经理。还有岳廉识君，后来进了交通部。我们同学绝大部分都是贫寒子弟，毕业之后各自东西，以我所知道的有人投军，有人担筐卖杏，能升学的极少。我们在校的时候都相处得很好，有两种风气使我感到困惑。一个是喜欢打斗，动辄挥拳使绊，闹得桌翻椅倒。有一位同学长相不讨人喜欢，满脸疙瘩噜苏，绰号“小炸丸子”，他经常是几个好闹事的同学欺弄的对象，有多少次被抬到讲台桌上，手脚被人按住，有人扯下他的裤子，大家轮流在他的裤裆里吐一口痰！还有一位同学名叫马玉岐，因为宗教的关系饮食习惯与别人不同，几个不讲理的同学便使用武力强迫他吃下他们不吃的东西，经常要酿出事端。在这样尚武的环境之中我小心翼翼，有时还不能免于受人欺凌。自卫的能力之养成，无论是斗智还是斗力，都需要实际体验，我相信我们的小学是很好的训练场所。另一件使我困惑的事是大家之口出秽言的习惯。有些人各自秉承家教，不只是“三字经”常挂在嘴边，高谈阔论起来其内容往往涉及“素女经”，而且有几位特别大胆的还不惜把他在家中所见所闻的实例不厌其详地描写出来。讲的人眉飞色舞，听的人津津有味。学校好几百人共用一个厕所，其环境之脏可想，但是有些同学们如厕之后其嘴巴比那环境还脏。所以我视如厕为畏途。性教育在一群孩子中间自由传播，这种情形当时在公立小学尤甚，我是深深拜受其赐了。

我在第三小学读了三年，每天早晨和我哥哥步行到校，无间风雪。天气不好的时候要穿家中自制的带钉油鞋，手中举着雨伞，途中经常要遇到一只恶犬，多少要受到骚扰，最好的时候是适值它在安睡，我们就悄悄地溜过去了，那时我不明白为什么有人要养狗并且纵容它与人为难。内政部门口站岗和巡捕半醒半睡地拄着上刺刀的步枪靠在墙垛上，时常对我们颔首微笑，我们觉得受宠若惊，久之也搭讪着说两句话。出内政部街东口往北转，进入南小街子，无分晴雨永远有泥泞车辙，其深常在尺许。街边有羊肉床子[1]，时常遇到宰羊，我们就驻足而视，看着绵羊一声不响在引颈就戮。羊肉包子的味道热腾腾地四溢。卖螺丝转儿油炸鬼的，卖甜浆粥的，卖烤白薯的，卖糖耳朵的，一路上左右皆是。再向东一转就进入新鲜胡同了，一眼可以望得见城墙根，常常看见有人提笼架鸟从那边溜达着走过来。这一段路给我的印象很深，二十多年后我再经过这条街则已变为坦平大道面目全非，但是我还是怀念那久已不复存在的湫隘陋巷。我是在这些陋巷中长大的，这是我的故乡。

民国四年我毕业的时候，主管教育的京师学务局（局长为德彦）令饬举行会考，把所有各小学应届毕业的学生三数百人聚集在我们第三小学，考国文习字图画数科，名之曰观摩会，事关学校荣誉，大家都兴奋。国文试题记得是“诸生试各言尔志”，事有凑巧这个题目我们以前做过，而且以前做的时候，好多同学都是说将来要“效命疆场，马革裹尸”。我其实并无意步武马援，但是我也摭拾了这两句豪语。事后听主考的人说：第三小学的一班学生有一半要“马革裹尸”，是佳话还是笑谈也就很难分辨了。我在打草稿的时候，一时兴起，使出了周老师所传授的草书千字文的笔法，写得虽然说不上龙飞蛇舞，却也自觉得应手得心，正赶上局长大人监考经过我的桌旁，看见我写得好大个的草书，留下了特别的印象。图画考的是自由画，我们一班最近画过一张松鹤图，记忆犹新，大家不约而同都依样葫芦，斜着一根松枝，上面立着一只振翅欲飞的仙鹤，章法不错。我本来喜欢图画，父亲给我的《芥子园画谱》也发生了作用，我所画的松鹤图总算是尽力为之了。榜发之后，我和哥哥以及栾常禧君都高居榜首，荣誉属于第三小学。我得到的奖品最多，是一张褒奖状，一部成亲王的巾箱帖，一个墨盒，一副笔架以及笔墨之类。

“小时了了，大未必佳”，如今想想这话颇有道理。

---

① 羊肉床子：老北京管卖羊肉的铺子叫“羊肉床子”。那时的羊肉铺用来卖肉的案子宽大厚实，形同一张床，故有此名。

演戏记

人生一出戏，世界一舞台，这是我们所熟知的，但是“戏中戏”还不曾扮演过，不无遗憾。有一天，机会来了，说是要筹什么款，数目很大，义不容辞，于是我和几个朋友便开始筹划。其实我们都没有舞台经验，平素我们几个人爱管闲事，有的是嗓门大，有的是爱指手画脚吹胡瞪眼的，竟被人误认为有表演天才。我们自己也有此种误会，所以毅然决定演戏。

演戏的目的是为筹款，所以我们最注意的是不要赔钱。因此我们做了几项重要决定：第一是借用不花钱的会场，场主说照章不能不收费，不过可以把照收之费如数地再捐出来，公私两便。第二是请求免税，也照上述公私两便的办法解决了。第三是借幕，借道具，借服装，借景片，借导演，凡能借的全借，说破了嘴跑断了腿，全借到了。第四是同人公议，结账赚钱之后才可以“打牙祭”，结账以前只有开水恭候。这样，我们的基本保障算是有了。

选择剧本也很费心思，结果选中了一部翻译的剧本，其优点是五幕只要一个布景，内中一幕稍稍挪动一下就行，省事，再一优点是角色不多，四男三女就行了。是一出悲剧，广告上写的是：“恐怖，紧张……”其实并不，里面还有一点警世的意味，颇近于所谓“社会教育”。

分配角色更困难了，谁也不肯做主角，怕背戏词。一位山西朋友自告奋勇，他小时候上过台，后来一试，一大半声音都是从鼻子里面拐弯抹角而出，像是脑后音，招得大家哄堂。最后这差事落在我的头上。

排演足足有一个月的时间，每天公余大家便集合在小院里，怪声怪气地乱嚷嚷一阵，多半的时间消耗在笑里，有一个人扑哧一声，立刻传染给大家，全都前仰后合了，导演也忍俊不禁，勉强按着嘴，假装正经，小脸憋得通红。四邻的孩子们是热心的观众，爬上山头，翻过篱笆，来看这一群小疯子。一幕一幕地排，一景一景地抽，戏词部位姿势忘了一样也不行，排到大家头昏脑涨心烦意懒的时候，导演宣布可以上演了。先预演一次。

一辈子没演过戏，演一回戏总得请请客。有些帮忙的机关代表不能不请，有些地头蛇不能不请，有些私人的至亲好友七姑八姨也不能不请，全都趁这次预演的机会一总做个人情。我们借的剧场是露天的，不，有个大席棚。戏台是真正砖瓦砌盖的。剧场可容千把人。预演那一晚，请的客衮衮而来，一瞬间就坐满了。三声锣响，连拉带扯地把幕打开了。

我是近视眼，去了眼镜只见一片模糊。将近冬天，我借的一身单薄西装，冻出一身鸡皮疙瘩。我一上台，一点也不冷，只觉得热，因为我的对手把台词忘了，我接不上去，我的台词也忘了，有几秒的工夫两个人干瞪眼，虽然不久我们删去了几节对话仍旧能应付下去，但是我觉得我的汗攻到头上来，脸上全是油彩，汗不得出，一着急，毛孔眼一张，汗迸出来了：在光滑的油彩上一条条地往下流。不能揩，一揩变成花脸了。排演时没有大声吼过，到了露天剧场里不由自主地把喉咙提高了，一幕演下来，我的喉咙哑了。导演急忙到后台关照我："你的声音太大了，用不着那样使劲。"第二幕我根本嚷不出声了。更急，更出汗，更渴，更哑，更急。

天无绝人之路，这一场预演把我累得不可开交之际，天空隐隐起了雷声，越来越近，俄而大雨倾盆。观众一个都没走，并不是我们的戏吸引力太大，是因为雨太骤他们来不及走。席棚开始漏水，观众哄然而散，有一部分人照直跳上了舞台避雨，戏算是得了救。我蹚着一尺深的水回家，泡了一大碗的"胖大海"，据说可以润喉。我的精神已经总崩溃了，但是明天正式上演，还得精神总动员。

票房是由一位细心而可靠的朋友担任的。他把握着票就如同把握着现钞一样的紧。一包一包的票，一包一包的钱，上面标着姓名标着钱数，一小时结一回账。我们担心的是怕票销不出去，他担心的是怕票预先推销净尽而临时门口没票可卖。所以不敢放胆推票。

第二天正式上演了，门口添了一盏雪亮的水电灯，门口挤满了一圈子的人，可是很少人到窗口买票。时间快到了，我扒开幕缝偷偷一看，疏疏落落几十个人，我们都冷了半截。剧场里来回奔跑的，客少，招待员多。有些客疑心是来得太早，又出去买橘柑去了，又不好强留。顶着急的是那位票房先生。好容易拖了半点钟算是上满了六成座。原来订票的不一定来，真想看戏的大半都在预演时来领教过了。

我的喉咙更哑了，从来没有这样哑过。几幕的布景是一样的，我一着急，把第二幕误会成第三幕了，把对话的对手方吓得张口结舌，蹲在幕后提词的人急得直嚷："这是第二幕！这是第二幕！"我这才如梦初醒，镇定了一下，勉强找到了台词，一身大汗如水洗的。第三幕上场，导演在台口叮嘱我说："这是第三幕了。"我这一回倒是没有弄错，可是精神过于集中在这是第几幕，另外又出了差池。我应该在口袋里带几张钞票，作赏钱用，临时一换裤子，把钞票忘了，伸手掏钱的时候，左一摸没有，右一摸没有，情急而智并未生，心想台下也许看不清，握着拳头伸出去，做给钱状，偏偏第一排有个眼快口快的人大声说："他的手里是空的！"我好窘。

最窘的还不是这个。这是一出悲剧，我是这悲剧的主角，我表演的时候并没有忘记这一点，我动员了我所有精神上的力量，设身处地地想我即是这剧里的人物，我动了真的情感，我觉得我说话的时候，手都抖了，声音都颤了，我料想观众一定也要受感动的，但是，不。我演到最重要的关头，我觉得紧张得无以复加了，忽然听得第一排上一位小朋友指着我大声地说："你看！他像卓别林！"紧接着是到处扑哧扑哧的笑声，悲剧的氛围完全消逝了。我注意看，前几排观众大多数都张着口带着笑容地在欣赏这出可笑的悲剧。我好生惭愧。事后对镜照看，是有一点像卓别林，尤其是化装没借到胡子，现做嫌费事，只在上唇用墨笔抹了一下，衬上涂了白灰的脸，加上黑黑的两道眉，深深的眼眶，举止动作又是那样僵硬，不像卓别林像谁？我把这情形报告了导演，他笑了，但是他给了我一个很伤心的劝慰："你演得很好，我劝你下次演戏挑一出喜剧。"

还有一场呢。我又喝了一天"胖大海"。嗓音还是沙愣愣的。这一场上座更少了，离开场不到二十分钟，性急的演员扒着幕缝向外看，回来报告说："我数过了一、二、三，一共三个人。"等一下又回来报告，还是一、二、三，一共三个人。我急了，找前台主任，前台主任慌作一团，对着一排排的空椅发怔。旁边有人出主意，邻近的××学校的学生可以约来白看戏。好，就这么办。一声呼啸，不大的工夫，调来了二百多。开戏了。又有人出主意，把大门打开，欢迎来宾，不大的工夫座无隙地。我们打破了一切话剧上座的纪录。

戏演完了，我的喉咙也好了。遇到许多人，谁也不批评戏的好坏，见了面只是道辛苦。辛苦确实是辛苦了，此后我大概也不会再演戏。就是喜剧也不敢演，怕把喜剧又演成悲剧。事后结账，把原拟的照相一项取消，到“三六九”打了一次牙祭。净余二千一百二十八元，这是筹款的结果。

相声记

我要记的不是听相声，而是我自己说相声。

在抗战期间有一次为了筹什么款开游艺大会，有皮黄，有洋歌，有杂耍，少不了要一段相声。后台老板瞧中了老舍和我，因为我们两个平素就有点儿贫嘴贱舌，谈话就有一点像相声，而且焦德海草上飞也都瞻仰过。别的玩意儿不会，相声总还可以凑和。老舍的那一口北平话真是地道，又干脆又圆润又沉重，而且土音土语不折不扣，我的北平话稍差一点儿，真正的北平人以为我还行，外省人而自以为会说官话的人就认为我说得不大纯粹。老舍的那一张脸，不用开口就够引人发笑，老是绷着脸，如果龇牙一笑，能立刻把笑容敛起，像有开关似的。头顶上乱蓬蓬的一撮毛，没梳过，倒垂在又黑又瘦的脸庞上。衣领大约是太大了一点儿，扣上纽扣还是有点儿松，把那个又尖又高的“颏里嗉（北平土话，谓喉结）”露在外面。背又有点儿驼，迈着八字步，真是个相声的角色。我比较起来，就只好去（当）那个挨打的。我们以为这事关抗战，义不容辞，于是就把这份差事答应了下来。老舍挺客气，决定头一天他逗我捧，第二天我逗他捧。不管谁逗谁捧，事实上我总是那个挨打的。

本想编一套新词儿，要与抗战有关，那时候有这么一股风气，什么都讲究抗战，在艺坛上而不捎带上一点儿抗战，有被驱逐出境的危险。老舍说：“不，这玩艺儿可不是容易的，老词儿都是千锤百炼的，所谓雅俗共赏，您要是自己编，不够味儿。咱们还是挑两段旧的，只要说得好，陈旧也无妨。”于是我们选中了《新洪洋洞》《一家六口》。老舍的词儿背得烂热，前面的帽子也一点儿不含糊，真像是在天桥长大的。他口授，我笔记。我回家练了好几天，醒来睁开眼就嚷：“你是谁的儿子……我是我爸爸的儿子……”家里人听得真腻烦。我也觉得一点儿都不好笑。

练习熟了，我和老舍试着预演一次。我说爸爸儿子的乱扯，实在不大雅，并且我刚说“爸爸”二字，他就“啊”一声，也怪别扭的。他说：“不，咱们中国群众就爱听这个，相声里面没有人叫爸爸就不是相声。这一节可千万删不得。”对，中国人是觉得当爸爸是便宜事。这就如同做人家的丈夫也是便宜事一样。我记得抬滑竿的前后二人喜欢一唱一答，如果他们看见迎面走来一位摩登女郎，前面的就喊：“远看一朵花。”后面的接声说：“叫我的儿子喊他妈！”我们中国人喜欢在口头上讨这种阿Q式的便宜，所谓“夜壶掉了把儿”，就剩了一个嘴了。其实做了爸爸或丈夫，是否就是便宜，这笔账只有天知道。

照规矩说相声得有一把大折扇，到了紧要关头，敲在头上，“啪”的一声，响而不疼。我说：“这可以免了。”老舍说：“行，虚晃一下好了，别真打。可不能不有那么一手儿，否则煞不住。”

一切准备停当，游艺大会开幕了，我心里直扑通。我先坐在池子里听戏，身旁一位江苏模样的人说了：“你说什么叫相声？”旁边另一位高明的人说：“相声，就是昆曲。”我心想真糟。

锣鼓歇了，轮到相声登场。我们哥儿俩大摇大摆地踱到台前，深深地向观众鞠了一躬，然后一边一个，面部无表情，直挺挺地一站，两件破纺绸大褂，一人一把大扇子。台下已经笑不可抑。老舍开言道：“刚才那个小姑娘的洋歌唱得不错。”我说：“不错！”一阵笑。

“现在咱们两个小小子儿伺候一段相声”，又是一阵笑。台下的注意力已经被抓住了。后台刚勾上半个脸的张飞也蹭到台上听来了。

老舍预先嘱咐我，说相声讲究“皮儿薄”，一戳就破。什么叫“皮儿薄”，就是说相声的一开口，底下就得立刻哗的一阵笑，一点儿不费事。这一回老舍可真是“皮儿薄”，他一句话，底下是一阵笑，我连捧的话都没法说了，有时候我们需要等半天笑的浪潮消下去之后才能继续说。台下越笑，老舍的脸越绷，冷冰冰的像是谁欠他二百两银子似的。

最令观众发笑的一点是我们所未曾预料到的。老舍一时兴起，忘了他的诺言，他抽冷子恶狠狠地拿扇子往我头上敲来，我看他来势不善往旁一躲，扇子不偏不倚地正好打中我的眼镜框上，眼镜本来很松，平常就往往出溜到鼻尖上，这一击可不得了，哗啦一声，眼镜掉下来了，我本能地两手一捧，把眼镜接住了。台下鼓掌喝彩大笑，都说这一手儿有功夫。

我们的两场相声，给后方的几百个观众报以不少的放肆的大笑，可是我很惭愧，内容与抗战无关。人生难得开口笑。我们使许多愁眉苦脸的人开口笑了。事后我在街上行走，常有人指指点点地说：“看，那就是那个说相声的！”

怀念陈慧

前几天在师大文学周的某一期里看到邱燮友先生的一篇文章，提到陈慧，我读了心里很难过，因为陈慧已在十多年前自杀了。

陈慧本名陈幼睿，广东梅县人，在海外流浪，以侨生名义入师范大学国文系，毕业后又入国文研究所，取得硕士学位。在报刊上他不时地有新诗发表，有些首写得颇有情致。某一天他写信来要求和我谈谈。到时候他来到安东街我家，这是我第一次和他会面，谈的是有关诗的问题，以及他个人的事。他身材修长，清癯消瘦的脸苍白得可怕，头发蓬松，两只大眼睛呆滞地向前望着，一望而知他是一个抑郁寡欢的青年。年轻的学生们常有一些具有才气而性格奇特的畸人，不知为什么我和他们有缘，往往一见如故，就成为朋友。陈慧要算是其中一个。从他的言谈里我知道他有深沉的乡愁，素念他的家乡，而且孝思不匮，特别想念他的老母。他说话迟缓，近于木讷，脸上常带笑容，而那笑不是欢笑。我的客厅磨石子地，没有地毯，打蜡之后很亮很滑，我告他不必脱鞋，我没有拖鞋供应。他坚持要脱，露出了前后洞穿得脏破的袜子。他也许自觉甚窘，不断地把两脚往沙发底下伸，同时不停地搓着手。每次来都是这样。

他的硕士论文我记得是《〈世说新语〉的研究》，《世说新语》正好是我所爱读的一部书，里面问题很多，文字方面难解之处亦复不少，因此我们也得互相切磋之益。但是他并不重视他的论文，因为他不是属于学院派的那个类型，对于考据校勘的工作不大感兴趣，认为是枯燥无味，他喜欢欣赏玩味《世说新语》所含有的那些隽永的哲理和晶莹的词句。论文写好之后曾拿来给我看，厚厚的一大本，确实代表了他所投下的大量的功夫。他自己并不觉得满意，也不曾企图把它发表。

他对于学校里某些老师颇有微词，以为他们坚持有志于学的生员必须履行旧日拜师的礼节，乃是不合理的事，诸如三跪九叩、点蜡烛、摆香案、宴宾客等。他尤其不满意的是，对于不肯这样拜师的人加以歧视，对于肯行礼如仪的人也并不传授薪火，最多只是拿出几本递相传授的曾经批点过的古书手稿之类予以展示。陈慧很倔强，不肯磕头拜师，据他说这是他毕业之后不获留校做助教讲师的根由。我屡次向他解说，磕头拜师是旧日传统礼仪，其基本动机是尊师重道，无可厚非，虽然在学校读书已有师生之分，无须于今之世再度补行旧日拜师之礼，而且叠床架屋，转滋纷扰。不过开设门庭究竟是师徒两相情愿之事，也并不悖尊师重道之旨，大可不必耿耿于怀。我的解释显然不能使他释怀，他的忧郁有增无减。

他的恋爱经验更添加了他的苦楚。他偶然在公车上邂逅一位女郎，一头秀发披肩，他讶为天人。攀谈之下，原是同学，从此往来遂多，而女殊无意。他坠入苦恼的深渊不克自拔。暑假开始，他要去狮头山小住，一面避暑，一面以小说体裁撰写其失恋经过，以摅发他心中的烦闷。他邀我同行，我愧难以应。他独自到了狮头山上，住进最高峰的一个尼姑庵里。他来信说，他独居一大室，空空洞洞，冷冷清清，经声梵响，发人深省，一夕室内剥啄之声甚剧，察视并无人踪，月黑风高，疑为鬼物为祟，惊骇欲绝，天明时才发现乃一野猫到处跳踉。庵中茹素，但鲜笋风味极佳，频函促我前去同享，我婉谢之。山居这一段期间可能是他最快乐的时间。下山归来挟小说稿示我：裒然巨帙，凡数十万言。但仆仆奔走，出版家不可得，这对他又是一项打击。

他的恋爱一波未平一波又起。据他告诉我这一回不是浪漫的爱，是脚踏实地的步步为营。对方是一位南洋女侨生，毕业后将返回马来西亚侨居地，于是他也想追踪南去。几经洽求，终于得到婆罗洲文莱的一所侨校的邀聘。他十分高兴地偕同他的女友来我家辞行，我祝福他们一帆风顺。他抵达文莱之后，兴致很高，择期专赴近在咫尺的吉隆坡，用意是拜访女友家长，期能同意他们的婚事。万没想到晤谈之后竟遭否决。好事难谐，废然而退。这是他再度的失败。他觉得在损伤之外又加上了侮辱。他没有理由再在文莱勾留，决心要到美国去发展。不幸的是又在签证上发生了波折，美国领事拒绝签证，他和领事发生了剧烈的争吵，最后还是签证了，他气愤地到了纽约。这一段经过他有长函向我报告，借唠叨的叙述发泄他的积郁，我偶然也复他一信安慰他一番。

他在纽约茫茫人海，举目无亲，原意入大学研究所，继续研读中国文学，但美国大学之讲授中国文学，其对象为美国人士，需操英语，他的条件不具备，因此被拒。穷途无聊，乃入中国餐馆打工，生活可以维持，情绪则非常低落。他买了几件小小礼物，托人带给我，并附长信，谓流落外邦，伤心至极，孤独惶恐，走投无路，愿我为他指点迷津。我看他满纸辛酸，而语意杂乱，征营慑悸之情跃然纸上，恐将近于精神崩溃。我乃驰书正颜相告："为君之计，既不能入学读书，又无适当职业可得，曷不早归？"以后遂无音讯。

约半年后，以跳楼自杀闻。只是听人传说，尚未敢信，一九七〇年四月我偕眷旅游纽约，遇师大同学陈达遵先生，经他证实确有此事，而且他和陈慧相当熟识。

莎士比亚的《仲夏夜之梦》第五幕第一景有这样一段：

> 情人与疯子都是头脑滚热，想入非非，所以能窥见冷静的理智所永不能明察的东西。疯子、情人、诗人，都完全是用想象造成的：一个人若看见比地狱所能容的更多的鬼，那便是疯子；情人，也全是一样的狂妄，在一个吉卜赛女人脸上可以看出海伦的美貌；诗人的眼睛，在灵感的热狂中只消一翻，便可从天堂看到人世，从人世看到天堂……

疯子、情人、诗人，三位一体，如果时运不济，命途多舛，其结果怎能不酿成悲剧？陈慧天性厚道，而又多愁善感，有诗人的禀赋。但是他的身世仪表地位又不足以使他驰骋情场得心应手，同时性格又不够稳定，容易激动。终于走上绝途，时哉命也！

我手边没有存留他的信笺诗作，现在提笔写他，他的音容，尤其是他的那两只茫然的大眼睛，恍然如在目前。

忆冰心

顾一樵先生来，告诉我冰心和老舍先后去世。我将信将疑。冰心今年六十九岁，已近古稀，在如今那样的环境里传出死讯，无可惊异。读清华学报新七卷第一期（一九六八年八月刊），施友忠先生有《×××文学中之讽刺作品》一文，里面提到冰心，但是没有说她已经去世。最近谢冰莹先生在《作品》第二期（一九六八年十一月）里有《哀冰心》一文，则明言“冰心和她的丈夫吴文藻双双服毒自杀了”。看样子，她是真死了。她在日本的时候写信给赵清阁女士说：“早晚有一天我死了都没有人哭！”似是一语成谶！可是“双双服毒”，此情此景，能不令远方的人一洒同情之泪！①

初识冰心的人都觉得她不是一个令人容易亲近的人，冷冷的好像要拒人于千里之外。她的《繁星》《春水》发表在晨报副刊的时候，风靡一时，我的朋友中如时昭瀛先生便是最为倾倒的一个，他逐日剪报，后来精裱成一长卷，在美国和冰心相遇的时候恭恭敬敬的献给了她。我在《创造周报》第十二期（一九二三年七月廿九日）写过一篇《〈繁星〉与〈春水〉》，我的批评是很保守的，我觉得那些小诗里理智多于情感，作者不是一个热情奔放的诗人，只是泰戈尔小诗影响下的一个冷隽的说理者。就在这篇批评发表不久，于赴美途中在“杰克逊总统号”的甲板上不期而遇。经许地山先生介绍，寒暄一阵之后，我问她：“您到美国修习什么？”她说：“文学。”她问我：“您修习什么？”我说：“文学批评。”话就谈不下去了。

---

① 梁实秋当时得冰心去世的消息，皆为传言。

在海船上摇晃了十几天，许地山、顾一樵、冰心和我都不晕船，我们兴致勃勃的办了一份文学性质的壁报，张贴在客舱入口处，后来我们选了十四篇送给小说月报，发表在第十一期（一九二三年十一月十日），作为一个专辑，就用原来壁报的名称“海啸”。其中有冰心的诗三首：《乡愁》《惆怅》《纸船》。

一九二四年秋我到了哈佛，冰心在威尔斯莱女子学院，同属于波士顿地区，相距约一个多小时火车的路程。遇有假期，我们几个朋友常去访问冰心，邀她泛舟于脑伦壁迦湖。冰心也常乘星期日之暇到波士顿来做杏花楼的座上客。我逐渐觉得她不是恃才傲物的人，不过对人有几分矜持，至于她的胸襟之高超，感觉之敏锐，性情之细腻，均非一般人所可企及。

一九二五年三月二十八日波士顿一带的中国学生在“美术剧院”公演《琵琶记》，剧本是顾一樵改写的，由我译成英文，我饰蔡中郎，冰心饰宰相之女，谢文秋女士饰赵五娘。逢场作戏，不免谑浪，后谢文秋与同学朱世明先生订婚，冰心就调侃我说：“朱门一入深似海，从此秋郎是路人。”“秋郎”二字来历在此。

冰心喜欢海，她父亲是海军中人，她从小曾在烟台随侍过一段期间，所以和浩瀚的海洋结不解缘，不过在她的作品里嗅不出梅思斐尔[1]的“海洋热”，她憧憬的不是骇浪涛天的海水，不是浪迹天涯的海员生涯，而是在海滨沙滩上拾贝壳，在静静的海上看冰轮作涌。我一九三零年到青岛，一住四年，几乎天天与海为邻，几次三番的写信给她，从没有忘记提到海，告诉她我怎样陪同太太带着孩子到海边捉螃蟹，掘沙土，捡水母，听灯塔呜呜叫，看海船冒烟在天边逝去，我的意思有逗她到青岛来。她也很想来过一个暑季，她来信说：“我们打算住两个月，而且因为我不能起来的缘故，最好是海涛近接于几席之下。文藻想和你们逛山散步，泅水，我则可以倚枕倾聆你们的言论。……我近来好多了。医生许我坐火车，大概总是有进步。”但是她终于不果来，倒是文藻因赴邹平开会之便到舍下盘

① 梅思斐尔：即赫尔曼·梅尔维尔（1819–1891），19世纪美国伟大的小说家、散文家和诗人之一，与纳撒尼尔·霍桑齐名，被誉为美国的“莎士比亚”。其代表作《白鲸》被英国作家毛姆认为是世界十大文学名著之一，其文学史地位更在马克·吐温等人之上。

桓了三五天。

冰心健康情形一向不好，说话的声音不能大，甚至是有上气无下气的。她一到了美国不久就呕血，那著名的《寄小读者》大部分是在医院床上写的。以后她一直时发时愈，缠绵病榻。有人以为她患肺病，那是不确的。她给赵清阁的信上说："肺病决不可能。"给我的信早就说得更明白："为慎重起见，遵协和医嘱重行检验一次，X光线，取血，闹了一天，据说我的肺倒没毛病，是血管太脆。"她呕血是周期性的，有时事前可以预知。她多么想看青岛的海，但是不能来，只好叹息："我无有言说，天实为之！"她的病严重的影响了她的创作生涯，甚至比照管家庭更妨碍她的写作，实在是太可惋惜的事。抗战时她先是在昆明，我写信给她，为了一句戏言，她回信说："你问我除生病之外，所作何事。像我这样不事生产，当然使知友不满之意溢于言外，其实我到呈贡之后，只病过一次，日常生活都在跑山望水，柴米油盐，看孩子中度过。……"在抗战期中做一个尽职的主妇真是谈何容易，冰心以病躯肩此重任，是很难为她了。她后来迁至四川的歌乐山居住，我去看她，她一定要我试一试她们睡的那一张弹簧床，我躺上去一试，真软，像棉花团，文藻告诉我她们从北平出来什么也没带，就带了这一张庞大笨重的床，从北平搬到昆明，从昆明搬到歌乐山，没有这样的床她睡不着觉！

歌乐山在重庆附近算是风景很优美的一个地方。冰心居处在一个小小的山头上，房子也可以说是洋房，不过墙是土砌的，窗户很小很少。里面黑黝黝的，而且很潮湿，倒是门外有几十棵不大不小的松树，秋声萧瑟，瘦影参差，还值得令人留恋。一般人以为冰心养尊处优，以我所知，她在抗战期间并不宽裕。歌乐山的寓处也是借住的。

抗战胜利后，文藻任职我国驻日军事代表团，这一段期间才是她一生享受最多的，日本的园林之胜是她所最为爱好的，日常的生活起居也由当地政府照料得无微不至。下面是她到东京后两年写给我的一封信。

实秋：

九月廿六日信收到。昭涵到东京，待了五天，我托他把那部日本版杜诗带回给你（我买来已有一年了），到临走时他也忘了，再寻便人罢。你要吴清源和本因坊的棋谱，我已托人收集，当陆续奉寄。清阁在北平

（此信给她看看），你们又可以热闹一下。我们这里倒是很热闹，甘地所最恨的鸡尾酒会，这里常有！也累，也最不累，因为你可以完全不用脑筋说话，但这里也常会从万人如海之中飘闪出一两个“惊才绝艳”，因为过往的太多了，各国的全有，淘金似的，会浮上点金沙。除此之外，大多数是职业外交人员，职业军人，浮嚣的新闻记者，言语无味，面目可憎。在东京两年，倒是一种经验，在生命中算是很有趣的一段。文藻照应忙，孩子们照应玩，身体倒都不错，我也好。宗生不常到你处吧？他说高三功课忙得很，明年他想考清华，谁知道明年又怎么样？北平人心如何？看报仿佛不太好。东京下了一场秋雨，冷得美国人都披上皮大衣，今天又放了晴，天空蓝得像北平，真是想家得很！你们吃炒栗子没有？

请嫂夫人安

冰·心

十、十二

一九四九年六月我来到台湾，接到冰心、文藻的信，信中说他们很高兴听到我来台的消息，但是一再叮咛要我立刻办理手续前往日本。风雨飘摇之际，这份友情当然可感，但是我没有去。此后就消息断绝。

忆沈从文

一九六八年六月九日《中央日报》方块文章井心先生记载着：“以写作手法新颖，自成一格……的作者沈从文，不久以前，在大陆因受不了迫害而死。听说他喝过一次煤油，割过一次静脉，终于带着不屈服的灵魂而死去了。”

接着又说：“他出身行伍，而以文章闻名；自称小兵，而面目姣好如女子，说话、态度尔雅、温文……”“他写得一手娟秀的《灵飞经》……”这几句话描写得确切而生动，使我想起沈从文其人。

我现在先发表他一封信，大概是民国十九年间他在上海时候写给我的。信的内容没有什么可注意的，但是几个字写得很挺拔而俏丽。他最初以“休芸芸”的笔名向《晨报副镌》投稿时，用细尖钢笔写的稿子就非常的出色，徐志摩因此到处揄扬他。后来他写《阿丽丝中国游记》分期刊登《新月》，我才有机会看到他的笔迹，果然是秀劲不凡。

从文虽然笔下洋洋洒洒，却不健谈，见了人总是低着头羞答答的，说话也是细声细气。关于他“出身行伍”的事他从不多谈。他在十九年三月写过一篇《从文自序》，关于此点有清楚的交代，他说：“因为生长地方为清时屯戍重镇，绿营制度到近年尚依然存在，故于过去祖父曾入军籍，作过一次镇守使，现在兄弟及父亲皆仍在军籍中做中级军官。因地方极其偏僻，与苗民杂处聚居，教育文化皆极低落，故长于其环境中的我，幼小时显出生命的那一面，是放荡与诡诈。十二岁我曾受过关于军事的基本训练，十五岁时随军外出曾作上士。后到沅州，为一城区屠宰收税员，不久又以书记名义，随某剿匪部队在川、湘、鄂、黔四省边上过放纵野蛮约三年。因身体衰弱，年龄渐长，从各种生活中养成了默想与体会人生趣味的习惯，对于过去生活有所怀疑，渐觉有努力安置自己在一陌生事业上之必要。因这憧憬的要求，胡胡涂涂的到了北京。”这便是他早年从军经过的自白。

由于徐志摩的吹嘘，胡适之先生请他到中国公学教国文，这是一件极不寻常的事，因为一个没有正常的适当的学历资历的青年而能被人赏识于牝牡骊黄之外，是很不容易的。从文初登讲坛，怯场是意中事，据他自己说，上课之前作了充分准备，以为资料足供一小时使用而有余，不料面对黑压压一片人头，三言两语的就把要说的话都说完了，剩下许多时间非得临时编造不可，否则就要冷场，这使他颇为受窘。一位教师不善言辞，不算是太大的短处，若是没有足够的学识便难获得大家的敬服。因此之故，从文虽然不是顶会说话的人，仍不失为成功的受欢迎的教师。记问之学不足以为人师，需要有启发别人的力量才不愧为人师，在这一点上从文有他独到之处，因为他有丰富的人生经验和好学深思的性格。

在中国公学一段时间，他最大的收获大概是他的婚姻问题的解决。英语系的女生张兆和女士是一个聪明用功而且秉性端庄的小姐，她的家世很好，多才多艺的张充和女士便是她的胞姐。从文因授课的关系认识了她，而且一见钟情。凡是沉默寡言笑的人，一旦堕入情网，时常是一往情深，一发而不可收拾。从文尽管颠倒，但是没有得到对方青睐。他有一次急得想要跳楼。他本有流鼻血的毛病，几番挫折之后苍白的面孔愈发苍白了。他会写信，以纸笔代喉舌。张小姐实在被缠不过，而且师生恋爱声张开来也是令人很窘的，于是有一天她带着一大包从文写给她的信去谒见胡校长，请他作主制止这一扰人举动的发展。她指出了信中这样的一句话："我不仅爱你的灵魂，我也要你的肉体。"她认为这是侮辱。胡先生皱着眉头，板着面孔，细心听她陈述，然后绽出一丝笑容，温和的对她说："我劝你嫁给他。"张女士吃了一惊，但是禁不住胡先生诚恳的解说，居然急转直下默不作声的去了。胡先生曾自诩善于为人作伐，从文的婚事得谐便是他常常乐道的一例。

在青岛大学从文教国文，大约一年多就随杨振声（今甫）先生离开青岛到北平居住。今甫到了夏季就搬到颐和园赁屋消暑，和他作伴的一位干女儿，自称过的是帝王生活，优哉游哉的享受那园中的风光湖色。此时从文给今甫做帮手，编中学国文教科书，所以也常常在颐和园出出进进。书编得很精彩，偏重于趣味，可惜不久抗战军兴，书甫编竣，已不合时代需要，故从未印行。

从文一方面很有修养，一方面也很孤僻，不失为一个特立独行之士。像这样不肯随波逐流的人，如何能不做了时代的牺牲？他的作品有四十几种，可谓多产，文笔略带欧化语气，大约是受了阅读翻译文学作品的影响。

此文写过，又不敢相信报纸的消息，故未发表。读聂华苓女士作《沈从文评传》（英文本，一九七二年纽约Twayne Publishers出版），果然好像从文尚在人间。人的生死可以随便传来传去，真是人间何世!

忆周作人先生

周作人先生住北平西城八道湾，看这个地名就可以知道那是怎样一个弯弯曲曲的小胡同。但是在这个陋巷里却住着一位高雅的与世无争的读书人。

我在清华读书的时候，代表清华文学社会见他，邀他到清华演讲。那个时代，一个年轻学生可以不经介绍径自拜访一位学者，并且邀他演讲，而且毫无报酬，好像不算是失礼的事。如今手续似乎更简便了，往往是一通电话便可以邀请一位素未谋面的人去讲演什么的。我当年就是这样冒冒失失地慕名拜访。转弯抹角地找到了周先生的寓所，是一所坐北朝南的两进平房，正值雨后，前院积了一大汪子水，我被引进去，沿着南房檐下的石阶走进南屋。地上铺着凉席。屋里已有两人在谈话，一位是留了一撮小胡子的鲁迅先生，另一位年轻人是写小诗的何植三先生。鲁迅先生和我招呼之后就说："你是找我弟弟的，请里院坐吧。"

里院正房三间，两间是藏书用的，有十个八个木书架，都摆满了书，有竖立的西书，有平放的中文书，光线相当暗。左手一间是书房，很爽亮，有一张大书桌，桌上文房四宝陈列整齐，竟不像是一个人勤于写作的所在。靠墙一几两椅，算是待客的地方。上面原来挂着一个小小的横匾，"苦雨斋"三个字是沈尹默写的。斋名苦雨，显然和前院的积水有关，也许还有屋瓦漏水的情事。总之是十分恼人的事，可见主人的一种无奈心情。(后来他改斋名为"苦茶庵"了。)俄而主人移步入，但见他一袭长衫，意态翛然，背微佝，目下视，面色灰白，短短的髭须满面，语声低沉到令人难以辨听的程度。一仆人送来两盏茶，日本式的小盖碗，七分满的淡淡清茶。我道明来意，他用最简单的一句话接受了我们的邀请。于是我不必等端茶送客就告辞而退，他送我一直到大门口。

从北平城里到清华，路相当远，人力车要一个多小时，但是他准时来了，高等科礼堂有两三百人听他演讲。讲题是"日本的小诗"。他特别提出所谓俳句，那是日本的一种诗体，以十七个字为一首，一首分为三段，首五字，次七字，再五字，这是正格，也有不守十七字之限者。这种短诗比我们的五言绝句还要短。由于周先生语声过低，乡音太重，听众不易了解，讲演不算成功。幸而他有讲稿，随即发表。他所举的例句都非常有趣，我至今还记得的是一首松尾芭蕉的作品，好像是“听呀，青蛙跃入古潭的声音”这样的一句，细味之颇有禅意。此种短诗对于试写新诗的人颇有影响，就和泰戈尔的散文诗一样，容易成为模拟的对象。

民国二十三年我到了北京大学，和周先生有同事三年之雅。在此期间我们来往不多，一来彼此都忙，我住东城他住西城相隔甚远，不过我也在苦雨斋做过好几次的座上客。我很敬重他，也很爱他淡雅的风度。我当时主编一个周刊《自由评论》，他给过我几篇文稿，我很感谢他。他曾托我介绍把他的一些存书卖给学校图书馆。我照办了。他也曾要我照拂他的儿子周丰一（在北大外文系日文组四年级），我当然也义不容辞，我在这里发表他的几封短札，文字简练，自有其独特的风格。

周先生晚节不终，宦事敌伪，以至于身系缧绁，声名扫地，是一件极为可惜的事。不过他所以出此下策，也有其远因近因可察。他有一封信给我，是在抗战前夕写的：

实秋先生：

手书敬悉。近来大有闲，却也不知怎的又甚忙，所以至今未能写出文章，甚歉。看看这“非常时”的四周空气，深感到无话可说，因为这（我的话或文章）是如此的不合宜的。日前曾想写一篇关于《求己录》的小文，但假如写出来了，恐怕看了赞成的只有一个——《求己录》的著者陶葆廉吧?等写出来可以用的文章时，即当送奉，匆匆不尽。

作人启　七日夜

关于《求己录》的文章虽然他没有写，我们却可想见他对《求己录》的推崇，按，《求己录》一册一函，光绪二十六年杭州求是书院刊本，署芦泾遁士著，乃秀水陶葆廉之别号。陶葆廉是两广总督陶模（子方）之子，久佐父幕，与陈三立、谭嗣同、沈雁潭合称四公子。作人先生引陶葆廉为知己，同属于不合时宜之列。他也曾写信给我提到“和日和共的狂妄主张”。是他对于抗日战争早就有了他自己的一套看法。他平素对于时局，和他哥哥鲁迅一样，一向抱有不满的态度。

作人先生有一位日籍妻子。我到苦茶庵去过几次没有拜见过她，只是隔着窗子看见过一位披着和服的妇人走过，不知是不是她。一个人的妻子，如果她能勤俭持家相夫教子而且是一个“温而正”的女人，她的丈夫一定要受到她的影响，一定爱她，一定爱屋及乌地爱与她有关的一切。周先生早年负笈东瀛，娶日女为妻，对于日本的许多方面有好的印象是可以理解的。我记得他写过一篇文章赞美日本式的那种纸壁地板蹲坑的厕所，真是匪夷所思。他有许多要好的日本朋友，更是意料中事，犹之鲁迅先生之与上海虹口的内山书店老板过从甚密。

抗战开始，周先生舍不得离开北平，也许是他自恃日人不会为难他。以我所知，他不是一个热衷仕进的人，也异于鲁迅之偏激孤愤。不过他表面上淡泊，内心里却是冷峭。他这种心情和他的身世有关。一九八二年九月二十日《联合报》万象版登了一篇《高阳谈鲁迅心头的烙痕》：

鲁迅早期的著作，如《呐喊》等，大多在描写他的那场“家难”；其中主角是他的祖父周福清，同治十年三甲第十五名进士，外放江西金溪知县。光绪四年因案被议，降级改为“教谕”。周福清不愿做清苦的教官，改捐了一个“内阁中书”，做了十几年的京官。光绪十九年春天，周福清丁忧回绍兴原籍。这年因为下一年慈禧太后六旬万寿，举行癸巳恩科乡试：周福清受人之托，向浙江主考贿买关节，连他的儿子也就是鲁迅的父亲周用吉在内，一共是六个人，关节用“宸衷茂育”字样；另外“虚写银票洋银一万元”，一起封入信封。投信的对象原是副主考周锡恩，哪知他的仆人在苏州误投到正主考殷如璋的船上。殷如璋不知究竟，拆开一看，方知贿买关节。那时苏州府知府王仁堪在座，而殷如璋与周福清又是同年，为了避嫌疑起见，明知必是误投，亦不能不扣留来人，送官究办。周福清就这样吃上了官司。

科场舞弊，是件严重的事。但从地方到京城，都因为明年是太后六十万寿，不愿兴大狱，刑部多方开脱，将周福清从斩罪上量减一等，改为充军新疆。历久相沿的制度是，刑部拟罪得重，由御笔改轻，表示“恩出自上”；但这一回令人大出意外，御着批示：“周福清着改为斩监

> 候，秋后处决。”
>
> 这一来，周家可就惨了。第二年太后万寿停刑，固可多活一年；但自光绪二十一年起，每年都要设法活动，将周福清的姓名列在“勾决”名册中“情实”一栏之外，才能免死。这笔花费是相当可观的；此外，周福清以“死囚”关在浙江臬司监狱中，如果希望获得较好的待遇，必须上下“打点”，非大把银子不可。周用吉的健康状况很差，不堪这样沉重的负担，很快地就去世了。鲁迅兄弟被寄养在亲戚家，每天在白眼中讨生活：十几岁的少年，由此而形成的人格，不是鲁迅的偏激负气，就是周作人的冷漠孤傲．是件不难想象的事。

鲁迅心头烙痕也正是周作人先生的心头烙痕，再加上抗战开始后北平爱国志士那一次的枪击，作人先生无法按捺他的激愤，遂失足成千古恨了。在后来国军撤离南京的前夕，蒋梦麟先生等还到监牢去探视过他，可见他虽然是罪有应得，但是他的老朋友们还是对他有相当的眷念。

一九七一年五月九日《中国时报》副刊有南宫博先生一文《于〈知堂回想录〉而回想》，有这样的一段：

> 我曾写过一篇题为《先生，学生不伪!》不留余地指斥学界名人傅斯年。当时自重庆到沦陷区的接收大员，趾高气扬的不乏人，傅斯年即为其中之一。我们总以为学界的人应该和一般官吏有所不同，不料以清流自命的傅斯年在北平接收时，也有那一副可憎的面目，连“伪学生”也说得出口!——他说“伪教授”其实也可恕了。要知政府兵败，弃土地人民而退，要每一个人都亡命到后方去，那是不可能的。在敌伪统治下，为谋生而做一些事，更不能皆以汉奸目之，“饿死事小，失节事大”，说说容易，真正做起来，却并不是叫口号之易也。何况，平常做做小事而谋生，遽加汉奸帽子，在情在理，都是不合的。

南宫博先生的话自有他的一面的道理，不过周作人先生无论如何不是“做做小事而谋生”，所以我们对于他的晚节不终只有惋惜，无法辩解。

回忆抗战时期

一九三七年七月二十八日，日寇攻占北平。数日后北大同事张忠绂先生匆匆来告：“有熟人在侦缉队里，据称你我二人均在黑名单中。走为上策。”遂约定翌日早班火车上见面，并通知了叶公超先生同行。公超提议在火车上不可交谈，佯为不识。在车上我和忠绂坐在一起，公超则远远地坐在一隅，真个的若不相识。在车上不期而遇的还有樊逵羽先生、胡适之太太和另外几位北大同事。火车早晨开行，平常三小时左右可到天津，这一天兵车拥挤，傍晚天黑才到天津老站。大家都又饿又累。杂在人群中步行到最近的帝国饭店，暂时安歇一夜，第二天大家各奔前程。我们是第一批从北平逃出来的学界中人。

我从帝国饭店搬到皇宫饭店，随后搬到友人罗努生、王右家的寓所。努生有一幅详细的大地图，他用大头针和纸片制作好多面小旗，白的代表日寇，红的代表我军，我们每天晚上一面听无线电广播，一面按照当时战况将红旗白旗插在地图上面。令人丧气的是津浦线上白旗咄咄逼人，红旗步步后退。我们紧张极了，干着急。

每天下午努生和我到意租界益世报馆，努生是《益世报》总编辑，每天要去照料，事实上报馆的一切都由总经理生宝堂先生负责。平津陷落以后报馆只是暂时维持出版，随时有被查禁之虞，因为我们过去一向主张抗日。到报馆去要经过一座桥，桥上有日寇哨检查行人，但不扣查私人汽车。有一天上午生宝堂先生坐车过桥去上班，被日兵拦截，押往日军司令部，司机逃回报馆报告，报馆当即以电话通知努生勿再冒险过桥，报馆业务暂时停顿。生宝堂夫人是法籍，由法人出面营救亦无下文。从此生宝堂先生即不知下落。不知下落便是被害的意思。抗战期间多少爱国志士惨遭敌手而默默无闻未得表彰，在我的朋友中生宝堂先生是第一个被害的。

情势日急，努生、右家和我当即决定，右家留津暂待，努生和我立即绕道青岛到济南遄赴南京向政府报到，我们愿意共赴国难。离开北平的时候我是写下遗嘱才走的，因为我不知道我此后命运如何。我将尽我一份力量为国家做一点事。

到了南京我很失望，因为经过几次轰炸，各方面的情形很乱。有人告诉我们到中研院的一个招待所去，可以会到我们想见的人。努生和我去到那里，屋里挤满了人，忽警报之声大作，大家面面相觑，要躲也无处躲，我记得傅孟真先生独自搬了一把椅子放在楼梯底下，面色凝重地坐在那里。在南京周旋了两天，教育部发给我二百元另岳阳丸头等船票一张，教我急速离开南京，在长沙待命。于是我和努生分手，到长沙待命去了。

说起岳阳丸，原是日本的商船之一，航行于长江一带。汉奸黄秋岳（行政院参事）走漏消息，日本船舰逃出了江阴要塞，岳阳丸是极少数没有逃出的商轮之一，被我扣留。下关难民拥挤万状，好不容易我挤上了船，船上居然还有熟人，杨今甫、俞珊、叶公超、张彭春等，而且船上居然每日开出三餐“大菜”。国难日殷，再看着船上满坑满谷的难民，如何能够下咽。

三天后，舟泊岳阳城下。想起杜工部的诗句：“留滞才难尽，艰危气益增。图南未可料，变化有鲲鹏。”乱世羁旅，千古同嗟。抵长沙后，公超与我下榻青年会。我偷闲到湘潭访友，信宿而返。时樊逵羽先生也到了长沙，在韭菜园赁屋为北大办事处，我与公超遂迁入其中。长沙待命日久，无事可做，北大同仁亦渐多南下。我与樊先生先后相继北上，盖受同仁之托前去接眷。我不幸搭乘顺天轮，到威海卫附近船上发现霍乱，遂在大沽口外被禁二十一天之后方得上岸。

二

一九三八年七月，国民参政会在汉口成立。我被推选为参政员，于是搭船到香港飞到汉口。从此我加入参政会连续四届，直到胜利后参政会结束为止。参政会是战时全国团结一致对外的象征，并无实权。其成员包括各方面的人，毛泽东、周恩来、林祖涵、董必武、邓颖超、秦邦宪、陈绍禹等人也在内。我在参政会里只做了一件比较有意义的事，那便是一九四〇年一月我奉派参加华北慰劳视察团，由重庆出发，而成都，而凤翔，而西安，而洛阳，而郑州，而襄阳，而宜昌，遵水路返重庆，历时两个月，访问了七个集团军司令部。时值寒冬，交通不便，柴油破车随时抛锚。我们临时决定，团员六人分为两组，一组留在洛阳，一组渡黄河深入中条山。我自告奋勇渡河，上山下山骑马四天，亲身体验了最前线将士抗战之艰苦。

我对抗战没有贡献，抗战反倒增长了我的经验和见识。我看到了敌人的残酷、士兵的辛劳，同时也看到了平民尤其是华北乡下的平民的贫困与愚暗。至于将来抗战结束之后会发生什么样的局面，没有人不抱隐忧的。

二

我在汉口的时候，张道藩先生（时任教育部次长）对我说，政府不久就要迁到重庆，参政会除了开会没有多少事做，他要我参加教育部的“中小学教科用书编辑委员会”。委员会分四组：总务、中小学教科书、青年读物、民众读物，以中小学教科书为最繁重。道藩先生要我担任教科书组主任，其任务是编印一套教科书，包括国文、史、地、公民四科，供应战时后方急需。因为前后方交通梗塞，后方急需适合抗战情势的教科用书，非立即赶编不可。我以缺乏经验未敢应命，道藩亦颇体谅，他说已聘李清悚先生为副主任，李先生为南京中学校长，不但有行政经验，而且学识丰富，可资臂助。我以既到后方，理宜积极参加与抗战有关之工作，故亦未固辞。委员会设在重庆两路口附近山坡上，方在开办，李先生独任艰巨，我仅每周上班一天，后因疏散到北碚，我亦随同前去，就每天上班工作了。事实上，工作全赖清悚先生一人擘画，我在学习。中小学教科书的编辑很需要技巧，不是任何学者都可以率尔操觚的。因为编教科书，一方面需要学识，一方面也要通教育心理，在编排取舍之间才能合用。越是低级的教科书，越难编写。

教科书组前后罗致的人才，国文国语方面有朱锦江、徐文珊、崔纫秋，公民方面有夏贯中、徐悫、汪经宪，史地方面有蒋子奇、汪绍修、聂家裕、徐世璜、桑继芬等数十位。有专门绘图的人员配合工作。全套好几十本书分批克期完稿付印校对然后供应后方各地学校使用，工作人员紧张无比，幸而大致说来未辱使命。首功应属李清悚先生。时间匆促，间或偶有小疵，我记得某君在参政会小组会议中大放厥词，认为这套教科书误人子弟，举一个宋朝皇帝的名字有误为例。我当即挺身辩护，事后查明原稿不错，仅是手写之误，校对疏忽而已。抗战期间我有机会参加了这一项工作，私心窃慰，因为这是特为抗战时期需要而做的。在抗战之前数年，国防会议曾拨款由王世杰先生负责主编一套中学教科书，国文由杨振声、沈从文二先生主编，历史由吴晗先生主编，公民由陈之迈先生主编，仅完成一部分，交教育部酌量采用。国文历史部分稿件，我曾与清悚先生共同看过，佥以为非常高明，但不适于抗战时期，决定建议不予采用，而重新编写，对于此事甚感遗憾。清悚对于吴晗先生之历史尤为倾服，因为其中甚多创见，可供教师参考。陈之迈先生之公民则未曾拜读。

委员会后来与设在白沙之国立编译馆合并，我因事忙辞去教科书组主任。这时候抗战已渐近胜利。有一天王云五先生约我到重庆白象街商务印书馆晤谈，我应邀往。云五先生的办公室只是小屋一间，四壁萧然，一桌二椅两张帆布床。一张是他自己睡觉用的，另一张是他的儿子王学哲先生的。抗战时期办公处所差不多都是这样简陋，而云五先生尤其是书生本色，我甚为钦佩。他邀我为商务印书馆主编一套中小学教科书。他说他看了我主编的教科书，认为我有了必要的经验。据他揣想，胜利之后一定有新的局面展开，中小学教科书大概可以开放民营，所以他要事先准备一套稿件，随时付印应市。他很爽快，言明报酬若干，两年完成。我们没有任何手续，一言为定。我于是又开始约集友人编纂再一套教科书。这一套书与抗战无关，较少限制，进行十分顺利，如期完成。不料抗战胜利之后，大局陡变，教科书仍由政府办理。我主编的一大箱书稿只好束之高阁了。

抗战八年，我主编了两套中小学教科书，其中辛苦一言难尽。兹举一例。小学国语之国定本，是由崔纫秋女士执笔的，她比我年长，曾任山东模范国小教师数十年。国语第一册第一课是“来，来，来上学”。有人批评，这几个字笔画太多，不便初学。这批评也有理，我们只好虚心检讨。等我为商务印书馆主编教科书的时候，我就邀请一位批评我相当严厉的朋友来执笔，这位朋友是著名的文学家，没想到一个月后把预支稿酬退回，据说第一册第一课实在编不出来。于是我又请李长之先生编写，几经磋商，第一册第一课定为“去，去，去上学”，是否稍有进步，我也不知道。正说明编教科书实在不易，不亲自尝试不知其难。

三

国立编译馆迁到北碚与教科用书编委会合并，由教育部部长自兼馆长，原馆长陈可忠先生改为副馆长。合并后的组织是：总务组、人文组、自然祖、社会组、教科书组、教育组，另设大学用书编委会、翻译委员会，全部人员及眷属约三百人。我任社会组主任兼翻译委员会主任。这两部分的职务也不轻。

社会组主管的是编写民众读物及剧本的编作。所谓民众读物就是通俗的小册子，包括鼓词、歌谣、相声、小说之类，以宣扬中国文化及鼓励爱国打击日寇为主旨。在这方面，我们完成了二百多种，大量印发各地民众教育机构。不知道这算不算“抗战文艺”，大概宣传价值大于文艺价值，现在事过境迁，没有人再肯过问这种作品了。主持民众读物计划的是王向辰先生，笔名老向，河北保定人，在定县平教会做过事，深知民间疾苦，笔下也好。在一起编写民众读物的有萧柏青、席征庸、王愚、解方等几位先生。在戏剧方面，除了阎金锷写了一本中国戏剧史之外，我们的主要工作是修订平剧剧本，把不合理的情节及字句大加修订，而不害于原剧的趣味与结构，这工作看似容易，实则牵涉很多，大费手脚。参加此项工作的有姜作栋、林柏年、陈长年、匡直、吴伯威、张景苍等几位。共完成了七十余种，由正中出版者计四十四种，名为“修订平剧选”。我们也注意到场面，所以有“锣鼓经”之制作，请了专家师傅于大家下班之后敲敲打打起来，一面用较进步的方法做成记录。大家学习的兴致很高，事后也有了实验的机会。

编译馆为了劳军演了两次戏，一是话剧，陈绵译的法国名剧《天网》，演出于露天的北碚民众会场，由国立剧专毕业的张石流先生导演，演员包括王向辰、萧柏青、沈蔚德、龚业雅和我。演出效果自觉不佳，可是观众踊跃。又一次是平剧，我们有现成的场面，只外约了一位打鼓佬。行头难得，在后方只有王泊生先生山东实验剧院有完整的衣箱，时王先生不在北碚，我出面向王夫人吴瑞燕女士商借，这衣箱是从不外借的，吴瑞燕女士竟一口答应，无条件地借给我们了。演戏两出，一是《九更天》，陈长年主演，他是剧校出身，功夫扎实。一是《刺虎》，由姜作栋演一只虎，他的脸谱得自钱金福亲授，气势非凡，特烦国立礼乐馆的张充和女士演费贞娥，唱做俱佳，两位表演大为成功。两剧之间由老舍和我表演了两段相声，也引起观众的欣赏。这些活动勉强算是与抗战有关。

翻译委员会虽然人手有限，也做了一点事。一项繁重的工作是英译《资治通鉴》。和人文组主任郑鹤声先生往复商酌，想译一部中国历史，不知译哪一部好，最后决定译这编年体的《资治通鉴》。由杨宪益、戴乃迭夫妇二人负责翻译，杨先生是牛津留学生，戴女士是著名汉学家之女，二人合作，相得益彰。戴不需上班，在家工作。这在编译馆是唯一例外的安排。《资治通鉴》难译的地方很多，例如，历代官职的名称就不易做恰当的翻译。工作缓缓进行，到抗战胜利时完成三分之一弱，以后是否继续，就不得而知了。此外如李味农先生译毛姆孙[①]的《罗马史》，孙培良先生译亚里士多德的《诗学》，王思曾先生译萨克莱[②]的《纽康氏家传》[③]，都是有分量的工作，虽与抗战无关，却是古典名著。

讲到抗战时期的生活，除了贪官奸商之外，没有不贫苦的，尤以薪水阶级的公教人员为然。有人感慨地说："一个人在抗战时期不能发财，便一辈子不能发财了。"在物质缺乏、通货膨胀之际，发财易如反掌。有人囤积螺丝钉，有人囤积颜料，都发了财。跑国际路线带些洋货也发了财。就是公教人员没有办法，中等阶级所受打击最大。

各公共机构都奉命设立消费合作社。编译馆同仁公推我为理事会主席，龚业雅为经理，舒傅俪、朱心泉、何万全为办事员。我们五个人通力合作，抱定涓滴归公的宗旨为三百左右社员谋取福利。我们的业务繁杂，主要工作之一是办理政府颁发的配给物资。米最重要，每口每月二斗。米由船运到北碚江边，要我们自己去领取运到馆址分发，其间颇有耗损。运到之后，一袋袋的米堆在场上成一小丘，由请来的一位师傅高高地蹲坐在丘巅之上，以他的特殊技巧为大家分米。尽管他的技术再高，分配下来总还差一点，后来者就要向隅。为避免这现象，我决定每人于应领之分取出一小碗，以备不足。有时因为分配完毕之后又多出一些，

① 毛姆孙：即蒙森，Mommsen.T。

② 萨克莱：今译萨克雷。

③ 《纽康氏家传》：今译《纽康家》。

我便把剩余部分卖掉，以所得之钱分给大家。如此大家都没有异议。每次看到大家领米，有持洗脸盆的，有拿铁桶的，有用枕头套的，分别负米而去，景象非常热闹。为五斗米折腰，不得不尔。米多稗及碎石，也未便深责了。

油也是配给的。人只有在缺油的时候才知道油的重要。我小时候，听说乡下人吃“钱儿油”，以木签穿钱孔，伸入油钵中提取油，以为是笑话。现在才知道油是不容耗费的物资。领油的人自备容器，大小形状各异，挹注之间偶有出入势所难免，以致引起纷争，我们绝对容忍只求息事宁人。油不仅供食用，点灯也要用它。灯草油灯是我小时最普通的照明用具，如今乃又见之。两根灯草，一灯如豆，只有在读书写作或打麻将的时候才肯加上几根灯草。

重庆有物资局，供应平价物品，局长先是何浩若先生，后为熊祖同先生，都是我的同学。最重要的物品之一是布匹。公教人员入川，没有多少行装，几年下来最先磨破的是西装裤。臀部打的补丁到处可见。后方最普通的衣料是芝麻呢，乃粗糙的黑白点的布料。我们从物资局大量购入布匹，以及牙刷毛巾肥皂之类的日用品，运到之日我书写物品价单，门前若市。对我们中国人，糖不是必需品，何况四川也产糖，只是运输不便。我们派专人到内江大量采购，搭小船运来，大为人所艳羡。

合作社不以牟利为目的，可是年终还有红利可分。平素收支分明，但是月底盘货清账，有时常有亏空，账目难以平衡。算盘打到深夜，无法结账，我乃在账簿上大书“本月亏空若干元”，作为了结。这是不合法的，但是合作事业管理局派员前来查账，竟以此为“不做假账”之明证，特予褒扬，列为办理最优。我们办合作社，都没有任何报酬，唯一安慰是得到了社员的绝对信任。

“前方吃紧，后方紧吃”，事诚有之。但这是以某些特殊阶级为限，一般公教人员和老百姓在物资缺乏物价高涨的压力之下，糊口不易，遑言紧吃？后方的生活清苦是普遍的事实。

四

遇到敌机空袭采取避难措施，一般人称之为“跑警报”。

北碚不是重要的地方，但是经过好几次空袭。第一次空袭出于意外，机枪扫射伤了正在体育场上忙碌的郝更生先生。那时我正在新村的一小楼上瞭望，数着敌机编队共有几架，猛听得嗞嗞的几声划空而下，紧接着就是嘭嘭的几声响，原来是几颗燃烧弹落下了，没有造成什么损失，我在楼前还拾得几块炸弹残片。又有一次轰炸北碚对岸黄桷树的复旦大学，当时何浩若先生正和复旦文学院长孙寒冰先生在室内下象棋，一声爆炸，何浩若钻到桌下，孙寒冰往屋外跑，才出门就被一块飞起的巨石砸死！经过几次轰炸，大家渐有经验，同时防空洞的挖掘也到处进行。编译馆有两个防空洞，可容数百人。紧急警报一响，大家陆续入洞，有人带着小竹凳，有人携着水瓶，有人提着饭盒，有些人手里还少不得一把芭蕉叶。有人入洞前先要果腹，也有人入洞前必须如厕。如果敌机分批来袭，形成疲劳轰炸，情况便很严重。初，记不得是哪一年，是一九三九年或一九四〇年吧，五月三日重庆在轰炸中死伤了一些人，翌日我乘船去探望住在戴家巷二号的一位好友。到达重庆之后，我先在临江门夫子庙一带巡视，看见街上有一列盖着草席的死尸，每人两只光脚都露在外面。在戴家巷二号坐了不久，警报又呜呜响，我们没有躲避，在客厅里坐以待弹。果然一声巨响屋角塌了下来，尘埃弥漫，我们不约而同地钻在一张大硬木桌底下。随后看见火光四起，乃相偕逃出门外，只见街上人潮汹涌，宪兵大声吼叫：“到江边去，到江边去！”我们不由自主地随着人潮前进，天已黑了下来，只有火光照耀，下陡坡看不见台阶，只好大家手牵着手摸索下坡，汗如雨下，狼狈至极。摸索到了海棠溪沙洲之上，时已午夜，山城高耸一片火海。竹筑的房屋烧得噼噼啪啪响，有如爆竹。希腊《荷马史诗》描写脱爱城破时的景象不知是不是这个样子。看着火势渐杀，才相率爬坡回去。戴家巷二号无恙，我在临江门中国旅行社招待所保留的一间房子则已门窗洞开全被消防水浸。这便是有名的五四大轰炸。

经此一炸，大家才认真空防。我既已疏散到北碚，没事便不再到重庆。重庆有一个大隧道，可容一两千人避难。有一次敌机肆虐，日夜不停，警宪为维持秩序在洞口大门上锁。里面人多，时间一久，氧气渐不敷用，起先是油灯一个个地熄灭，随后有人不支，最后大家鼓噪，群起外拥，自相践踏，出路壅塞，活活窒息而死者千人左右。警报解除后，有人在某部大楼上俯瞰，见有大车数十辆装运光溜溜的尸体像死鱼一样。这一惨案责任好像未加深究，市长记大过一次。

本来我在致力于莎士比亚的翻译，一年译两出，入川后没有任何参考书籍可得，仅完成《亨利四世·下篇》一种。从广告上看到《亨利四世·上篇》之新集注本出版，我千方百计地恳求有机会出国的至亲好友给我购买一册，他们各自带回不少洋货分赠给我，但是不及买书一事。抗战时期想要一本书，其难如此！在偶然的情形之下，我译了《呼啸山庄》小说一册，又译了乔治·艾略特的一个中篇《尘世情缘》。此外便是给刘英士先生主编的《星期评论》写了一些短文，以后辑成《雅舍小品》。抗战八年之中我究竟做了些什么事。就记忆所及，略如本文所述。惭愧惭愧。

忆《新月》

《新月》杂志是民国十六年出版的，距今已有三十多年，我对它的记忆已有些模糊不清。前些时在友人处居然看到了十几本《新月》，虽然纸张有些焦黄，脊背有些虫蚀，却好像是旧友重逢，觉得非常亲切，不知这几本杂志看到了我如今这老丑的样子是否也有一点伤感。

办杂志是稀松平常的事。哪个喜欢摇摇笔杆的人不想办个杂志？起初是人办杂志，后来是杂志办人，其中甘苦谁都晓得。《新月》不过是近数十年来无数刊物中之一，在三四年的销行之后便停刊了，并没有什么特别值得称述的。不过办这杂志的一伙人，常被人称作“新月派”，好像是一个有组织的团体，好像是有什么共同的主张，其实这不是事实。我有时候也被人称为“新月派”之一员，我觉得啼笑皆非。如果我永久地缄默，不加以辩白，恐怕这一段事实将不会被人知道。这是我写这一段回忆的主要动机。胡适之先生曾不止一次地述说：“狮子老虎永远是独来独往的，只有狐狸和狗才成群结队！”办《新月》杂志的一伙人，不屑于变狐变狗。“新月派”这一顶帽子是自命为左派的人所制造的，后来也就常被其他的人所使用。当然，在使用这顶帽子的时候，恶意的时候比较多，以为一顶帽子即可以把人压个半死。其实一个人，如果他真是一个人，帽子是压不倒他的。

民国十六年春，国民革命军北伐到了南京近郊，当时局势很乱。我和余上沅都在东南大学教书，同住在学校对门蓁巷四号，我们听到炮声隆隆，看到街上兵荒马乱，成群的散兵游勇在到处拉夫抓车，我们便商量应变的方策，决定携眷到上海再说。于是把衣物书籍装箱存在学校图书馆里，我们闯到下关搭船到了上海。学校一时无法开学，后来开学之后我们也不在被续聘之列，我们只好留在上海。我们到上海，是受了内战之赐。

这时节北方还在所谓“军阀”的统治之下，北平的国立八校经常在闹“索薪”风潮，教员的薪俸积欠经年，在请愿、坐索呼吁之下每个月也只能领到三几成薪水，一般人生活非常狼狈，学校情形亦不正常，有些人开始逃荒，其中一部分逃到上海。徐志摩、丁西林、叶公超、闻一多、饶子离等都在这时候先后到了上海。胡适之先生也是这时候到了上海居住。

同时有一批批的留学生自海外归来。那时候留学生在海外受几年洋罪之后很少有不回来的，很少人在外国久长居留做学术研究，也很少人耽于物质享受而流连忘返。潘光旦、刘英士、张禹九等都在这时候卜居沪滨。

上海是热闹的地方，究竟是个弹丸之地，我和上沅到了上海之后立刻就找到了我们所熟识的朋友们。我起先住旅馆，随后住到潘光旦家里，终于在爱文义路租到了房子。有一天遇到余上沅，他告诉我他也有了住处，可是地点尚未确定，这话说得有些蹊跷，原来是徐志摩、胡适之几位想要在上海办一个杂志并且开一爿书店，约他去代为经营，想物色一幢小小的房屋，楼下作为办事处，楼上由他居住。后来选中了法租界环龙路环龙别墅四号。

两个人办不了一个杂志，于是徐志摩四处访友，约集了潘光旦、闻一多、饶子离、刘英士和我。那时候杂志还没有名称。热心奔走此事的是志摩和上沅，一个负责编辑，一个负责经理。此外我们几个人对于此事并无成见，以潘光旦寓所为中心，我们经常聚首，与其群居终日言不及义，倒不如大家拼拼凑凑来办一个刊物，所以我们同意了参加这个刊物的编辑。上沅传出了消息，杂志定名为“新月”，显然这是志摩的意思，因为在北平原有一个“新月社”，“新月”二字是套自印度泰戈尔的一部诗《新月集》，泰戈尔访华时梁启超出面招待，由志摩任翻译，所以他对“新月”二字特感兴趣，后来就在北平成立了一个“新月社”，像是俱乐部的性质，其中分子包括了一些文人和开明的政客与银行家。我没有参加过北平的新月社，那时候我尚在海外；一多是参加过的，但是他的印象不大好，因为一多是比较的富于“拉丁区”趣味的文人，而新月社的绅士趣味重些。不过我们还是接受了这个名称，因为这名称，至少在上海还是新鲜的，并不带有任何色彩。后来上沅又传出了消息，说是刊物决定由胡适之任社长、徐志摩任编辑，我们在光旦家里集议提出了异议，觉得事情不应该这样由一二人独断独行，应该更民主化，由大家商定，我们把这意见告诉了上沅。志摩是何等明达的人，他立刻接受了我们的意见。《新月》创刊时，编辑工作是由五个人共同负责，胡先生不列名。志摩是一团热心，不大讲究什么办事手续，可是他一团和气，没有人能对他发脾气。胡先生事实上是领袖人物，但是他从不以领袖自居。

《新月》出版了，它给人的印象是很清新。从外貌上看就特别，版型是方方的，蓝面贴黄签，签上横书古宋体“新月”二字。面上浮贴一张白纸条，上面印着要目。方的版型大概是袭取英国十九世纪末的著名文艺杂志*Yellow Book*的形式。这所谓的“黄皮书”是一种季刊，刊于一八九四至一八九七年，内有诗、小说、散文，作者包括Henry James，Edmund Gosse，Max Beerbohm，Earnest Dawson，W.H.Davis等，最引人注意的是多幅的Aubrey Beardsley的画，古怪夸张而又极富颓废的意味，志摩、一多都很喜欢它。《新月》模仿了黄皮书的形式，却很少人注意到，因为国内很少人看到过这黄皮书。假使左派仁兄们也知道有所谓黄皮书者，恐怕他们绝不会放过这一个可以大肆抨击的题目。

《新月》一伙人，除了共同愿意办一个刊物之外，并没有多少相同的地方；相反的，各有各的思想路数，各有各的研究范围，各有各的生活方式，各有各的职业技能。彼此不需标榜，更没有依赖，办刊物不为谋利，更没有别的用心，只是一时兴之所至。《我们的态度》一文，是志摩的手笔，好像是包括了我们的共同信仰，但是也很笼统，只举出了“健康与尊严”二义。以我个人而论，我当时的文艺思想是趋向于传统稳健的一派，我接受五四运动的革新主张，但是我也颇受哈佛大学教授白璧德的影响，并不同情过度浪漫的倾向。同时我对于当时上海叫嚣最力的“普罗文学运动”也不以为然。我自己觉得我是处于左右两面之间。我批评普罗文学运动，我也批评了鲁迅，这些文字发表在《新月》上，但是这只是我个人的意见，我并不代表《新月》。我是独力作战，《新月》的朋友并没有一个人挺身出来支持我，《新月》杂志上除了我写的文字之外没有一篇文字接触到普罗文学。

提起普罗文学运动，需略加解释。一切的文学运动都是对于原来的文学传统加以修正的，总是针对当时文学之弊而加以改进。就是介绍外国的文艺思潮，也无非是供作借镜，以为参考之用。而且文学运动总是以文学为主体，文学范围之内的运动。唯普罗文学则异于是，它突如其来，把传统文学的价值观念一笔抹杀，生吞活剥地把一些似是而非的哲学、政治、经济的理论硬塞进去，好像文学除了当作某些人的武器使用之外便无价值可言。这一运动还不是本国土生土长的，更不是自发自止的，乃是奉命开锣奉命收台的，而且是奉的苏俄共产党之命！Max Eastman有一本书，名《穿制服的艺术家》（*Artists in Uniform*）记述苏俄共党中央如何发号施令、如何策动操纵各地的这一普罗文学运动甚为详尽，可惜此书出版在稍后几年，否则真可以令当时在上海搞普罗文学运动的人们当场出彩。普罗文学运动不出几年的工夫便奉命收场，烟消火灭，这足以说明当初运动火炽的时候是多么言不由衷！我在《新月》上一连发表了几篇文字，如《文学与革命》《文学是有阶级性的吗》《所谓文艺政策者》……我的主旨在说明文学的性质在于普遍的永久的人性之描写，并无所谓“阶级性”（见我的《偏见集》，正中书局二十三年版）。这几篇文字触怒了左派的人士，于是对我发起围剿。最先挺身出马的不是别位，正是以写杂感著名的鲁迅。鲁迅的文章实在是写得好，所谓“辣手著文章”庶几近之，但是距“铁肩担道义”则甚远。讲道理他是不能服人的，他避免正面辩论，他采用迂回战术，绕着圈子旁敲侧击，做人身攻击。不过他文章写得好，遂赢得许多人欣赏，老实讲，在左派阵营中还很难再找出第二个像他这样的人才。左派先生们是不大择手段的，像鲁迅的文字还算是比较光明的，像“叶灵凤”其人者便给我捏造故事编为小说（见《现代小说》第二期），还有小报（自称为工人所办的小报）登些不堪入目的猥亵文字来污辱我，较比鲁迅当年的两颗黄色大门牙之被人奚落，其雅俗之分又不可以道里计。最可恼的是居然有人半夜三更打电话到我寓所，说有急事对我谈话，于问清我的身份之后便破口大骂一声而把电话挂断。像这一类的困扰，倒是颇有一点普罗滋味。

普罗文学运动，像其他的许多运动一样，只是空嚷嚷一阵，既未开花，亦未结果，因为根本没有生根。所以我提出“拿货色来”的要求之后，连鲁迅也无可奈何地承认这是无法抵拒的要求。没有货色，嚷嚷什么运动？而货色又绝不是嚷嚷就出得来的。老实讲，文人对于劳苦的大众总是同情的，中外古今并无二致。

“朱门酒肉臭，路有冻死骨”是杜甫的名句，好在里面有深厚的热情，对高官贵人豪商富贾的奢侈生活表示鄙夷讽刺，对饥饿的人民表示同情。但是杜甫上三大礼赋前前后后之卑躬屈节的希求仕进，就不能赢得后人的尊敬。过去的文学家，靠了阿谀当道而青云直上跻身庙堂者比比皆是，而他们的作品之流芳百世者大概都是人世酸辛的写照。我们中国的近代社会，尤其是自从所谓帝国主义势力侵入以后，大多数的人民确是水深火热，真是民不聊生，而在上者又确实肉食者鄙。文学家尽可口诛笔伐扶弱济贫一吐其胸中不平之气，又何必乞灵于苏俄的文艺政策，借助于唯物史观？我在《新月》上批评了普罗文学运动，但是也没有忘记抨击浪漫颓废的倾向。我的一篇《文人有行》便使得许多人觉得不好受，以为我是在指责他。郁达夫便是其中的一个。郁达夫原是属于浪漫颓废一类型，但是很奇怪的是他在《北新》半月刊里连载翻译辛克莱的《拜金艺术》为左派推波助澜！《拜金艺术》是一本肤浅而荒谬的东西，但是写得火辣辣的，颇有刺激性，所以很时髦，合于“左”倾分子的口味与程度。

《新月》杂志在文化思想以及争取民主自由方面也出了一点力。最初是胡适之先生写了一篇《知难行亦不易》、一篇《新文化运动与国民党》。这两篇文章，我们现在看来，大致是平实的，至少在态度方面是“善意的批评”，在文字方面也是温和的，可是那时候有一股凌厉的政风，不知什么人撰了“党外无党，党内无派”的口号，只许信仰，不许批评。胡先生说：“上帝都可以批评，为什么不可以批评一个人？”所以虽然他的许多朋友如丁縠音、熊克武、但懋辛都力劝他不可发表这些文章，并且进一步要当时做编辑的我来临时把稿径行抽出，胡先生还是坚决要发表。发表之后果然有了反响。我们感到切肤之痛的《新月》被邮局扣留不得外寄，这一措施延长到相当久的时候才撤销。胡先生写信给胡展堂先生抗议，所得的回答是：“奉胡委员谕：拟请台端于×月×日来京到……一谈。特此奉陈，即希查照，此致胡适之先生。胡委员秘书处谨启。”这一封信，我们都看到了，都觉得这封信气派很大，相当吓人。胡先生没有去，可是此后也没有再继续发表这一类的文字，这两篇文章也不见于现行远东版《胡适文存》中。我写了一篇《论思想统一》也是主张思想自由的。这时节罗隆基自海外归来，一连串写了好几篇论人权的文章，鼓吹自由思想与个人主义，使得《新月》有了更浓厚的政治色彩，引起了更大的风波。先是以胡先生为校长的中国公学，平静的校园里起了涟漪，由本校学生组成的党的区分部行文给本校校长指责他应在礼堂里悬挂总理遗像，应在纪念周宣读总理遗嘱。后来中央通令全国大专学校设党义研究室，大学教职员必须研究党义。各大学都遵命成立党义研究室，里面陈列着应该陈列的书刊，有多少人进去研究虽不可考，我们几个人确是受益不少，利用这难得的机会更进一步研读了一些不应该不读的书刊。胡先生对于人权的观念是很简单的，他的出发点只是法治精神与人道主义，并没有任何党派主张或政治意味。我记得最初触起他的有关人权问题的注意者乃是报载华北唐山某一老百姓被地方官吏殴辱的故事，他认为这不是偶发事件，这是全国到处皆然的，他认为这种“一朝权在手，便把令来行”的态度是要不得的。我又记得，胡先生编了一本《宋人话本八种》由亚东出版，里面有一篇《海陵王无道荒淫》，巡捕房认为有伤风化，径予没收，胡先生很不嗬然，特去请教在英国学过法律的郑天锡先生，知道“没收”是附带处分，如果被告没有罪刑，便不应该发生附带处分的可能，可见胡先生是非常注意法律程序的。

有关人权问题的文字一共有十几篇，后来印成了一个小册子，名为《人权论集》，由新月书店出版，现已绝版。

说到新月书店，也是很有趣的。我们一伙人如何会经营商店？起初是余上沅负责，由他约请了一位谢先生主持店务，谢先生是书业内行，他包办一切，后来上沅离沪，仍然实际上由谢先生主管，名义上由张禹九当经理，只是遥领，盖盖图章而已。书店设在闹区之望平街，独开间，进去是黑黝黝的一间屋子，可是生意不恶。这书店的成本只有四千元，一百元一股，五十元半股，每人最多不能超过两股，固然收了“节制资本”之效，可是大家谁也不愿多负责了。我只认了半股。虽然我是书店的总编辑，我不清楚书店的盈亏情形，只是在股东会议听取报告。《新月》月刊每期实销多少我也从来不知道。不过我们出了不少书，有些书留下很清晰的印象。

胡先生的《白话文学史》是新月书店出的第一本书，也是最畅销的一本书。像他的《中国哲学史》一样，只有上卷。《白话文学史》写到唐朝为止。他的主要目的是在说明白话文学是古已有之的，是中国文学里的传统之一。后来他又出版了他的《四十自述》，其中一部分是《新月》月刊上发表过的，他现身说法提倡传记文学。我们遗憾的是他写到四十为止，以后没有续写下去。但是这个遗憾是可以弥补的。胡先生有一部伟大的日记。他的留学日记是大家所熟悉的，一个人在学生时代能有那样丰富的日记，是很不寻常的，他的头脑之成熟比一般人要早一二十年以上。胡先生于这部留学日记之后，一直从不间断地在记日记。有一天，我和徐志摩到他家里去（上海极司菲尔路），他不在家而楼下适有他客，胡太太吩咐我们到楼上书房里去坐，志摩是闲不住的，进屋便东看西看，一眼看到书架上有一大堆稿子，翻开一看，原来是日记，写在新月稿纸（这种稿纸其实原是胡先生私人用的稿纸，每页二百五十字，空白特多，甚为合用）上，写得整整齐齐，记载着每日的活动感想等，还剪贴了不少的报纸资料，不仅是个人的日记，还是社会史料。我们偷看了一部分之后，实在佩服他的精力过人，毅力亦过人。胡先生说："这是我留给我的儿子们的唯一的遗产，要等我死后才能发表。"我们希望能在不太久的将来看见这一部伟大的日记出版。胡先生还有一本《庐山游记》，这小册子被常燕先生评为"玩物丧志"，胡先生很不服气，他说："我为了一个塔写八千字的考证是为了提供一个研究的方法。"是的，胡先生后来写了几百万字考证《水经注》，据说也是为了提供一个研究方法。

徐志摩的作品在新月出版的有《翡冷翠的一夜》《巴黎的鳞爪》《自剖》《卞昆冈》等。闻一多的《死水》也是新月出版的，这一本诗集曾发生很大的影响。志摩和一多的诗，有人称为新月派，也有人谥为"豆腐干式"，他们是比较注重"形式"，尤其是学绘画的闻一多，他不知道除了形式还有什么美。他们都有意模仿外国诗体，当时是新诗的一大进步。有人常把朱湘也列入新月派，事实上朱湘与新月毫无关系。年轻一辈的陈梦家、方玮德在《新月》月刊上初露头角，后来在《诗刊》里占比较重要的地位，《诗刊》是月刊，志摩主编，记得只出了三四期。

潘光旦在新月出了好几本书，如《小青之分析》《家庭问题论丛》《人文生物学论丛》[①]。光旦是社会学的一位杰出人才，治优生学，头脑清楚，有独立的见解，国文根底好。

我在新月出版的书有：《浪漫的与古典的》《文学的纪律》《阿伯拉与哀绿绮思的情书》《潘彼德》《织工马南传》《白璧德与人文主义》等。

此外新月出版的书之我留有印象的，如陈西滢著《西滢闲话》，凌叔华著《花之寺》，陈衡哲著《小雨点》，邢鹏举译《欧卡珊与尼珂莱》，徐志摩、沈性仁译《玛丽玛丽》，余上沅等著《国剧运动》，余上沅译《可敬的克莱登》，

① 潘光旦所写的《小青之分析》后改名为《冯小青》，《家庭问题论丛》后来改名为《中国之家庭问题》。

伍光建译《造谣学校》《诡姻缘》，顾仲彝译《威尼斯商人》，刘英士译《欧洲的向外发展》，费鉴照著《现代诗人》，陈西滢译《少年歌德之创造》，陈楚淮著《金丝雀》，赵少侯译《迷眼的沙子》等。沈从文常给新月写小说。我不记得有没有单行本。

到了民国十九年，新月的一伙人差不多都离开上海了。闻一多本来不在上海，十九年夏他到上海来，我们两个应杨今甫邀赴青岛参加正在筹备中的国立青岛大学。胡先生和志摩都到北大去了，上沅也早就到了北平。《新月》杂志在罗隆基编辑之下逐渐变了质，文艺学术的成分少了，政治讨论的成分多了，这是我们始料不及的事。书店在光旦的长兄潘孟翘先生强勉支撑中也不见起色。所以胡先生有一次途经青岛时便对我们说起结束新月的事，我们当然也赞成，后来便由胡先生出面与商务印书馆王云五先生商洽，由商务出一笔钱（是七八千元）给新月书店，有这一笔款弥补亏空新月才关得上门，新月所出的书籍一律转移到商务继续出版，所有存书一律送给商务，新月宣布解散。

这便是新月的原原本本。一伙人萍踪偶聚，合力办一个杂志开一个书店，过三四年劳燕分飞，顿成陈迹，只是回忆的资料而已。有多少成绩，有什么影响，自己也不知道。胡先生最喜欢引佛书上的一句话："功不唐捐。"意思是"努力必不白费"，有耕耘即有收获。这收获究竟在哪里呢？回忆之际，觉得惶惑不已。

新月一伙人现在台湾者，除我之外还有刘英士先生和叶公超先生。

纽约的旧书铺

我所看见的在中国号称“大”的图书馆，有的还不如纽约下城十四街的旧书铺。纽约的旧书铺是极引诱人的一种去处，假如我现在想再到纽约去，旧书铺是我所要首先去流连的地方。

有钱的人大半不买书，买书的人大半没有多少钱。旧书铺里可以用最低的价钱买到最好的书。我用三块五角钱买到一部Jewett译的《柏拉图全集》，用一块钱买到第三版的《亚里士多德之诗与艺术的学说》，就是最著名的那个Butcher的译本——这是我买便宜书之最高的纪录。

罗斯丹的戏剧全集，英文译本，有两大厚本，定价想来是不便宜。有一次我陪着一位朋友去逛旧书铺，在一家看到全集的第一册，在另一家又看到全集的第二册，我们便不动声色地用五角钱买了第一册，又用五角钱买了第二册。用同样的方法我们在三家书铺又拼凑起一部《品内罗戏剧全集》。后来我们又想如法炮制拼凑一部《易卜生全集》，无奈工作太伟大了，没有能成功。

别以为买旧书是容易事。第一，你这两条腿就受不了，串过十几家书铺以后，至少也要三四个钟头，则两腿谋革命矣。饿了的时候，十四街有的是卖“热狗”的，腊肠似的鲜红的一条肠子夹在两片面包里，再涂上一些芥末，颇有异味。再看看你两只手，可不得了，至少有一分多厚的灰尘。然后你左手挟着一包，右手提着一包，在地底电车里东冲西撞地踉跄而归。书铺老板比买书的人精明。什么样的书有什么样的行市，你不用想骗他。并且买书的时候还要仔细，有时候买到家来便可发见版次的不对，或竟脱落了几十页。遇到合意的书不能立刻就买，因为顶痛心的事无过于买妥之后走到别家价钱还要便宜；也不能不立刻就买，因为才一回头的工夫，手长的就许先抢去了。这里面颇有一番心机。

在中国买英文书，价钱太贵还在其次，简直就买不到。因此我时常地忆起纽约的旧书铺。

想我的母亲

父母对子女的爱，子女对父母的爱，是神圣的。我写过一些杂忆的文字，不曾写过我的父母，因为关于这个题目我不敢轻易下笔。小民女士逼我写几句话，辞不获已，谨先略述二三小事以应，然已临文不胜风木之悲。

我的母亲姓沈，杭州人。世居城内上羊市街。我在幼时曾侍母归宁，时外祖母尚在，年近八十。外祖父入学后，没有更进一步的功名，但是课子女读书甚严。我的母亲教导我们读书启蒙，尝说起她小时苦读的情形。她同我的两位舅父一起冬夜读书，冷得腿脚僵冻，取大竹篓一，实以败絮，三个人伸足其中以取暖。我当时听得惕然心惊，遂不敢荒嬉。我的母亲来我家时年甫十八九，以后操持家务尽瘁终身，不复有暇进修。

我同胞兄弟姐妹十一人，母亲的劬育之劳可想而知。我记得我母亲常于百忙之中抽空给我们几个较小的孩子们洗澡。我怕肥皂水流到眼里，我怕痒，总是躲躲闪闪，总是咯咯的笑个不住，母亲没有工夫和我们纠缠，随手一巴掌打在身上，边洗边打边笑。

北方的冬天冷，屋里虽然有火炉，睡时被褥还是凉似铁。尤其是钻进被窝之后，脖子后面透风，冷气顺着脊背吹了进来。我们几个孩子睡一个大炕，头朝外，一排四个被窝。母亲每晚看到我们钻进了被窝，叽叽喳喳的笑语不停，便过来把油灯吹熄，然后给我们一个个的把脖子后面的棉被塞紧，被窝立刻暖和起来，不知不觉的就睡着了。我不知道母亲用的什么手法，只知道她塞棉被带给我无可言说的温暖舒适，我至今想起来还是快乐的，可是那个感受不可复得了。

我从小不喜欢喧闹。祖父母生日照例院里搭台唱傀儡戏或滦州影戏。一过八点我便掉头而去进屋睡觉。母亲得暇便取出一个大簸箩，里面装的是针线剪尺一类的缝纫器材，她要做一下缝缝连连的工作，这时候我总是一声不响的偎在她的身旁，她赶我走我也不走，有时候竟睡着了。母亲说我乖，也说我孤僻。如今想想，一个人能有多少时间可以偎在母亲身旁？

在我的儿时记忆中，我母亲好像是没有时候睡觉。天亮就要起来，给我们梳小辫是一桩大事，一根一根的梳个没完。她自己要梳头，我记得她用一把抿子蘸着刨花水，把头发弄得锃光大亮。然后她要一听上房有动静便急忙前去当差。盖碗茶、燕窝、莲子、点心，都有人预备好了，但是需要她去双手捧着送到祖父母跟前，否则要儿媳妇做什么？在公婆面前，儿媳妇永远是站着的，没有座位的。足足的站几个钟头下来，不是缠足的女人怕也受不了！最苦的是，公婆年纪大，不过午夜不安歇，儿媳妇要跟着熬夜在一旁侍候。她困极了，有时候回到房里来不及脱衣服倒下便睡着了。虽然如此，母亲从来没有说过一句怨言。到了民元前几年，祖父母相继去世，我母亲才稍得清闲，然而主持家政教养儿女也够她劳苦的了。她抽暇隔几年返回杭州老家去度夏，有好几次都是由我随侍。

母亲爱她的家乡，在北京住了几十年，乡音不能完全改掉。我们常取笑她，例如，北京的“京”，她说成“金”，她有时也跟我们学，总是学不好，她自己也觉得好笑。我有时学着说杭州话，她说难听死了，像是门口儿卖笋尖的小贩说的话。

我想一般人都会同意，凡是自己母亲做的菜永远都是最好吃的。我的母亲平常不下厨房，但是她高兴的时候，尤其是父亲亲自到市场买回鱼鲜或其他南货的时候，在父亲特烦之下，她也欣然操起刀俎。这时候我们就有福了。我十四岁离家到清华，每星期回家一天，母亲就特别疼爱我，几乎很少例外的要亲自给我炒一盘冬笋木耳韭菜黄肉丝，起锅时浇一勺花雕酒，这是我最喜欢的一道菜。但是这一盘菜一定要母亲自己炒，别人炒味道就不一样了。

我母亲喜欢在高兴的时候喝几盅酒。冬天午后围炉的时候，她常要我们打电话到长发叫五斤花雕，绿釉瓦罐，口上罩着一张毛边纸，温热了倒在茶杯里和我们共饮。下酒的是大落花生，若是有“抓空儿的”，买些干瘪的花生吃则更有味。我和两位姊姊陪母亲一顿吃完那一罐酒。后来我在四川独居无聊，一斤花生一罐茅台当晚饭，朋友们笑我吃“花酒”，其实是我母亲留下的作风。

我自从入了清华，以后和母亲在一起的时候就少了。抗战前后各有三年和母亲住在一起。母亲晚年喜欢听评剧，最常去的地方是吉祥，因为离家近，打个电话给卖飞票的，总有好的座位。我很后悔，我没能分出时间陪她听戏，只是由我的姐姐弟弟们陪她消遣。

我父亲曾对我说，我们的家所以成为一个家，我们几个孩子所以能成为人，全是靠了我母亲的辛劳维护。一九四九年以后，音讯中断，直等到恢复联系，才知道母亲早已弃养，享寿九十岁。西俗，母亲节佩红康乃馨，如不确知母亲是否尚在则佩红白康乃馨各一。如今我只有佩白康乃馨的份了，养生送死，两俱有亏，惨痛惨痛！

我的一位国文老师

我在十八九岁的时候，遇见一位国文先生，他给我的印象最深，使我受益也最多，我至今不能忘记他。

先生姓徐，名镜澄，我们给他上的绰号是“徐老虎”，因为他凶。他的相貌很古怪，他的脑袋的轮廓是有棱有角的，很容易成为漫画的对象。头很尖，秃秃的，亮亮的，脸形却是方方的，扁扁的，有些像《聊斋志异》绘图中的夜叉的模样。他的鼻子眼睛嘴好像是过分的集中在脸上很小的一块区域里。他戴一副墨晶眼镜，银丝小镜框，这两块黑色便成了他脸上最显著的特征。我常给他画漫画，勾一个轮廓，中间点上两块椭圆形的黑块，便惟妙惟肖。他的身材高大，但是两肩总是耸得高高，鼻尖有一些红，像酒糟的，鼻孔里常常藏着两桶清水鼻涕，不时的吸溜着，说一两句话就要用力的吸溜一声，有板有眼有节奏，也有时忘了吸溜，走了板眼，上唇上便亮晶晶的吊出两根玉箸，他用手背一抹。他常穿的是一件灰布长袍，好像是在给谁穿孝，袍子在整洁的阶段时我没有赶得上看见，余生也晚，我看见那袍子的时候即已油渍斑斓。他经常是仰着头，迈着八字步，两眼望青天，嘴撇得瓢儿似的。我很难得看见他笑，如果笑起来，是狞笑，样子更凶。

我的学校是很特殊的。上午的课全是用英语讲授，下午的课全是国语讲授。上午的课很严，三日一问，五日一考，不用功便要被淘汰，下午的课稀松，成绩与毕业无关。所以每到下午上国文之类的课程，学生们便不踊跃，课堂上常是稀稀拉拉的不大上座，但教员用拿毛笔的姿势举着铅笔点名的时候，学生却个个都到了，因为一个学生不只答一声到。真到了的学生，一部分是从事午睡，微发鼾声，一部分看小说如《官场现形记》《玉梨魂》之类，一部分写“父母亲大人膝下”式的家书，一部分干脆瞪着大眼发呆，神游八表。有时候逗先生开顽笑。国文先生呢，大部分都是年高有德的，不是榜眼、就是探花，再不就是举人。他们授课不过是奉行故事，乐得敷敷衍衍。在这种糟糕的情形之下，徐老先生之所以凶，老是绷着脸，老是开口就骂人，我想大概是由于正当防卫吧。

有一天，先生大概是多喝了两盅，摇摇摆摆的进了课堂。这一堂是作文，他老先生拿起粉笔在黑板上写了两个字，题目尚未写完，当然照例要吸溜一下鼻涕，就在这吸溜之际，一位性急的同学发问了：“这题目怎样讲呀？”老先生转过身来，冷笑两声，勃然大怒：“题目还没有写完，写完了当然还要讲，没写完你为什么就要问？……”滔滔不绝的吼叫起来，大家都为之愕然。这时候我可按捺不住了。我一向是个上午捣乱下午安分的学生，我觉得现在受了无理的侮辱，我便挺身分辩了几句。这一下我可惹了祸，老先生把他的怒火都泼在我的头上了。他在讲台上来回的踱着，吸溜一下鼻涕，骂我一句，足足骂了我一个钟头，其中警句甚多，我至今还记得这样的一句：“×××！你是什么东西？我一眼把你望到底！”

这一句颇为同学们所传诵。谁和我有点争论遇到纠缠不清的时候，都会引用这一句“你是什么东西？我把你一眼望到底”！当时我看形势不妙，也就没有再多说，让下课铃结束了先生的怒骂。

但是从这一次起，徐先生算是认识我了。酒醒之后，他给我批改作文特别详尽。批改之不足，还特别的当面加以解释，我这一个“一眼望到底”的学生，居然成为一个受益最多的学生了。

徐先生自己选辑教材，有古文，有白话，油印分发给大家。《林琴南致蔡孑民书》是他讲得最为眉飞色舞的一篇。此外如吴敬恒的《上下古今谈》，梁启超的《欧游心影录》，以及张东荪的时事新报社论，他也选了不少。这样新旧兼收的教材，在当时还是很难得的开通的榜样。我对于国文的兴趣因此而提高了不少。徐先生讲国文之前，先要介绍作者，而且介绍得很亲切，例如他讲张东荪的文字时，便说：“张东荪这个人，我倒和他一桌上吃过饭……”这样的话是相当的可以使学生们吃惊的，吃惊的是，我们的国文先生也许不是一个平凡的人吧，否则怎样会能够和张东荪一桌上吃过饭！

徐先生于介绍作者之后，朗诵全文一遍。这一遍朗诵可很有意思。他打着江北的官腔，咬牙切齿的大声读一遍，不论是古文或白话，一字不苟的吟咏一番，好像是演员在背台词，他把文字里的蕴藏着的意义好像都给宣泄出来了。他念得有腔有调，有板有眼，有情感，有气势，有抑扬顿挫，我们听了之后，好像是已经领会到原文的意义的一半了。好文章掷地作金石声，那也许是过分夸张，但必须可以朗朗上口，那却是真的。

徐先生之最独到的地方是改作文。普通的批语“清通”“尚可”“气盛言宜”，他是不用的。他最擅长的是用大墨杠子大勾大抹，一行一行的抹，整页整页的勾；洋洋千余言的文章，经他勾抹之后，所余无几了。我初次经此打击，很灰心，很觉得气短，我掏心挖肝的好容易诌出来的句子，轻轻的被他几杠子就给抹了。但是他郑重的给我解释一会，他说：“你拿了去细细的体味，你的原文是软趴趴的，冗长，懈啦晄啷的，我给你勾掉了一大半，你再读读看，原来的意思并没有失，但是笔笔都立起来了，虎虎有生气了。”我仔细一揣摩，果然。他的大墨杠子打得是地方，把虚泡囊肿的地方全削去了，剩下的全是筋骨。在这删削之间见出他的工夫。如果我以后写文章还能不多说废话，还能有一点点硬朗挺拔之气，还知道一点“割爱”的道理，就不能不归功于我这位老师的教诲。

徐先生教我许多作文的技巧。他告诉我：“作文忌用过多的虚字。”该转的地方，硬转；该接的地方，硬接。文章便显着朴拙而有力。他告诉我，文章的起笔最难，要突兀矫健，要开门见山，要一针见血，才能引人入胜，不必兜圈子，不必说套语。他又告诉我，说理说至难解难分处，来一个譬喻，则一切纠缠不清的论难都迎刃而解了，何等经济，何等手腕！诸如此类的心得，他传授我不少，我至今受用。

我离开先生已将近五十年了，未曾与先生一通音讯，不知他云游何处，听说他已早归道山了。同学们偶尔还谈起“徐老虎”，我于回忆他的音容之余，不禁还怀着怅惘敬慕之意。

书籍中典藏的力量

“多少年来所读之书，随缘涉猎，未能专精，故无所成。然亦间有几部书对于我个人为学做人之道不无影响。”

影响我的几本书

我喜欢书，也还喜欢读书，但是病懒，大部分时间荒嬉掉了！所以实在没有读过多少书。年届而立，才知道发愤，已经晚了。几经丧乱，席不暇暖，像董仲舒三年不窥园，弥尔顿五年隐于乡，那样有良好环境专心读书的故事，我只有艳羡。多少年来所读之书，随缘涉猎，未能专精，故无所成。然亦间有几部书对于我个人为学做人之道不无影响。究竟哪几部书影响较大，我没有思量过，直到八年前有一天邱秀文来访问我，她提出了这么一个问题，她问我所读之书有哪几部使我受益较大。我略为思索，举出七部书以对，略加解释，语焉不详。邱秀文记录得颇为翔实，亏她细心的连缀成篇，并以标题“梁实秋的读书乐”，后来收入她的一个小册《智者群像》，时报文化出版公司出版。最近《联副》推出一系列文章，都是有关书和读书的，编者要我也插上一脚，并且给我出了一个题目：影响我的几本书。我当时觉得自己好像是一个考生，遇到考官出了一个我不久以前做过的题目，自以为驾轻就熟，写起来省事，于是色然而喜，欣然应命。题目像是旧的，文字却是新的。这便是我写这篇东西的由来。

第一部影响我的书是《水浒传》。我在十四岁进清华才开始读小说，偷偷地读，因为那时候小说被目为“闲书”，在学校里看小说是悬为厉禁的。但是我禁不住诱惑，偷闲在海淀一家小书铺买到一部《绿牡丹》，密密麻麻的小字光纸石印本，晚上钻在蚊帐里偷看，也许近视眼就是这样养成的。抛卷而眠，翌晨忘记藏起，查房的斋务员在枕下一摸，手到擒来。斋务主任陈筱田先生唤我前去应询，瞪着大眼厉声叱问：“这是嘛？”（天津话“嘛”就是“什么”）随后把书往地上一丢，说：“去吧！”算是从轻发落，没有处罚，可是我忘不了那被叱责的耻辱。我不怕，继续偷看小说，又看了《肉蒲团》《灯草和尚》《金瓶梅》等。

这几部小说，并不使我满足，我觉得内容庸俗、粗糙、下流。直到我读到《水浒传》才眼前一亮，觉得这是一部伟大的作品，不愧金圣叹称之为第五才子书，可以和庄、骚、《史记》、杜诗并列。我一读，再读，三读，不忍释手。曾试图默诵一百零八条好汉的姓名绰号，大致不差（并不是每一人物都栩栩如生，精彩的不过五分之一，有人说每一个人物都有特色，那是夸张）。也曾试图搜集香烟盒里（是大联珠还是前门？）一百零八条好汉的图片。这部小说实在令人着迷。

《水浒》作者施耐庵在元末以赐进士出身，生卒年月不详，一生经历我们也不得而知。这没有关系，我们要读的是书。有人说《水浒》作者是罗贯中，根本不是他，这也没有关系，我们要读的是书。《水浒》有七十回本，有一百回本，有一百十五回本，有一百二十回本，问题重重；整个故事是否早先有过演化的历史而逐渐形成的，也很难说；故事是北宋淮安大盗一伙人在山东寿张县梁山泊聚义的经过，有多大部分与历史符合有待考证。凡此种种都不是顶重要的事。

《水浒传》的主题是“官逼民反，替天行道”。一个个好汉直接间接地吃了官的苦头，有苦无处诉，于是铤而走险，逼上梁山，不是贪图山上的大碗酒、大块肉。官，本来是可敬的。奉公守法公忠体国的官，史不绝书。可是一朝权在手便把令来行的贪污枉法的官却也不在少数。人踏上仕途，很容易被污染，会变成为另外一种人，他说话的腔调会变，他脸上的筋肉会变，他走路的姿势会变，他的心的颜色有时候也会变。“尔俸尔禄，民脂民膏”，过骄奢的生活，成特殊阶级，也还罢了；若是为非作歹，鱼肉乡民，那罪过可大了。《水浒》写的是平民的一股怨气。不平则鸣，容易得到读者的同情，有人甚至不忍深责那些非法的杀人放火的勾当。有人以终身不入官府为荣，怨毒中人之深可想。

较近的事件，义和团之乱是令人难忘的。我生于庚子后二年，但是清廷的糊涂，八国联军之肆虐，从长辈口述得知梗概。义和团是由洋人教士勾结官府压迫人民所造成的，其意义和梁山泊起义不同，不过就其动机与行为而言，我怜其愚，我恨其妄，而又不能不寄予多少之同情。义和团不可以一个“匪”字而一笔抹杀。英国俗文学中之罗宾汉的故事，其劫强济贫目无官府的游侠作风之所以能赢得读者的赞赏，也是因为它能伸张一般人的不平之感。我读了《水浒传》之后，我认识了人间的不平。

我对于《水浒传》有一点极为不满。作者好像对于女性颇不同情。《水浒传》里的故事对于所谓奸夫淫妇有极精彩的描写，而显然的，对于女性特别残酷。这也许是我们传统的大男人主义，一向不把女人当人，即使当作人也是次等的人。女人有所谓贞操，而男人无。《水浒传》为人抱不平，而没有为女人抱不平。这虽不足为《水浒传》病，但是对于欣赏其不平之鸣的读者在影响上不能不打一点折扣。

第二部书该数《胡适文存》。胡先生生在我们同一时代，长我十一岁，我们很容易忽略其伟大，其实他是我们这一代人在思想学术、道德人品上最为杰出的一个。我读他的文存的时候，我尚在清华没有卒业。他影响我的地方有三：

一是他的明白清楚的白话文。明白清楚并不是散文艺术的极致，却是一切散文必须具备的起码条件。他的《文学改良刍议》，现在看起来似嫌过简，在当时是振聋发聩的巨著。他的《白话文学史》的看法，他对于文学（尤其是诗）的艺术的观念，现在看来都有问题。例如他直到晚年还坚持地说律诗是“下流”的东西，骈四俪六当然更不在他眼里。这是他的偏颇的见解。可是在五四前后，文章写得像他那样明白晓畅不枝不蔓的能有几人？我早年写作，都是以他的文字作为模仿的榜样。不过我的文字比较杂乱，不及他的纯正。

二是他的思想方法。胡先生起初倡导杜威的实验主义，后来他就不弹此调。胡先生有一句话，“不要被别人牵着鼻子走！”像是给人的当头棒喝。我从此不敢轻信人言。别人说的话，是者是之，非者非之，我心目中不存有偶像。胡先生曾为文批评时政，也曾为文对什么主义质疑，他的几位老朋友劝他不要发表，甚至要把已经发排的稿件擅自抽回，胡先生说：“上帝尚且可以批评，什么人什么事不可批评？”他的这种批评态度是可佩服的。从大体上看，胡先生从不侈言革命，他还是一个“儒雅为业”的人，不过他对于往昔之不合理的礼教是不惜加以批评的。曾有人家里办丧事，求胡先生“点主”，胡先生断然拒绝，并且请他阅看《胡适文存》里有关“点主”的一篇文章，其人读了之后翕然诚服。胡先生对于任何一件事都要寻根问底，不肯盲从。他常说他有考据癖，其实也就是独立思考的习惯。

三是他的认真严肃的态度。胡先生说他一生没写过一篇不用心写的文章，看他的文存就可以知道确是如此，无论多小的题目，甚至一封短札，他也是像狮子搏兔似的全力以赴。他在庐山偶然看到一个和尚的塔，他做了八千多字的考证。他对于《水经注》所下的功夫是惊人的。曾有人劝他移考证《水经注》的功夫去做更有意义的事，他说不，他说他这样做是为了要把研究学问的方法传给后人。我对于《水经注》没有兴趣，胡先生的著作我没有不曾读过的，唯《水经注》是例外。可是他治学为文之认真的态度，是我认为应该取法的。有一次他对几个朋友说，写信一定要注明年、月、日，以便查考。我们明知我们的函件将来没有人会去研究考证，何必多此一举？他说不，要养成这个习惯。我接受他的看法，年、月、日都随时注明。有人写信仅注月、日而无年份，我看了便觉得缺憾。我译莎士比亚，大家知道，是由于胡先生的倡导。当初约定一年译两本，二十年完成，可是我拖了三十年。胡先生一直关注这件工作，有一次他由台北飞到美国，他随身携带在飞机上阅读的书包括《亨利四世（下篇）》的译本。他对我说他要看看中译的莎士比亚能否令人看得下去。我告诉他，能否看得下去我不知道，不过我是认真翻译的，没有随意删略，没敢潦草。他说俟全集译完之日为我举行庆祝，可惜那时他已经不在了。

第三本书是白璧德的《卢梭与浪漫主义》。白璧德（Irving Babbitt）是哈佛大学教授，是一位与时代潮流不合的保守主义学者，我选过他的“英国十六世纪以后的文学批评”一课，觉得他很有见解，不但有我们前所未闻的见解，而且是和我自己的见解背道而驰。于是我对他发生了兴趣。我到书店把他的著作五种一股脑儿买回来读，其中最有代表性的是他的这一本《卢梭与浪漫主义》。他毕生致力于批判卢梭及其代表的浪漫主义，他针砭流行的偏颇的思想，总是归根到卢梭的自然主义。有一幅漫画讽刺他，画他匍匐在地面揭开被单窥探床下有无卢梭藏在底下。白璧德的思想主张，我在《学衡》杂志所刊吴宓、梅光迪几位介绍文字中已略为知其一二，只是《学衡》固执地使用文言，对于一般受了五四洗礼的青年中很难引起共鸣。我读了他的书，上了他的课，突然感到他的见解平正通达而且切中时弊。我平素心中蕴结的一些浪漫情操几为之一扫而空。我开始省悟，五四以来的文艺思潮应该根据历史的透视而加以重估。我在学生时代写的第一篇批评文字《中国现代文学之浪漫的趋势》就是在这个时候写的。随后我写的《文学的纪律》《文人有行》，以至于较后对于辛克莱《拜金艺术》的评论，都可以说是受了白璧德的影响。

白璧德对东方思想颇有渊源，他通晓梵文经典及儒家与老庄的著作。《卢梭与浪漫主义》有一篇很精彩的附录，论老庄的“原始主义”，他认为卢梭的浪漫主义颇有我国老庄的色彩。白璧德的基本思想是与古典的人文主义相呼应的新人文主义。他强调人生三境界，而人之所以为人在于他有内心的理性控制，不令感情横决。这就是他念念不忘的人性二元论。《中庸》所谓“天命之谓性，率性之谓道，修道之谓教”，孔子所说的“克己复礼”，正是白璧德所乐于引证的道理。他重视的不是élan vital（柏格森所谓的“创造力”）而是élan frein（克制力）。一个人的道德价值，不在于做了多少事，而是在于有多少事他没有做。白璧德并不说教，他没有教条，他只是坚持一个态度——健康与尊严的态度。我受他的影响很深，但是我不曾大规模地宣扬他的作品。我在新月书店曾经辑合《学衡》上的几篇文字为一小册印行，名为《白璧德与人文主义》，并没有受到人的注意。若干年后，宋淇先生为美国新闻处编译一本《美国文学批评》，其中有一篇是《卢梭与浪漫主义》的一章，是我应邀翻译的，题目好像是“浪漫的道德”。三十年代的“左”倾仁兄们，如鲁迅及其他人谥我为“白璧德的门徒”，虽只是一顶帽子，实也当之有愧，因为白璧德的书并不容易读，他的理想很高，也很难身体力行，称为门徒谈何容易!

第四本书是叔本华的《隽语与谶言》（*Maxims and Counsels*）。这位举世闻名的悲观哲学家的主要作品*The World as Will and Idea*我没有读过，可是这部零零碎碎的札记性质的书却给我莫大的影响。

叔本华的基本认识是：人生无所谓幸福，不痛苦便是幸福。痛苦是真实的、存在的、积极的；幸福则是消极的，并无实体的存在。没有痛苦的时候，那种消极的感受便是幸福。幸福是一种心理状态，而非实质的存在。基于此种认识，人生努力方向应该是尽量避免痛苦，而不是追求幸福，因为根本没有幸福那样的一个东西。能避免痛苦，幸福自然就来了。

我不觉得叔本华的看法是诡辩。不过避免痛苦不是一件简单的事，需要慎思明辨，更需要当机立断。

第五部书是斯陶达的《对文明的反叛》（Lothrop Stoddard：*The Revolt against Civilization*）。这不是一部古典名著，但是影响了我的思想。民国十四年，潘光旦在纽约哥伦比亚大学念书，住在黎文斯通大厦，有一天我去看他，他顺手拿起这一本书，竭力推荐要我一读。光旦是优生学者，他不但赞成节育，而且赞成“普罗列塔利亚”少生孩子，优秀的知识分子多生孩子，只有这样做，民族的品质才有希望提高。一人一票的“德谟克拉西”是不合理的，古希腊的“亚里士多克拉西”较近于理想。他推崇孔子，但不附和孟子的平民之说。他就是这样有坚定信念而非常固执的一位学者。他郑重推荐这一本书，我想必有道理，果然。

斯陶达的生平不详，我只知道他是美国人，一八八三年生，一九五〇年卒，《对文明的反叛》出版于一九二二年，此外还有《欧洲种族的实况》（一九二四年）、《欧洲与我们的钱》（一九三二年）及其他。这本《对文明的反叛》的大意是：私有财产为人类文明的基础。有了私有财产的制度，然后人类生活形态，包括家庭的、社会的、政治的、经济的各方面，才逐渐地发展而成为文明。马克思与恩格斯于一八四八年发表的一个小册子*Manifest der Kommunisten*声言私有财产为一切罪恶的根源，要彻底地废除私有财产制度，言激而辩。斯陶达认为这是反叛文明，是对整个人类文明的打击。

文明发展到相当阶段会有不合理的现象，也可称之为病态。所以有心人就要想法改良补救，也有人就想象一个理想中的黄金时代，悬为希望中的目标。《礼记·礼运》所谓的“大同”，虽然孔子说“大道之行也，与三代之英，丘未之逮也”，实则大同乃是理想世界，在尧舜时代未必实现过，就是禹、汤、文武周公的“小康之治”恐怕也是想当然耳。西洋哲学家如柏拉图、如斯多葛派创始者季诺（Zeno）、如托马斯·莫尔及其他，都有理想世界的描写。耶稣基督也是常以慈善为教，要人共享财富。许多教派都不准僧侣自蓄财产。英国诗人柯勒律治与骚塞（Coleridge and Southey）在一七九四年根据卢梭与高德文（Godwin）的理想，居然想到美洲的宾夕法尼亚去创立一个共产社区，虽然因为缺乏经费而未实现，其不满于旧社会的激情可以想见。不满于文明社会之现状，是相当普遍的心理。凡是有同情心和正义感的人对于贫富悬殊壁垒分明的现象无不深恶痛绝。不过从事改善是一回事，推翻私有财产制度又是一回事。像一七九二年巴黎公社之引起的事件就是一个极不幸的例子。至若以整个国家甚至以整个世界孤注一掷地做一个渺茫的理想的实验，那就太危险了。文明不是短期能累积起来的，却可毁灭于一旦。斯陶达心所谓危，所以写了这样的一本书。

第六部书是《六祖坛经》。我与佛教本来毫无瓜葛。抗战时在北碚缙云山上缙云古寺偶然看到太虚法师领导的汉藏理学院，一群和尚在翻译佛经，香烟缭绕，案积贝多树叶帖帖然，字斟句酌，庄严肃穆。佛经的翻译原来是这样谨慎而神圣的，令人肃然起敬。知客法舫，彼此通姓名后得知他是《新月》的读者，相谈甚欢，后来他送我一本他作的《金刚经讲话》，我读了也没有什么领悟。一九四九年我在广州，中山大学外文系主任林文铮先生是一位狂热的密宗信徒，我从他那里借到《六祖坛经》，算是对于禅宗做了初步的接触，谈不上了解，更谈不到开悟。在丧乱中我开始思索生死这一大事因缘。在六榕寺瞻仰了六祖的塑像，对于这位不识字而能顿悟佛理的高僧有无限的敬仰。

《六祖坛经》不是一人一时所作，不待考证就可以看得出来，可是禅宗大旨尽萃于是。禅宗主张不立文字，但阐明宗旨还是不能不借重文字。据我浅陋的了解，禅宗主张顿悟，说起来简单，实则甚为神秘。棒喝是接引的手段，公案是参究的把鼻。说穿了即是要人一下子打断理性的逻辑的思维，停止常识的想法，蓦然一惊之中灵光闪动，于是进入一种不思善不思恶无生无死不生不死的心理状态。在这状态之中得见自心自性，是之谓明心见性，是之谓言下顿悟。

有一次我在胡适之先生面前提起铃木大拙，胡先生正色曰："你不要相信他，那是骗人的！"我不做如是想。铃木不像是有意骗人，他可能确是相信禅宗顿悟的道理。胡先生研究禅宗历史十分渊博，但是他自己没有做修持的功夫，不曾深入禅宗的奥秘。事实上他无法打入禅宗的大门，因为禅宗大旨本非理性的文字所能解析说明，只能用简略的、象征的文字来暗示。在另一方面，铃木也未便以胡先生为门外汉而加以轻蔑。因为一进入文字辩论的范围便必须使用理性的逻辑的方式才足以服人。禅宗的境界用理性逻辑的文字怎样解释也说不明白，须要自身体验，如人饮水，冷暖自知。所以我看胡适、铃木之论战根本是不必要的，因为两个人不站在一个层次上。一个说有鬼，一个说没有鬼，能有结论吗？

我个人平素的思想方式近于胡先生类型，但是我也容忍不同的寻求真理的方法。《哈姆雷特》一幕二景，哈姆雷特见鬼之后对于来自威吞堡的学者何瑞修说：“宇宙间无奇不有，不是你的哲学全能梦想得到的。”我对于禅宗的奥秘亦做如是观。《六祖坛经》是我最初亲近的佛书，带给我不少喜悦，常引我作超然的遐思。

第七部书是卡莱尔的《英雄与英雄崇拜》（Carlyle：*On Heroes and Heroworship*）原是一系列的演讲，刊于一八四一年。卡莱尔的文笔本来是汪洋恣肆，气势不凡，这部书因为原是讲稿，语气益发雄浑，滔滔不绝有雷霆万钧之势。他所谓的英雄不是专指搴旗斩将攻城略地的武术高超的战士而言，举凡卓越等伦的各方面的杰出人才，他都认为是英雄，神祇、先知、国王、哲学家、诗人、文人都可以称为英雄，如果他们能做人民的领袖、时代的前驱、思想的导师。卡莱尔对于人类文明的历史发展有一基本信念，他认为人类文明是极少数的领导人才所创造的。少数的杰出人才有所发明，于是大众跟进。没有睿智的领导人物，浑浑噩噩的大众就只好停留在浑浑噩噩的状态之中。证之于历史，确是如此。这种说法和孙中山先生所说“先知先觉、后知后觉、不知不觉”若合符节。卡莱尔的说法，人称之为“伟人学说”（Great Man Theory）。他说政治的妙谛在于如何把有才智的人放在统治者的位置上去。他因此而大为称颂我们的科举取士的制度。不过他没注意到取士的标准大有问题，所取之士的品质也就大有问题。好人出头是他的理想，他们憧憬的是贤人政治。他怕听“拉平者”（Levellers）那一套议论，因为人有贤不肖，根本不平等。尽管尽力拉平世间的不平等的现象，领导人才与人民大众对于文明的贡献究竟不能等量齐观。

我接受卡莱尔的伟人学说，但是我同时强调伟人的品质。尤其是政治上的伟人责任重大，如果他的品质稍有问题，例如轻言改革，囿于私见，涉及贪婪，用人不公，立刻就会灾及大众，祸国殃民。所以我一面崇拜英雄，一面深厌独裁。我愿他泽及万民，不愿他成为偶像。卡莱尔不信时势造英雄，他相信英雄造时势。我想是英雄与时势交相影响。卡莱尔受德国费希特（Fichte）的影响，以为一代英雄之出世含有“神意”（divine idea），又受加尔文（Calvin）一派清教思想的影响，以为上帝的意旨在指挥英雄人物。这种想法现已难以令人相信。

第八部书是马可·奥勒留（MarcusAurelius Antonins）的《沉思录》（*Meditations*），这是西洋斯多葛派哲学最后一部杰作，原文是希腊文，但是译本极多，单是英文译本自十七世纪起至今已有二百多种。在我国好像注意到这本书的人不多。我在一九五九年将此书译成中文，由协志出版公司印行。作者是一千八百多年前的罗马帝国的皇帝，以皇帝之尊而成为苦修的哲学家，给我们留下这样的一部书真是奇事。

斯多葛派哲学涉及三个部门：物理学、论理学、伦理学。这一派的物理学，简言之，即是唯物主义加上泛神论，与柏拉图之以理性概念为唯一真实存在的看法正相反。斯多葛派认为只有物质的事物才是真实的存在，但是物质的宇宙之中偏存着一股精神力量，此力量以不同的形式出现，如人，如气，如精神，如灵魂，如理性，如主宰一切的原理，皆是。宇宙是神，人所崇奉的神祇只是神的显示。神话传说全是寓言。人的灵魂是从神那里放射出来的，早晚还要回到那里去。主宰一切的神圣原则即是使一切事物为了全体利益而合作。人的至善的理想即是有意识的为了共同利益而与天神合作。至于这一派的论理学则包括两部门，一是辩证法，一是修辞学，二者都是思考的工具，不太重要。马可最感兴趣的是伦理学。按照这一派哲学，人生最高理想是按照宇宙自然之道去生活。所谓“自然”不是任性放肆之意，而是上面说到的宇宙自然。人生除了美德无所谓善，除了罪行无所谓恶。美德有四：一为智慧，所以辨善恶；二为公道，以便应付一切悉合分际；三为勇敢，借以终止痛苦；四为节制，不为物欲所役。人是宇宙的一部分，所以对宇宙整体负有义务，应随时不忘本分，致力于整体利益。有时自杀也是正当的，如果生存下去无法善尽做人的责任。

《沉思录》没有明显的提示一个哲学体系，作者写这本书是在做反省的功夫，流露出无比的热诚。我很向往他这样的近于宗教的哲学。他不信轮回不信往生，与佛说异，但是他对于生死这一大事因缘却同样地不住地叮咛开导。佛圆寂前，门徒环立，请示以后当以谁为师，佛说：“以戒为师。”戒为一切修行之本，无论根本五戒、沙弥十戒、比丘二百五十戒，以及菩萨十重四十八轻之性戒，其要义无非是克制。不能持戒，还说什么定慧？佛所斥为外道的种种苦行，也无非是戒的延伸与歪曲。斯多葛派的这部杰作坦示了一个修行人的内心了悟，有些地方不但可与佛说参证，也可以和我国传统的“天行健，君子以自强不息”以及

“克己复礼”之说相印证。

英国十七世纪剧作家范布勒（Vanbrugh）的《旧病复发》（*Relapse*）里有一个愚蠢的花花大少浮平顿爵士（Lord Foppington），他说了一句有趣的话：“读书乃是以别人脑筋制造出的东西以自娱。我以为有风度、有身份的人可以凭自己头脑流露出来的东西而自得其乐。”书是精神食粮。食粮不一定要自己生产，自己生产的不一定会比别人生产的好。而食粮还是我们必不可或缺的。书像是一股洪流，是多年来多少聪明才智的人点点滴滴地汇集而成，很难得有人能毫无凭借地立地涌现出一部书。读书如交友，也靠缘分，吾人有缘接触的书各有不同。我读书不多，有缘接触了几部难忘的书，有如良师益友，获益匪浅，略如上述。

好书谈

从前有一个朋友说，世界上的好书，他已经读尽，似乎再没有什么好书可看了。当时许多别的朋友不以为然，而较长一些的朋友就更以为狂妄。现在想想，却也有些道理。

世界上的好书本来不多，除非爱书成癖的人（那就像抽鸦片抽上瘾一样的），真正心悦诚服地手不释卷，实在有些稀奇。还有一件最令人气短的事，就是许多最伟大的作家往往没有什么凭借，但却做了后来二三流的人的精神上的财源了。柏拉图、孔子、屈原，他们一点一滴，都是人类的至宝，可是要问他们从谁学来的，或者读什么人的书而成就如此，恐怕就是最善于说谎的考据家也束手无策。这事有点怪！难道真正伟大的作家，读书不读书没有什么关系么？读好书或读坏书也没有什么影响么？

叔本华曾经说好读书的人就好像惯于坐车的人，久而久之，就不能在思想上迈步了。这真唤醒人的不小迷梦！小说家瓦塞曼竟又说过这样的话，认为倘若为了要鼓起创作的勇气，只有读二流的作品。因为在读二流的作品的时候，他可以觉得只要自己一动手就准强，倘读第一流的作品却往往叫人减却了下笔的胆量。这话也不能说没有部分的真理。

也许世界上天生有种人是作家，有种人是读者。这就像天生有种人是演员，有种人是观众；有种人是名厨，有种人却是所谓老饕。演员是不是十分热心看别人的戏，名厨是不是爱尝别人的菜，我也许不能十分确切地肯定，但我见过一些作家，却确乎不大爱看别人的作品。如果是同时代的人，更如果是和自己的名气不相上下的人，大概尤其不愿意寓目。我见过一个名小说家，他的桌上空空如也，架上仅有的几本书是他自己的新著，以及自己所编过的期刊。我也曾见过一个名诗人（新诗人），他的唯一读物是《唐诗三百首》，而且在他也尽有多余之感了。这也不一定只是由于高傲，如果分析起来，也许是比高傲还复杂的一种心理。照我想，也许是真像厨子（哪怕是名厨），天天看见油锅油勺，就腻了。除非自己逼不得已而下厨房，大概再不愿意去接触这些家伙，甚而不愿意见一些使他可以联想到这些家伙的物事。职业的辛酸，也有时是外人不晓得的。唐代的阎立本不是不愿意自己的儿子再做画师么？以教书为生活的人，也往往看见别人在声嘶力竭地讲授，就会想到自己，于是觉得“惨不忍闻”。做文章更是一桩呕心血的事，成功失败都要有一番产痛，大概因此之故不忍读他人的作品了。

撇开这些不说，站在一个纯粹读者的角度而论，却委实有好书不多的实感。分量多的书，糟粕也就多。读读杜甫的选集十分快意，虽然有些佳作也许漏过了选者的眼光。读全集怎么样？叫人头痛的作品依然不少。据说有把全集背诵一字不遗的人，我想这种人不是缺乏美感，就只是为了训练记忆。顶讨厌的集子更无过于陆放翁，分量那么大，而佳作却真寥若晨星。反过来，《古诗十九首》、郭璞《游仙诗》十四首却不能不叫人公认为人类的珍珠宝石。钱锺书的小说里曾说到一个产量大的作家，在房屋恐慌中，忽然得到一个新居，满心高兴，谁知一打听，才知道是由于自己的著作汗牛充栋的结果，把自己原来的房子压塌，而一直落在地狱里了。这话诚然有点刻薄，但也许对于像陆放翁那样不知趣的笨伯有一点点儿益处。

古今来的好书，假若让我挑选，举不出十部。而且因为年龄、环境的不同，也不免随时有些更易。单就目前论，我想是《柏拉图对话录》《论语》《史记》《世说新语》《水浒传》《庄子》《韩非子》，如此而已。其他的书名，我就有些踌躇了。或者有人问，你自己的著作可以不可以列上？我很悲哀，我只有毫不踌躇的放弃附骥之想了。一个人有勇气（无论是糊涂或欺骗）是可爱的，可惜我不能像上海某名画家，出了一套世界名画选集，却只有第一本，那就是他自己的“杰作”！

亚瑟王的故事

亚瑟王和他的圆桌武士的故事，一向流行很广，尤其是丁尼生把这些故事写成了叙事诗，多有渲染，使其更近于人情，遂成为每个儿童都耳熟能详的通俗读物。骑士踏上征途，茫茫然不知所之，寻求刺激，扶弱抑强，以游侠自任，或除暴客，或斩妖邪，一波未平一波又起的永无休止。中古时期特有的一种浪漫的恋爱观，所谓“高雅的爱”，对意中人奉若神明，唯命是听，赴汤蹈火，在所不辞，而对象又往往是有夫之妇，于是幽会私奔，高潮迭起。凡此种种，把这中古罗曼史点缀得花团锦簇，色彩鲜明，至今仍能给人以新奇的喜悦。

亚瑟的故事有很多荒诞不经的地方，像亚瑟的那一把魔剑，能削铁如泥，插在石头里谁也拔不出来，一定要等待“真命天子”才能一拔即出，亚瑟垂死之际这把剑又被抛在水里，水里伸出一只怪手把剑接了过去而逝。帮助亚瑟杀敌致果的魔师梅林，幻术百出，真是神通广大。像这样奇异的穿插，一望而知是诗人的捏造，无论是儿童或成年的爱听故事的人都不妨姑妄听之。但是也有喜欢刨根问底的人，要进一步问亚瑟与其圆桌武士究竟有无其人，是历史上的真实人物，抑或是诗人向壁虚造的资料？因为亚瑟王是第五或第六世纪的人物，而当时各家史籍竟无片言只语涉及其人，偶有提到他的文字亦语焉不详，甚至带有神话意味。所以研究文学与历史的人，大概都对亚瑟故事之真实性持保留的态度。近阅六月二十一日《新闻周刊》，有一段关于亚瑟的报道，如下：

亚瑟王的传说，一直有人信以为真，最近英国的历史学家顿宁(Robert Dunning)在反对方面又添上了他的异议。他写了一本书关于萨摩塞郡的基督教的历史，他说亚瑟王故事至少有一部分是十二世纪的格拉斯顿伯里寺院中的僧侣搞的一项招揽生意的噱头，这寺院据说是亚瑟王及其不贞之后桂妮维亚的埋身之所。据传说，亚瑟王在六世纪中叶，在战斗中受了致命伤，然后由一船载之而去，到了一个名为阿瓦龙的魔岛之上，其地在英格兰之西方。格拉斯顿伯里寺就是建在那个地方，但后于一一八四年毁于火灾。有一天，寺僧掘地为墓，掘出了一个铅质十字架，上有拉丁文字："著名的亚瑟王长眠于此阿瓦龙岛上。"再往深处掘，乃发现庞大的橡木棺，内有一躯体壮大的男子骨骼及一骷髅，左耳上方有曾被击碎模样。尸骨的一边又有一副较小的骷髅，几缕细弱的黄发。当时一般人都以为这遗骸就是亚瑟王及桂妮维亚。但是顿宁于仔细研究一切有关文献之后，乃得一结论，这可能全是那些僧人编造出来的谎言，借以敛财重建寺院。捐款纷纷而来，但是被狮心王截断了，因为他更感兴趣的是第三次十字军。"人们必须加以诱骗使之继续地慷慨输将，"顿宁说，"伪造文书与欺骗行为好像在最虔诚的宗教人士之间，也不是不常见的。格拉斯顿伯里建筑基金的来势渐行疲软之际，硬指格拉斯顿伯里为阿瓦龙而且发现了亚瑟的墓，岂不是最好的宣传手段？"

凡是传说，当然是不易消灭的。在格拉斯顿伯里之南仅仅十英里的地方，有一群英国考古学家，号称"卡美洛特研究委员会"，已经在一座山下掘了好几年，以为那就是亚瑟王宫廷所在的卡美洛特之故址。已故的丘吉尔对于揭发亚瑟王故事之虚伪的人也不大以为然。在他的《英语民族史》里，丘吉尔描述亚瑟王的传说为："其题材之踏实，其灵感之丰富，其为人类遗产之不可分割的一部分，较之《奥德赛》或《旧约》皆无逊色。全是真实的，或者说应该是……"

丘吉尔最后一句话是很狡猾的。他知道那不是真实的，所以他补加一句转语"或者说应该是……"凡是神话之类的东西，日久逐渐成为传统或历史的一部分，一般人明知其虚伪也不愿加以揭发，因为一经揭发，传统或历史不免要损失一部分色彩。传统与历史需要装潢。

布道书

英王爱德华六世于一五四七年登极，在他的名义下发布了一本《布道书》（*Certain Sermons or Homilies*），这是一种钦定的官方文件，发给全国教会于每星期日宣读，所以意义非常重大。这与爱德华六世本人倒没有什么关系，因为他是一个孱弱的孩子，登基时才十岁，政权在摄政者手里，他十六岁就死了。但是君权神授之说乃是都铎王朝的政治思想中一项重要原则，被统治的人民应该唯命是从，服从是天职，永远不得反抗。莎士比亚小时候在教堂里，大概就听到过这样的布道。布道书的第十篇，标题为“告诫人民维持良好秩序服从君主与官长”，就是专门灌输服从之说的宣传文章，引经据典，大言不惭，好像是颇能自圆其说的样子。兹节译此篇如下：

全能的上帝创造万物，在天上，在地上，在水里，有条不紊，美妙至极。在天上他布置了阶级鲜明的大天使与天使。在地上他安排了帝王、公侯及其他文武百僚，秩序井然，切合需要。天上储藏水分，在适当季节降为甘霖。日、月、星、虹、雷、电、云及空中飞鸟，无不各守其分。地、树、种子、植物、药草、谷、草以及各种兽类，亦均各安其位。一年各季，如冬、夏、月、夜、昼，都按秩序进行。海、河、水里的各种鱼，以及一切喷泉水源，甚至海洋本身，都各有其轨迹与秩序。人类亦然，他的身心各部，如灵魂、心脏、心灵、记忆、悟性、理性，还有言语，以及躯体上的各个部分，都有有益的合适的愉快的秩序，各个阶层的人在他们的职业与位置之中各有他们的义务与地位。有些人地位高，有些人地位低，有些人是帝王公侯，有些人是属下与平民，牧师与俗人，主与仆，父与子，夫与妇，富与贫，每人均互相需要别人；所以一切事皆要赞美上帝的妥当安排，否则，家庭、城市、国邦均无法继续维持下去。若无适当的秩序，必定产生弊端、放纵、罪行与巴比伦式的混乱。若是取消国王、公侯、统治者、官员、法官及上帝安排的各阶层，那么将没有人在公路上骑马或步行而不被劫掠；没有人在自己家里或床上睡觉而不被杀害；没有人能安然保有他的妻、子女和所有物；一切的东西必将变为共有，势必导致一切的纷扰与极端的破坏，无论是在灵魂、躯体、财物、国家，任一方面。但是我们要感谢上帝，在这英格兰国土之内，我们感觉不到那些缺乏秩序的民族所必定要受到的灾难、苦痛与狼狈。我们也要感谢上帝，我们知道上帝对我们特颁恩宠。上帝给了我们一项宝贵礼物，那便是我们最亲爱的国王爱德华六世，辅以一个虔敬的聪明的荣誉的枢密院，以及其他上上下下的官佐，秩序井然。因此之故，我们人民要善尽我们的职责，热烈地感谢上帝，为保持这个神圣秩序而祈祷。我们要从内心深处服从他们的措施、法律、规程、文告、训谕以及一切其他神圣的命令。我们要体会圣经的指示，它指示我们做忠顺的良民，主要的是要效忠于国王陛下，他是至高至上的首领，其次是效忠于他的枢密院，及其他一切由上帝安排下的贵族、长官、官吏。因为全能的上帝是上述的国家秩序之唯一的创造者，像《圣经·箴言篇》所说的："借我之力，国王君临天下；借我之力，大臣制定公正法律；借我之力，王侯掌握治权，一切法官执行裁判。我爱一切爱我的人。"（《箴言篇》第八章十五至十七节）……

邪恶的审判官彼拉多对基督说："你知否我有权钉死你也有权释放你？"耶稣回答说："你对我不能有任何权，除了上天所授。"（《约翰福音》第十九章十至十一节）基督在这里明显地指示我们，即使是邪恶的统治者，他们也是从上帝那里获得权力与威信。所以他们的属下人民不可用暴力抵抗他们，纵然他们滥用职权；至于没有滥用职权而只有增加上帝光荣并且施惠于民的那些虔诚信奉基督的王侯，自然更不可以抵抗了，使徒圣彼得命令一切臣仆服从主上，主上宽仁固然要服从，主上乖戾也要服从，强调人民的本分是忍耐，应该承受苦难。他提到我们的救主基督如何耐心地劝导人服从官长，虽然他们是邪恶的坏人。

所以我们都要对于反叛那种罪过，抱持戒惧之心，永勿忘记凡是抵抗权威者即是抵抗上帝和他的命令，《圣经》文字中还有许多别的明证可举。我们于此宜加注意，《圣经》中教人绝对服从并且痛斥犯上作乱的这类文句，绝不是指罗马教会所僭取的特权而言。因为《圣经》不容许那样僭夺的特权，其中充满了邪恶、滥权与亵渎。这一类文字的真义乃是阐明上帝之真正意旨以及奉天承运的帝王与其属员们之权威。

莎士比亚与性

一位著名的伊丽莎白文学专家在伦敦《泰晤士报》上说："莎士比亚是最富于性的描述的英文伟大作家。他毫不费力的，很自然地，每个汗毛孔里都淌着性。"这位六十七岁的英国学者劳斯又说："在莎氏作品中，可以清楚的看到，他集中注意力于女人身上，所以他创造出一系列的动人的文学中的女性。同时，有人坚信莎士比亚作品乃是培根、或玛娄、或牛津伯爵所作，其说亦显然的是狂妄，因为这几个人都是同性恋者。""这一点在莎士比亚研究上甚为重要，他是非常热烈的异性恋者——就一个英国人身份而言，也许是超过了正常的程度。"

西雅图《泰晤士报》于同年四月二十四日亦刊有一段类似的电讯：

性与诗人

现代的色情作家会使莎士比亚生厌

伦敦美联社讯——想找一本色情的书么？不必注意目前充斥市场的淫书，去读莎士比亚的作品吧。

这是两位文学界权威的劝告，他们说这位诗人的十四行诗集有的是猥亵的描写。

伦敦《泰晤士报》今天发表了这两位戏剧专家的意见，宣称莎士比亚是英文中最富色情的作家。

莎氏传记作者牛津大学的劳斯博士说，莎士比亚"从每一个汗毛孔淌出色情"。

劳斯引述《莎士比亚的猥亵文字》作者帕特立芝（Eric Patridgc）的话，说莎氏是"一位极有学识的色情主义者，渊博的行家，非常善于谈情说爱的能手，大可以对奥维德予以教益”。

但是专家们说，把淫秽部分发掘出来不是容易事。

莎士比亚的色情描述通常是隐隐约约的，使用文字游戏来表达，需具有精通伊丽莎白时代英文能力的学者才能欣赏。

劳斯说，莎氏是“非常热烈的异姓爱者——以一个英国人身分来说，可能是超过了一般常态”。

劳斯的文章是为纪念一五六四年诗人诞辰而作，立即引起争论。

“大诗人是色情狂吗？”太阳报的一个标题这样问。莎士比亚学会秘书Gwyneth Bowen说：“胡说！其他大部分伊丽莎白时代作家比他的色情成分要多得多呢。”

看了以上两段报道文字，不禁诧异一般人对莎士比亚的认识是这样的浅薄。戏剧里含有猥亵成分是很平常的事，中外皆然。尤其是在从前，编戏的人不算是文学作家，剧本不算是文学作品，剧本是剧团所有的一项资产；剧本不是为读的，是为演的；剧本经常被人改动有所增损；剧本的内容要受观众的影响。所以，剧本里含有猥亵之处，不足为奇。看戏的人，从前都是以男人为限，而且是各阶层的男人都有。什么事情能比色情更能博取各色人等的会心一笑呢？不要以为只有贩夫走卒才欣赏大荤笑话，缙绅阶级的人一样的欢迎那件人人可以做而不可以说的事。平素处在礼法道德的拘束之下的人，多所忌讳，一旦在戏院里听到平素听不到的色情描写，焉能不有一种解放的满足而哄然大笑？我们中国的平剧，在从前观众没有女性参加的时候，有几出戏丑角插科打诨之中，猥亵成分特多，当时称之为“粉戏”，以后在“风化”的大题目之下逐渐删汰了比较大胆的色情点缀。莎氏全集，一八一八年包德勒（Thomas Bowdler）也曾加以“净化”，删削了一切他所认为淫秽的词句，成了“每个家庭里皆适于阅读”的版本。不过至今我还不能不想到那些所谓的“粉戏”。至今似乎没有人肯购置一部包德勒编的《莎氏全集》放在他的家里（事实上这个版本早已绝版）。

若说莎士比亚作品最富色情，似亦未必。十四行诗第一百二十九首是著名的一首，以性欲为主题，表现诗人对于性交之强烈的厌恶，我的译文如下：

肉欲的满足乃是精力之可耻的浪费；
在未满足之前，肉欲是狡诈而有祸害，
血腥的，而且充满了罪，
粗野无礼，穷凶极恶，不可信赖，
刚刚一满足，立即觉得可鄙；
猎取时如醉如狂；一旦得到，
竟又悔又恨，像是有人故意，
布下了钓饵被你吞掉：
追求时有如疯癫，得到时也一样；
已得，正在得，尚未得，都太极端；
享受时恍若天堂；事过后是懊丧；
这一切无人不知；但无人懂得彻底，
对这引人下地狱的天堂加以规避。

诗写得很明显，其中没有文字游戏，亦未隐约其词，但是并不淫秽。我记得罗赛蒂（Dante G. Rossetti）有一首《新婚之夜》（*Nuptial Night*），也不能算是色情之作。

莎氏剧中淫秽之词，绝大部分是假藉文字游戏，尤其是所谓双关语。朱生豪先生译《莎士比亚全集》把这些部分几乎完全删去。他所删的部分，连同其他较为费解的所在，据我约略估计，每剧在二百行以上，我觉得很可惜。我认为莎氏原作猥亵处，仍宜保留，以存其真。

在另一方面亦无需加以渲染，大惊小怪。

《造谣学校》

好的文学作品，不分古今中外，亦不拘是否反映了多少的时代精神，总是值得我们阅读的，谢立敦的《造谣学校》（Sheridan：*The School for Scandal*）即为一例。

谢立敦是英国的戏剧作家，生于一七五一年，卒于一八一六年，原籍爱尔兰。英国有许多喜剧作家都是爱尔兰人。爱尔兰人好像是有隽俏幽默的民族性，特别宜于刻画喜剧中的人物。《造谣学校》是他的代表作，布局之紧凑，对话之幽默、俏皮、雅洁，以及主题之严肃，均无懈可击，上承复辟时代喜剧的特殊作风，下开近代喜剧如萧伯纳作品的一派作风，全属于“世态喜剧”的一个类型。

《造谣学校》主要布局是写两个性格不同的弟兄，弟弟查尔斯是一个挥霍成性的浪荡子，但是宅心忠厚真性善良；哥哥是表面上循规蹈矩，满口仁义道德的文质彬彬的君子，实则是贪婪伪善的小人。经过几度测验，终于露出了本来面目，显示了无所逃遁的真形，其间高潮迭起，趣味横生，舞台的效果甚大。像这样的布局，在戏剧中并不稀罕，但是背景的穿插布置颇具匠心，所以能引人入胜。最能令人欣赏的不是戏中所隐含的劝世的意味。戏剧不是劝善惩恶的工具，戏剧是艺术，以世故人情为其素材，固不能不含有道德的意义，但不必有说教的任务。此剧最有趣味的地方之一应该是司尼威夫人所领导的谣言攻势。此剧命名为《造谣学校》，作者寓意所在，亦可思过半矣。

长舌妇是很普遍的一个类型，专好谈论人家的私事，嫉人有、笑人无，对于有名望、有财富、有幸福生活的人们，便格外的喜欢飞短流长，总要“横挑鼻子竖挑眼”地找出一点点可以訾议的事情来加以诽谤嘲笑，非如此则不快意，有时候根本是空穴来风，出于捏造。《造谣学校》一剧有很著名的一例：

有一晚，在庞陶太太家里聚会，话题转到在本国繁殖诺瓦斯考西亚品种羊的困难。在座的一位年轻女士说："我知道一些实例：丽蒂夏·派泊尔小姐乃是我的亲表姐，她养了一只诺瓦斯考西亚羊，给她生了一对双胞胎。"——"什么！"丹狄赛老太婆（你知道她是耳聋的）大叫起来："派泊尔小姐生了一对双胞胎？"这一错误使在座的人哄堂大笑。可是，第二天早晨到处传言，数日之内全城的人都信以为真，丽蒂夏·派泊尔小姐确实生了胖胖的一男一女；不到一星期，有人能指出父亲是谁，两个婴儿寄在哪个农家养育。

谣言是这样的，有人捏造，有人传播，传播的时候添油加醋，说得活灵活现，听的人不由得不信，说派泊尔小姐生了双胞胎，这还不够耸动，一定要说明其细节才能取信于人，所以双胞胎是一男一女，生身父是谁，寄养在什么地方，都要一一说得历历如绘，不如此则不易取信于人，这是造谣艺术基本原则之一。再如一个女人的年龄永远是一项最好的谈论资料。如果一个女人驻颜有术，则不知有多少人千方百计的要揭发她的真正年龄，种种考据的方法都使用得上，不把一位风姿绰约的女人描写成为一个半老徐娘则不快意。如果一个女人慷慨豪迈，则必有人附会一些捕风捉影的流言，用一些谰言套语，暗示她的过去生活的糜烂。对女人最狠毒的诽谤往往是来自女人。《造谣学校》里的几位夫人、太太是此道的高手。捏造谣言的，其心可诛；传播谣言的人，其行亦同样的可鄙；而假装正经表面上代人辟谣，实际上加强诬蔑者，则尤为可哂，例如《造谣学校》中的坎德尔夫人即是。彼特爵士说："当我告诉你她们诽谤的人是我的朋友，坎德尔夫人，我希望你别为她辩护。"因为她越辩护，越加深了那诽谤的效果。

彼特爵士说："上天作证，夫人，如果他们（国会）以为戏弄他人名誉是和在花园里偷取猎物一样的严重，而通过一个'保存名誉法案'，我想很多人要因此而感谢他们。"斯尼威夫人说："啊，主啊，彼特爵士，你想剥夺我们的权利吗？"彼特爵士说："是的，夫人；以后不准任何人糟蹋人的名誉，除了有资格的老处女和失望的寡妇。"这是讽刺。遏止谣言不能寄望于立法。我们中国有一句老话：流言止于智者。流言到了智者的耳里，即不再生存。可惜的是，智者究竟不多。

斯威夫特自挽诗

斯威夫特以《格列佛游记》一书闻名于世，若干讽刺性的散文亦颇脍炙人口，但他的诗作近亦越来越为人所注意。其中一首自挽的诗，《悼斯威夫特博士之死》（*Verses on the Death of Dr. Swift*）是最著名的。据作者于一七三一年十二月一日给他的好友约翰·盖的信上说："我最近数月写了近五百行，题目甚为有趣，只是叙说我的朋友与敌人在我死后有何话说，不久即可脱稿，因我每日添加两行，删削四行，修改八行。"诗成后未即发表，第一版刊于伦敦，一七三九年，未得作者许可，原文约三分之一以及作者原注均被略去，因为刊行的人恐怕开罪当道而受连累之故。同年都柏林又有一版本刊行，仍不完善，但已较为忠实。有若干处作者原意不明，有待于后之编者的悉心编纂。最谨严的重纂本是H．wiuiams的，见《斯威夫特诗集》卷二。

诗人大概都很旷达，所以不讳言死，有些人常自撰墓铭，但是像斯威夫特之写长篇自悼诗者却不多见。斯威夫特此诗在标题下有两行小字，说明此诗之缘起系读到法国格言作家拉饶施福谷的一句格言有感而作，格言是这样的："在我们的知交遭受困难之际，我们会发现一点什么，可使我们并不感觉难过。"幸灾乐祸是人性的一部分，谁也免不了，纵然不形之于色，内心里总不免要兴起"我多幸运，这灾祸没有发生在我头上"之感。所以斯威夫特预料自己死后他的朋友与敌人都不免有话要说。照例，人死之后专说好话，在他生时舍不得说的赞美之词一定要在他的耳朵听不到的时候才毫不吝啬地讴颂出来。不过也不一定永远如此。有些怀有敌意的人，就是在一个人已经盖棺之后也还饶不了他，在死人身上戳几刀也觉惬意。斯威夫特是一个极敏感的人，这一切他早料到，所以，与其让别人在身后说三话四，倒不如自己把那些悦耳的与逆耳的话先说出来。英国十八世纪是一个党争甚烈的时期，几乎没有一个文人不卷入派系斗争的旋涡里去。斯威夫特一生在这旋涡里翻滚，他的讽刺的文才就是这样培养出来的。

讲到讽刺，斯威夫特也有他的分寸。他借了一个朋友的口说：

也许我应该承认，
堂长[1]血脉里有太多讽刺的成分，
他好像决意不要它消乏，
因为没有时候比如今更需要它。
但是他从来没有恶意，
他打击罪恶，总把姓名隐起。
没有任何个人会表示不满，
因为有成千上万的人同样受谴。
他的讽刺不指向任何毛病，
除非是大家都可加以改正；
有一种人他最厌恶，
明明是谩骂，偏说是幽默……

换言之，他的讽刺是以认事不认人为原则的。这是一个理想，讽刺罪恶而能保持温柔敦厚的气度，是很难的。谩骂与幽默其间的差别有时也是颇为微妙的。斯威夫特死后，遗产捐给公家用以兴建一所疯人院，这是他一生中最后一次幽默作风的表现。

他捐出他的小小的资产，
去建立一所疯人院，
他用这样一个讽刺的手法，
说明这个国家最迫切地需要它。

---

① 堂长：指学院院长。

其实斯威夫特毕生为自由而奋斗，领导爱尔兰人反抗英国的压迫，那锲而不舍的精神也可以说是疯狂的。他最大的一项贡献是以纱布商W．B．Drapier的假名写五篇公开函反对半便士铜币的发行，这铜币是由一个名叫Wood的人在英国以贿赂方式取得铸造特权，如果得以发行则爱尔兰的金银全被剥夺，其害甚大。斯威夫特这一举动，功在国家。英爱政府各悬三百镑重赏缉拿该函作者，时爱尔兰人无人不知其作者为斯威夫特，但没有一个人为贪求赏金而告密。关于此事，斯威夫特颇为自负，念念不忘：

因为“自由”是他唯一的口号；
为了她，他准备随时死掉；
为了她，他曾勇敢地独立，
为了她，他常暴露了自己。
两个国家，由于党派倾轧，
都曾悬赏来查缉他；
但是找不到一个肯出卖他的人，
为了那六百镑的赏金。

斯威夫特一方面尽管是热情奔放，另一方面却是冷静得出奇，他临文非常沉着，他看准了一个问题的核心所在，不慌不忙，抓紧了那个中心概念，然后使用他的绝招——反语，毫不留情地予以针砭！对于他的文笔他有自知之明：

他好用反语，而态度谨严，
暴露愚冥，打击凶顽；
别人的牙慧他从不拾取，
他所写的都是他自己的。

所谓反语，即是字面上的解释与作者真实的意向正好相反的话。明明是恭维，实际是挖苦；明明是斥责，实际是颂扬。他的散文《一个小小的提议》——

提议把爱尔兰的孩子宰了给英国地主们吃掉以解决饥荒，便是最佳的反语文学作品之一例。他怨恨他的朋友阿布兹诺：

阿布兹诺不再是我的友人，
他胆敢使用反语行文。
那乃是由我把它引入，
首先加以改进，展示它的用途。

这不是嫉妒，这是一方面称赞朋友，一方面又十分自负。

桑福德与墨顿

儿童读物除了具备高度趣味之外，总不免带有教育的意义，或是旨在益智，或是注重道德修养。过去的儿童读物有些特别成功的，流传至今，成为古典，其所描写必定是千古不变之人性，纵然其故事部分情节或已成明日黄花，其中议论或有不合现时潮流之处，但趣味犹存，无伤大雅。读十八世纪英国的一部小说《桑福德与墨顿的故事》（*The History of Sandford and Merton*），作者是陶玛斯·戴（Thomas Day），深觉一部作品之禁得起时间考验，必有其永恒之价值。

陶玛斯·戴是伦敦人，一七四八至一七八九年，出身牛津及中殿法学院，毕生致力于道德的与社会的改革运动。其最著名的作品便是一七八三至一七八九年出版的《桑福德与墨顿的故事》，好像是专为儿童阅读的，虽然他没有打出“儿童文学”的旗号。

英国西部有富翁墨顿者，在牙买加岛拥有巨产，雇用奴工种植甘蔗，仅有一子陶美，钟爱异常。陶美在奴仆环侍之下养成骄奢狂放的恶习，其母又溺爱不明，不使读书，任其纵心所欲。贪食致病，不肯服食药饵，亦听之。在宾客面前毫无礼貌，跳踉恣肆，有一回几被一壶沸水烫死。身体羸弱，弱不禁风。陶美六岁时返回英伦，四体不勤，读写算一概不通，而骄傲使气，无一是处。墨顿家附近有一诚实农人，姓桑福德，亦有一独子，名哈利，与陶美年相若，哈利奔驰田野，体健活泼，性情良善，特富同情心，有时泽及动物，地上昆虫亦避免践踏。乡村牧师巴娄先生特喜爱之，教以读写，提携备至。哈利养成不诳语之习惯，而且不贪食，食取果腹，饱食之后虽糖果当前亦不之顾。一偶然之机会使此身世性格全然不同的两个孩子聚在一起。一日夏晨，陶美与女婢在乡间采花捕蝶为戏，丰林长草之间忽然巨蛇缠在陶美腿上，二人惊骇欲绝，莫知所措。哈利适过其地，乃奋勇抓住蛇颈，掷之于数步之外，陶美得免于难。墨顿夫人等闻讯而来，对哈利·桑福德深表感激，乃邀至其家，款以饮食。哈利初入豪富之寓邸，所闻所见无不新奇，然不为之炫，以为金杯银盏不及农家牛角杯之禁得起磕碰。饭后饮酒，哈利又拒之，盖受巴娄先生之教，非渴勿饮，非饥勿食。墨顿夫妇大异之，以为哈利在巴娄先生教导之下深明道理，俨然哲学家之口吻，乃有送陶美亦去受教之意。哈利回家之后，以经过告知乃父，力言富室之家不及农舍之舒适。

墨顿夫人以为哈利豪爽善良，但嫌粗鲁，中下层社会之子弟究不如时髦人士家中子弟之高雅，墨顿先生的想法不同，仪表风度无关宏旨，且容易学习，真正的文质彬彬的君子应有高尚的情操、出众的勇敢，益以真诚的礼貌，于是他决定送他的陶美到巴娄先生处受教育，并且造访桑福德，请以哈利为陶美之读书伴侣，哈利之一切食宿费用由他负担。巴娄先生初则谦逊不遑，终于接受了他的请求。翌日正式教学，第一桩事是巴娄先生持铲，哈利持锄，在园圃作工。“要吃东西，就要帮助生产”。陶美也分得一畦地，而陶美说：“我是绅士，不能像农夫似的做苦工。”巴娄先生也不勉强他，但是巴娄完工之后和哈利食樱桃，没有他的份，陶美哭了。等到吃晚饭的时候，也没有他的份。哈利于心不忍，把自己的食物分给他吃。

翌日，巴娄先生和哈利又上工做园艺，陶美自动要求也要一把锄。他不会使用，屡次砍了自己的腿，巴娄先生教他如何挥动锄头，不久他就会了。工作完后一起吃水果，陶美胃口大开，其快乐为生平所未有。巴娄要他读个故事给大家听，他又窘了，他不能读，只好由哈利来读。陶美因此发愤，请哈利教他读，由识字母起进展很快，不久已能读故事朗朗上口，巴娄先生亦为之欣喜不已。陶美得意忘形，自以为知识已丰，巴娄先生戒之曰：“若无人帮你，你一无所知，即是现在你亦所知甚少。”

陶美非驽，学习很快。但是他对贫苦的人傲慢无礼，有一次吃了苦头。他击球落于篱外，适有衣衫褴褛的儿童经过，陶美以命令口吻令他拾捡起来。童子不理，遂生口角。陶美大怒，跃过篱笆欲饱以拳，不料下临泥沟，陷入污泥而不能自拔，赖童子援手始得出困，浑身泥染，狼狈不堪。

陶美和哈利合作造一间茅舍，初则风吹壁倒，继则雨水渗漏，他们不气馁努力改善，深深打桩以固墙基，无虞风暴，屋顶倾斜使不积水，即可不致渗漏。

有一天，陶美的父亲突然来接他回家，陶美已完全变了一个新人，他哭哭啼啼的说：“我过去累及父母，实在不配享有那样的爱。”桑福德先生也来了，墨顿把他拉在一旁，除了申谢之外他以数百镑的钞票作为赠礼，桑福德坚不肯受，而墨顿则坚求其收下。陶美临别时对哈利说：“我不会和你离别太久的，我如有寸进皆是由于你的榜样。你教导了我，做一个有用的人比富有或华丽好得多，做一个好人要比伟大的人好得多。”

故事的梗概约略如此，其中还穿插着若干短篇故事。这部小说在当时流行很广，许多父母教导儿女：“读你们的《桑福德与墨顿》去！”显然的这部小说是受卢梭的教育小说《爱弥尔》的影响，但是在自然主义的教育精神之外，又加上了道德教训，这就是英国民族性和法国民族性不同的地方。

《大街》

《大街》是美国辛克莱·路易斯（一八八五—一九五一）的重要作品之一，刊于一九二〇年。中文译本张先信译。

厚厚的一部小说，拿在手里几乎像是一块砖头似的重，能令人从头看到尾，这就不简单。一个故事并不等于是一部小说，可是一部小说一定要有一个故事。《大街》的故事是这样的——

凯洛尔·密尔福特是美国明尼亚波利斯附近一所小型学院的毕业生。她在学校里是相当活跃的，有多方面的兴趣，有轻盈的体态，有反叛的性格，有改革家的抱负。毕业之后在芝加哥学习图书馆学。后来在一个偶然的机会里遇到了维尔·肯尼柯特，他是明尼苏达州地鼠草原的一位医师，此人性情和善，头脑冷静，但无太多的想象，比她大十二三岁。一个秀丽少女和一个富裕的未婚男子遇在一起，发生恋爱是很自然的事，那种关系是“生理和神秘的混合”。结果是他们结婚了。她当然是跟了他到地鼠草原去，去做家庭主妇，但是她并不志在做家庭主妇。他告诉她，地鼠草原需要她去做一番改革。

可惜一到了地鼠草原，凯洛尔大失所望，原来那地方是风气闭塞的穷乡僻壤，人民抱残守缺，愚蠢落后，并不欢迎改革。那条大街便是标准的丑陋的标志。“传统的故事为什么都是谎话？人们总把新娘进门形容得美好无比，认为姻缘都是十全十美。实际上完全不是那么一回事。我现在没有任何改变。而这小镇——我的天哪！我怎能住得下去，这是一座垃圾堆！”她的丈夫很满意于他的家，他说：“这是一个真正的家！”他唱起灶神歌：

我有一个家，

可以随心所欲，
随心所欲，
这是我和妻儿的窝，
我自己的家！

他不是不明白凯洛尔的心情，他说："我不期望你认为地鼠草原是天堂。我也不期望你一开头就特别喜欢这个地方。但是慢慢地你会喜欢它的——在这里，自由自在；所接触的都是世界上最好的人。"

但是事实上凯洛尔所接触的净是一些庸俗而鄙陋的人。他们喜欢的是瞎咀嚼，玩桥牌，谈汽车，打猎捕鱼。

她的家庭内最初一场风波是因钱而起，她手里没有钱，有时候很穷。"我用钱的时候必须向你恳求，每天如此！"于是他塞给她五十块钱，以后总记得按时给她钱。

在校园中她努力应付，但是究竟品类不同，难以水乳交融。有几个人比较谈得来，例如，她丈夫从前追求过的一位女教师维达·薛尔文，一位有学问的律师盖·包洛克，一位瑞典的流浪汉迈尔斯·勃尔斯泰姆。但是在凯洛尔的生活中引起轩然大波的，是新来镇上在一家裁缝店里工作的二十五岁的小伙子。他名叫埃里克·华尔柏，瑞典人，大家取笑他，说他的服装和言谈都有点女人气，称他为"伊丽莎白"。凯洛尔觉得他"光芒四射，与众不同……从他的脸上可以看到济慈、雪莱……"她径自到裁缝店去见华尔柏，谈得甚为投机，以后便常有来往，一同出去散步、划船。有一天乘医师不在家，他溜进她的院子，她引他入室，登楼、参观卧室……然后"她不禁全身瘫痪，头往后仰，两眼微闭，陷入一阵多彩多姿的迷惘"。男女之事，有太多的人喜欢做义务的传播，于是风风雨雨，她的丈夫焉能不有所闻？有一次撞见他们在野外，遂使事情到了摊牌阶段。肯尼柯特一点也不鲁莽，只要求她和他一刀两断，并且以引咎的口吻向她解释说："你明白我的工作性质吗？我一天二十四小时，马不停蹄地在泥浆和大风雪中到处奔跑，拼命救人，不分贫富，一视同仁。你常说这个世界应该由科学家来统治，不应该让热狂的政客来统治，你难道不明白我就代表着此地所有的科学家吗？"言外之意是说，莫怪一个做医师的丈夫为工作所限制而无暇和你经常地谈情说爱。事实上，除了无暇之外，这位医师的气质也是一个问题。凯洛尔敬重他，但很难在爱的方面得满足。多少妻子因此饮恨终身而不敢表达她的衷曲！这一场风波的结果是夫妻外出旅行三个半月。凯洛尔随后离家，远赴华盛顿觅得一份工作，但是一年后对工作也不无厌倦，“觉得自己不再是一个目中无人的哲学家，只是一个已经衰老的女公务员”。她的丈夫到华盛顿来看她，对她说：“我希望你回来，并不请求你回来。”最后，凯洛尔回去了，可是并不觉得自己完全失败，她于表现反抗精神之后回到地鼠草原去继续做一个贤妻良母，继续对社区活动积极参加。

这样的一个故事，平铺直叙，很少曲折。背景是美国中西部的一个小镇，时间是第一次世界大战前后，主要人物与情节是一对夫妻的悲欢离合。作者对于庸俗的乡镇做了深入的讽刺，对那些知识浅陋、头脑顽固、胸襟狭隘，而又自满自足的人物做了相当含蓄的攻击。我们要注意：这庸俗与阶级无关。哪一个阶层都有它的庸俗分子与庸俗见解。《大街》里的人物包括了上中下三个阶层，各有其可厌的人物画像。凯洛尔值得同情，但是肯尼柯特不仅值得同情而且值得敬重。一个家庭应该由男人做一家之主，使女人沦于奴隶地位，以烧菜洗盘断送其一生吗？一个女人应该接受传统环境所炼成的缰锁，在感情生活方面永远受着压抑，而不许越雷池一步吗？这样的问题，《大街》都提出来了，虽然不曾说出明确的答案。文学作品的目的，就是要提出问题，而不是一定要提供答案。像《大街》这样一部有名的小说，在美国现代文学中已有定评，中译本前无序言，后无跋语，我想这缘故大概即是要读者自己去体会其中的意义。最后应该一提的是译者张先信先生的译笔既忠实又流利。

《登幽州台歌》

陈子昂《登幽州台歌》："前不见古人，后不见来者；念天地之悠悠，独怆然而涕下！"所谓"前不见古人，后不见来者"，不是自我夸大以空前绝后自许，重点在一"见"字。盖谓人生短暂，孤零零的一橛，往者不及见，来者亦不及见，平素浑浑噩噩，无知无觉，一旦独自登台万虑俱消，面对宇宙之大，顿觉在空间时间上自己渺小短促得可怜，能不怆然涕下乎？这正是佛家所谓的"分段苦"。

《文学世界》（香港笔会出版）第二十六期有《陈子昂诗评价》一文，引述李沉的评语："先朝之盛时既不及见，将来之太平又恐难期，不自我先，不自我后，此千载遭乱之君子所共伤也。不然，茫茫之感，悠悠之词，何人不可用？何处不可题？岂知子昂幽州之歌，即阮公广武之叹哉！"又加按语曰："余按阮籍登广武城观楚汉战处，叹曰：'时无英雄，使竖子成名。'所谓竖子，盖指司马氏也，今子昂幽州之歌，其心目中之竖子，武氏也。"以悲歌慷慨之杰作，解释成为私人遭乱感伤之词，所见者小矣。

子昂《感遇诗三十八首》，有"闲卧观物化，悠悠念无生""幽居观大运，悠悠念群生""大运自古来，旅人胡叹哉"，以及其他类似之句，皆勉仰今古惆怅生悲之意，可参阅也。《中国语文》第三十四卷第五期载友人刘中和先生演示《登幽州台歌》，全文如下：

唐朝初年，四川人陈子昂（六五六—六九八）十八岁才开始读书，独自力学，自己觉得学有成就了，去首都长安。见有人卖胡琴，要卖百万钱；许多贵人名士都围着观看，陈子昂用一千贯买下来。大家都惊异地问他，他约好明天在某酒楼，大诗人都常去的地方，表演胡琴。明天，大家都到了，陈子昂一口四川土腔，慷慨激昂地说："在下四川陈子昂，有诗文百首，分赠各位欣赏。胡琴乃是贱工的事，我怎能表演？"当场把胡琴打碎，把诗文分送各人。大诗人们一见陈子昂的作品，大为惊骇钦佩，从此陈子昂名满长安。

那时的大诗人有杜审言、宋之问、王勃、骆宾王等，都作浮华的诗。而陈子昂所作都是古朴高劲，内容深厚的；火候骨力，都在当时一般大诗人之上。因此他内心感到很寂寞很苦闷，竟找不到一个同等笔力的诗人做朋友，可以互相倾心吐胆畅谈。在陈子昂以前，只有汉魏诗人，如曹操父子，和建安年代的七位诗人，被称为建安七子的，诗的风骨高古，是陈子昂所崇仰的。建安之后，数百年来，诗风一直走向浮华，往往言之无物，陈子昂最为厌恶，古人既已远不可见，无法相会相谈，而当今之世，只有自己一人。再向以后年轻的一辈看看，却又不见有后起之秀追踪上来。晚一辈的诗人，也多半走向新浮华派；虽然有古体诗人张九龄，但他比陈子昂又小二十多岁，还未成熟。有一位比陈子昂更高的古体派诗人，和陈子昂意见作风一致的，那就是李白；而李白却出生于陈子昂死后三年，二人不得相见，多么遗憾！

一次，他在北平附近的幽州台上登高，面对着广阔无边的天和地，天和地又只向时代交白卷，没有献出更伟大的诗人。他又触发了自己的感伤：自己一死之后，高古的诗风就将断绝，无人继响。于是他高声吟诵出来一首诗歌：

前不见古人，后不见来者；
念天地之悠悠，独怆然而涕下！

以往的人读这首诗，把者字读zhǎ，下字读xiǎ，以便押韵。这首《登幽州台歌》，最重要的就是一个"独"字，多么孤寂！从另一方面说，也可见陈子昂此人多么高傲。但他死后有李白，又有韩愈，都很崇仰他，他确不愧为初唐第一诗人。

刘先生把陈子昂悲哀的缘由解释成为"自己一死之后，高古的诗风就将断绝，无人继响"。陈子昂虽然恃才傲物，可能有类似杜审言"但恨不见替人"的自负的想法，但何至于前不见古人呢？我不能无疑。

《传法偈》

偶读明代高僧憨山大师文集，他屡次提到毗舍浮佛传法偈。他说当初黄山谷以书法及诗作名天下，很多人来求墨宝，他不大写他自己的诗，他最爱写的是这一首《传法偈》。偈云：

> 假借四大以为身，心本无生因境有。
> 前境若无心亦无，罪福如幻起亦灭。

黄鲁直如此推崇此偈，其中必有深意。从字面上看，好像并无什么奥秘，不外是普通的佛家说教，“但欲空诸所有，不愿实诸所无”。可是仔细钻研了几年，自以为除了一点点粗浅的了解之外也还不能无疑。

第一句没有什么困难，熟读《金刚般若波罗蜜经》，便可明白四大皆空的道理。人之大病在于有身，其实此身并非实有，不过是地、水、火、风四种元素的组合。《圆觉经》：“我今此身四大和合，所谓毛发爪齿皮肉筋骨脑髓垢色，皆归于地；唾涕脓血涎沫津液痰泪精气大小便利，皆归于水；暖气归火；动静归风。四大各离，今者妄身，当在何处？”《菩萨璎珞经》：“四大有二种，一有识，二无识。”有识即是指身内之四大，无识指身外之地水火风。人在物故之后，此身之四大和合不复存在，分别归于四大，这道理非常清楚。但是一息尚存之际，即难不有物我之分，耳之于声，目之于色，肌肤之于感触，处处皆足以提示此身乃我之所属有。若说这是“妄身”，那也只有在“四大各离”之后才能有此想法，而我们知道在“四大各离”之后，便什么想法也没有了！没有实，也没有妄！不过若说此身的存在时间有限，早晚归于四大，不能长久存在，这当然是无可否认的事实。

人除了身之外，还有心。心不是四大和合的产品，可是我们能思维，有喜怒哀乐，好像随时可以证明心的存在是确实不虚的。偈云“心本无生因境有”，如何解释呢？这一疑问困扰了我好几年。读佛学书困难之一是其术语很多，有时含义亦不一致，故难索解。翻《汉英佛学词典》，发现“无生”可以译为immortal，我这才自以为恍然大悟。翻译时常能帮助我们理解原文，因为译文是经过咀嚼的，可能是冲淡了的，可是容易消化吸收，“无生”二字在此应作为形容词。有生即有死，无生即无死。心原是无生无死的。佛学上所谓“无生法忍”，所谓“明心见性”，我仿佛都可以明白是怎样一回事了。“因境有”三字又作何解？我们常听说，“境由心生”，现在怎么又说“由境有心”呢？我想，这个“有”字大概是“无生”中的“无”字之对。immortal又变成mortal了，于是遇境则七情六欲种种颠倒妄想纷然而生，此境一旦幻灭不复存在，则此心仍恢复其本来湛然寂静的状态，即所谓“时时勤拂拭，莫使染尘埃”了。《金刚经》：“一切有为法，如梦幻泡影，如露亦如电，应作如是观。”即是“罪福如幻起亦灭”的意思。

管仲之器小哉

以前在一张国语日报上偶然看到一位胡坤仲先生写的《管仲之器小乎》一文，他说起高一国文第十二课司马光的《训俭示康》有“管仲镂簋朱纮，山节藻棁，孔子鄙其器小”一语，当时学生提出质问：“管仲那么奢侈，孔子怎么说他器量狭小？”这一问把胡先生问得愣住了。

《论语·八佾》：“子曰：‘管仲之器小哉！’或曰：‘管仲俭乎？’曰：‘管氏有三归，官事不摄，焉得俭？’‘然则管仲知礼乎？’曰：‘邦君树塞门，管氏亦树塞门；邦君为两君之好，有反坫，管氏亦有反坫；管氏而知礼，孰不知礼。’”孔子说管仲器小，是以俭与礼二事为证。在孔门哲学中，俭与礼都是极关重要的修身法门，所以子贡称赞孔子的美德是温良恭俭让，俭最要紧，由俭可以知礼，因为都是属于克己的功夫。管仲奢侈，有三个小公馆，生活靡费，所以孔子说他器小。所谓器，就是器量，也可解为器识。器有大小，非关才学。镂簋朱纮，山节藻棁，都是俭德有亏的明证。

何谓器小，何谓量大？于此有一旁证说明之。《魏志·文帝纪》注：“若贾谊之才敏，筹画国政，特贤臣之器，管晏之姿，岂若孝文大人之量哉？”孝文是否大人之量，姑不具论。我们要注意的是，行文之间“贤臣之器”与“大人之量”是对等的名词。贤臣之器，管晏之姿，是比较小的。贤臣而器小，即管晏之辈也。

管仲不是一个简单的人，虽然在私人品德方面不无出入，在事功方面却颇有可称者。《论语·宪问》：“子曰：‘桓公九合诸侯，不以兵车，管仲之力也。如其仁，如其仁！’”九合诸侯（纠合诸侯之谓），不用战争手段，谁能像他这样的仁！所谓仁，是指他之不用武力而能纠合诸侯这件事而言。孔子又说：“管仲相桓公，霸诸侯，一匡天下，民到于今受其赐。微管仲，吾其披发左衽矣！”这是说管仲不比匹夫匹妇之短见，不肯自经于沟渎，留着自己的一条命为国家人民办大事，故不能说“管仲非仁者”。这也是就事论事，赞美管仲之事功而已，并不是泛论管仲之全部的人格，更没有说管仲是一个品学无亏的仁者。

太史公于《管晏列传》之篇末，另有一解，他说：“管仲世所谓贤臣，然孔子小之。岂以为周道衰微，桓公既贤，而不勉之至王，乃称霸哉？”不辅弼桓公为帝为王，而乃以称霸为终极之目的，孔子之所以小管仲者盖在于此。这是司马迁的臆测，孔子未必有这种想法，看孔子对管仲的事功之极口称赞，便可知孔子必无是想。据《论语》所载，孔子小管仲，只是批评他的俭与礼方面的缺乏。司马光在《训俭示康》文中所涉及的管仲一事，显然与司马迁的解释毫不相干。孔子鄙薄管仲之为人，并不抹杀其事功，月旦人物不是正应如此吗？

《饮中八仙歌》

杜工部《饮中八仙歌》，章法错落有致。吴见思《杜诗论文》：“此诗一人一段，或短或长，似铭似赞，合之共为一篇，分之各成一章，诚创格也。”王嗣奭《杜臆》也有同样见解：“此系创格，前无所因，后人不能学。描写八公，各极生平醉趣，而都带仙气，或两句，或三句四句，如云在晴空，卷舒自如，亦诗中之仙也。”前无所因，是真的；后人不能学，倒也未必。学尽管学，未必学得好耳。不过此诗也有几点问题在。

八仙是①四明狂客贺知章，②汝阳王琎，③左丞相李适之，④侍御史崔宗之，⑤中书舍人苏晋，⑥诗仙李白，⑦草圣张旭，⑧布衣焦遂。杜工部自己不与焉。《新唐书》说李白“与贺知章、李适之、汝阳王琎、崔宗之、苏晋、张旭、焦遂，为酒中八仙人”，是又一说。杜工部虽然也好饮酒，也被人泥饮过，并不以剧饮名，后来病起就索性停了酒杯。何况八个人和杜工部也并不全是属于同一辈分。此诗成于何年，固难确定，要之总是天宝之初。仇沧柱注：“按吏，汝阳王天宝九载已薨，贺知章天宝三载，李适之天宝五载，苏晋开元二十二年，并已殁。此诗当是天宝间追忆旧事而赋之，未详何年。”所论甚是。至于范传正“李白新墓碑”所谓“在长安时，时人以公及贺监、汝阳王、崔宗之、裴周南等八人为酒中八仙”，则又是一说，无可稽考。无论八仙是怎个计算法，不能把杜工部计算进去。

八仙之中每个人酒量如何，也是一个问题。清嘉同[①]年间施鸿保著《读杜诗说》，他说：“今按此诗于汝阳则言三斗，于李白则言一斗，于焦遂则言五斗。即

① 嘉庆与同治的合称。

李适之言‘日费万钱’，据《老学庵笔记》等书，言唐时酒价每斗三百钱，故公有‘速来相就饮一斗，恰有三百青铜钱’之句。此云万钱，则日饮且三石余矣，虽不定是此数，然亦当以斗计也。独于张旭但言三杯，杯即有大小，要不可与斗较，岂旭好饮而量非大户耶？然与汝阳等并称饮仙，不应相悬若此，或杯字有误。”施鸿保所提问题不能说没有道理，唯于此我们应有数事注意。

首先，所谓饮仙乃是着眼于其醉趣。尤其是要看在他醉趣之中是否带有仙气，并非纯是计较其饮量之大小。能牛饮者未必能成仙，可能不免于伧父之讥。所谓仙气，我想大概就是借酒力之兴奋与麻醉的力量而触发灵感，然后无阻碍地发挥其天性与天才。称之为醉趣可，称之为天性与天才之表现亦可。这是我们平素不容易看到的奇迹，所以称之为仙。至若烂醉如泥，形如死猪，或使酒骂座，或呕吐狼藉，则都是酒后丑态，纵然原是海量，亦属无趣。所以饮中八仙，量不相同，正无足异。唯所谓“日费万钱”，则须知李适之是左丞相，焉能日饮三石？所谓“费”，是指用于饮酒之钱。故仇注引“黄布曰：‘日费万钱，饷客之用，皆出于此。’是也。”且人之酒量本有大小之不同，故酒曰“天禄”。我拍浮酒中者，也有五十余年，所遇善饮者无数，亲自所见最善饮者三五辈也不过黄酒三五斤耳（已醉之后狂饮，可能不止此数）。文人之笔下，好事者之传说，时常夸大其词，好像真有人能“长鲸吸百川”的样子。还有，酒与酒不同，要谈酒量必先确知其为何种之酒酿。如是醇醪，则不觉易醉，如是薄酒，多饮亦无妨。饮中八仙所饮何酒，我不确知。贺知章是会稽人，可能他所饮酒是秫制，秫即糯稻，可能即是今之黄酒。八仙虽根本未在一处饮宴，但诗中皆以斗为单位，这个斗字又是一个问题。斗若作为十升解，其容积为三百十六立方寸，约合美国二点六四加仑，一斗酒是相当多，三斗五斗岂不更吓煞人？假如斗作为酒器解，虽然我们不知道这斗究有多么大，只知道其形如斗，好像这样解释就比较容易接受似的。《诗经·大雅·生民之什·行苇》：“曾孙维主，酒醴维醹，酌以大斗，以祈黄耇[1]。”可见大斗即是大杯，用以敬老。大斗不会是十升为斗的斗，老年人不可能喝下那么多的味道浓醇的酒。施鸿保的疑虑可能是多余的吧？

---

①黄耇（huáng gǒu）：意思是年老。

陶渊明“室无莱妇”

萧统《陶渊明传》：“其妻翟氏亦能安勤苦，与其同志。”李延寿《南史·隐逸传》：“其妻翟氏，志趣亦同，能安苦节，夫耕于前，妻锄于后云。”皆谓翟氏安贫，与其夫志同道合。

读陶作《与子俨等疏》：“余尝感孺仲贤妻之言，败絮自拥，何惭儿子？此既二事矣。但恨邻靡二仲，室无莱妇，抱兹苦心，良独内愧。”所谓“室无莱妇”，言自己没有像老莱子之妇那样的贤妻。刘向《列女传》：“楚老莱子逃世，耕于蒙山之阳……楚王欲使吾守国之政……妻曰：‘妾闻之，可食以酒肉者，可随以鞭捶；可授以官禄者，可随以铁钺。今先生食人酒肉，受人官禄，为人所制也。能免于患乎？……’遂行不顾，至江南而止。”是翟氏之贤不及莱妇，而陶公黾勉辞世，乃是自作主张，以至于使子等幼而饥寒，“抱兹苦心，良独内愧”也。

妻而能安勤苦，自非易事，翟氏之“夫耕于前，妻锄于后”可能亦是事实。若谓其志在固穷，与其夫同志趣，恐未必然。传陶公者见陶氏夫妇躬耕乡里，遂信笔及于翟氏，不吝称其苦节耳。萧统《陶渊明传》：“公田悉令吏种秫，曰：‘吾常得醉于酒足矣！’妻子固请种杭，乃使二顷五十亩种秫，五十亩种粳。”是翟氏较渊明为达事处。先生但求有酒，主妇不能不顾一家之食。似不应因此遂兴“室无莱妇”之叹。

《咏贫士》七首，显然是先生自况，其七云：“年饥感仁妻，泣涕向我流。丈夫虽有志，固为儿女忧。”言妻子饥寒，泣涕直流，但未能挠其志，而丈夫志在固穷，但亦不能不为儿女忧。妻不挠夫之志，可敬之至，但不能禁其泣涕直流；夫不为妻所累而改其志，但衷心亦不能不为儿女忧。夫耕于前，妻锄于后，是一幅美丽图画，不知二人心中亦正各有所感，不足为外人道也。先生诗乃直言“丈夫虽有志，固为儿女忧”，道出先生心事，是先生率真可爱之处。一说“丈夫虽有志……”二语乃妻子语，恐非。丈夫犹言君子，非妻对夫之称。

万取千焉，千取百焉

读《孟子》，开卷第一节就有一句看不甚懂。

“上下交征利，而国危矣！万乘之国，弑其君者，必千乘之家；千乘之国，弑其君者，必百乘之家。万取千焉，千取百焉，不为不多矣。苟为后义而先利，不夺不餍。”大意当然很明白，是在言义利之辨，但是“万取千焉，千取百焉，不为不多矣”，这句话怎么讲？看了各家注释，还是不大懂。

《幼狮学志》第十三卷第一期有李辰冬先生一篇文章《怎样开辟国学研究的直接途径》，劝大家不要走权威领导的路，他的意思是不要盲目地信从权威，要有自己的真知灼见。假如权威人物的话是对的，我们当然要服从他的领导，但是权威不一定永远对。李先生举了几个例子，其中之一正是我憋在心里好久的孟子这一句话。依李先生的见解，“自从赵岐注错以后，两千年来更改不过来”，宋朝孙爽的疏，朱熹的集注，清朝焦循的正义，皆未得要领。李先生认为：“解决这个问题很容易，只要把孟子书中所用的‘取’字作一归纳，看看孟子是怎样在用‘取’字，这几句话马上就释然了。”于是李先生翻《孟子引得》，“知道‘取’有两种意思：一作‘得’讲，一作‘夺’讲”。“万取千焉……”里的“取”字是作“夺”解。其结论是“万乘之国夺千乘之家，千乘之国夺百乘之家，这是上征利；正对上句‘万乘之国，弑其君者，必千乘之家……’而言，这是下弑上。‘不为不多矣’是指春秋战国时混乱的情形”。

我想李先生的解释大概是对的，因为这样解释上下文意才可贯通。所谓交征利，包括下与上争和上与下争两件事。李先生充分利用《孟子引得》，决定“取”作“夺”解，其实“取”字本有此义。“取”字有好多意思，好多用法，在某处应做某种解释，就要靠读者细心体会，同时再参用李先生的统计法，就更容易有所领悟了。

但是我要指出另一点。孟子是有才气的人，程子说他“有些英气”，《孟子》七篇汪洋恣肆，锋利而雄浑，的确是好文章。不过并不是句句都斟酌至当无懈可击。像“万取千焉，千取百焉……”这一句就有毛病，至少是写得不够明白。李辰冬先生说：孟子原文“语义多么清楚”！这一点我不大同意。如果原文语义清楚，赵岐便不至于误解。即使赵岐误解，也早该有人指出，何至于“糊涂了两千年”？即使大家都迷信权威，到如今我们说明其真义也就罢了，又何必借重《引得》，排比资料，然后才能寻绎其意义？“万取千焉，千取百焉”这八个字确是含混，所以才使人糊涂了两千年。“不为不多矣”一句也不够清楚，到底是什么东西“不为不多”？是“万”不为不多，还是“千”不为不多，还是上征利的情形不为不多？原文没有交代清楚。

我们的古书常有因为文字过简而意义不清楚的地方，也有因为作者头脑有时未能尽合逻辑而意义含混的地方，我们不必为贤者讳。西人有句话，就是荷马也有打瞌睡的时候。(Even Homer nods．)

人生的自在之旅

“树是活的，只是不会走，根扎在那里便住在那里，永远没有颠沛流离之苦。人是活的，会到处闯荡，内心不免会有道道风波。”

南游杂感

一

我由北京动身的那天正是清明节，天空并没有落雨，只是阴云密布，呈现出一种黯淡的神情，然而行人已经觉得欲断魂了。我在未走之前，恨不得插翅南翔，到江南调换调换空气；但是在火车蠕动的时候，我心里又忽自嗫嚅不安起来，觉得那座辉煌庞大的前门城楼似乎很令人惜别的样子。不知有多少人诅咒过北京城了，嫌它灰尘大。在灰尘中生活了二十几年的我，却在暂离北京的时候感到恋恋不舍的情意！我想跳下车来，还是吃一个星期的灰尘吧，还是和同在灰尘中过活的伴侣们优游吧……但是火车风驰电掣地去了。这一来不大打紧，路上可真断魂了。

断了一次魂以后，我向窗外一望，尽是些垒垒的土馒头似的荒冢；当然，我们这些条活尸，早晚也是馒头馅！我想我们将来每人头上顶着一个土馒头，天长日久，中国的土地怕要完全是一堆一堆的只许长草不许种粮的坟头了。经济问题倒还在其次，太不美观实在是令人看了难受。我们应该以后宣传，大家"曲辫子"以后不要在田地里筑起土馒头。

和我同一间车房的四位旅客，个性都很发达。A是一个小官僚，上了车就买了一份老《申报》和一份《顺天时报》。B、C、D三位似乎都是一间门面的杂货店的伙计。B大概有柜台先生的资格，因为车开以后他从一个手巾包里抽出一本《小仓山房尺牍》来看。C有一种不大好的习惯，他喜欢脱了鞋抱膝而坐。D是宰予之流，车开不久他就张着嘴睡着了；睡醒以后，从裤带上摘下一个琵琶形的烟口袋，一根尺余长的旱烟杆。这三位都不知道地板上是不该吐痰的，同时又不

“强不知以为知”的，于是开始大吐其痰。我从他们的吐痰中，发现了一个中国人特备的国粹，“调和性”。一旦痰公然落到地板上以后，痰的主人似乎直觉地感到一些不得劲儿，于是把鞋底子放在痰上擦了几下。鞋底擦痰的结果，便是地板上发现一块平匀的湿痕（痰是看不见了，反对地板上吐痰的人也无话可说了，此之谓调和）。

从北京到济南，我就在这样的环境里生活着，我并没有什么不满，因为我知道这叫作“民众化”！

二

车过了济南，酣睡了一夜。火车的单调的声音，使人不能不睡。我想诗的音节的功效也是一样的，例如spencerian stanza，前八节是一样的长短节奏，足以使人入神，若再这样单调下去，读者就要睡了，于是从第×行便改了节奏，增加一个音。火车是永远的单调，并且是不合音乐的单调。但是未来派的音乐家都是极端赞美一切机轮轧轧的声音呢。

一觉醒来，大概是安徽地界了吧，但见一片绿色，跃入眼帘，比起山东地界内的一片荒漠，寸草不生的情形，真是大不相同了。我前年过此地的时候，正在闹水灾，现在水干了，全是良田。北方农人真是寒苦，不要说他们的收获不及南方农家的丰富，即是荒凉的环境，也够人难受了。但是由宁至沪一带，又比江北好多了，尽是一片一片的油菜花，阳光照上去，像黄琉璃似的，水牛也在稻田里面工作着，山清水秀，有说不出的一股畅和的神情。似泰山一带的山陵，雄险峻危，在江南是看不到了。“仁者乐山，智者乐水”，我想近水的人真是智，不说别的，单说在上海从四马路到马霍路黄包车夫就敲我二角钱！

三

我在上海会到的朋友，有郁达夫、郭沫若、成仿吾。除了达夫以外，都是没会过面的文字交，其实看过《女神》《三叶集》的人不能说是不认识沫若了。沫若和仿吾住在一处，我和达夫到他们家的时候，他们正在吃午饭。饭后我们便纵谈一切，最初谈的是国内翻译界的情形。仿吾正在做一篇论文，校正张东荪译的《物质与记忆》。我从没有想到张东荪的译本居然会有令人惊异的大错……

上海西方化的程度，在国内要首屈一指了。就我的观察所及，洋服可以说是遍处皆是，并且穿得都很修洁可观。真糟，什么阿猫阿狗都穿起洋装来了！我希望我们中国也产出几个甘地，实行提倡国粹，别令侵入的文化把我们固有的民族性打得片甲不留。我在上海大概可以算是乡下人了，只看我在跨过马路时左右张望的神气就可以证实，我很心危，在上海充乡下人还不要紧，在纽约芝加哥被视为老憨，岂不失了国家体面？不过我终究还是甘心做一个上海的乡下人，纽约的老憨。

除了洋装以外，在上海最普遍的是几句半通的英语。我很怀疑，我们的国语是否真那样不敷用，非带引用英语不可？在清华的时候，我觉得我们时常中英合璧的说话是不大好的，哪里晓得，清华学生在北京固是洋气很足，到了上海和上海的学生比比，那一股洋气冲天的神情，简直不是我们所能望其项背了。

四

嘉善是沪杭间的一个小城。我到站后就乘小轿进城，因为轿子是我的舅父雇好了的。我坐在轿子上倒也觉得新奇有趣。轿夫哼哈相应，汗流浃背，我当然觉得这是很不公道的举动，为什么我坐在轿上享福呢？但是我偶然左右一望，看着黄金色的油菜花，早把轿夫忘了。达夫曾说：“我们只能做bourgeoisie的文学，‘人力车夫式’的血泪文学是做不来的。”我正有同感。

嘉善最令我不能忘的两件事：便桶溺缸狼藉满街，刷马桶、淘米、洗菜在同一条小河里举行。这倒真是丝毫未受西方化影响的特征。两条街道，虽然窄小简陋，但是我走到街上心里却很泰然自若，因为我知道我身后没有汽车、电车等杀人的利器追逐我。小小的商店，疏疏的住房，虽然是很像中古时期的遗型，在现代未免是太无进步，而我的确看到，住在这里的人，精神上很舒服，“乐在其中矣”。

这里有一个医院、一个小学校、一个电灯厂，还有一营的军队。鸦片烟几乎是家常便饭，吸者不知凡几。生活程度很低，十几间房子租起来不过五块钱。

我想大城市生活真是非人的生活，除了用尽心力去应付经济压迫以外，我们就没有工夫做别的事了。并且在大城市里，物质供给太便利，精神上感到不安宁的苦痛。所以我在嘉善只住了一天，虽然感受了一天物质供给不便利的情形，但是我在精神上比在上海时满意多了。

五

我到南京，会到胡梦华和一位玫瑰社的张女士，前者是我的文字交，后者是同学某君介绍的，他们都是在东南大学。我到南京的时候是下午，那天天气还好，略微有些云雾的样子。梦华领我出了寄宿舍，和一个车夫说："鸡鸣寺！怎么？你去不去？"车夫迟疑了一下，笑着说："去！"我心里兀自奇怪，我想：车夫为什么笑呢？原来鸡鸣寺近在咫尺，我们坐上车两三分钟就到了，这不怪车夫笑我们，我们下了车自己也忍不住笑起来。梦华说："我恐怕你疲倦了……"

鸡鸣寺里有一间豁蒙楼，设有茶座，我们沿着窗边坐下了。这里有许多东大的学生，一面品茶，一面看书，似乎是非常潇洒快意。据说这个地方是东大学生俱乐部的所在。推窗北眺，只见后湖的一片晶波闪烁，草木葱茂。石城古迹，就在寺东。

北极阁在寺西，雨渍尘封，斑驳不堪了，登阁远瞩，全城在望。

南京的名胜真多，可惜我的时间太短促了。第二天上午我们游秦淮河，下午我便北返了。秦淮河的大名真可说是如雷贯耳，至少看过《儒林外史》的人应该知道。我想象中的秦淮河实在要比事实的还要好几倍，不过到了秦淮河以后，却也心满意足了。秦淮河也不过是和西直门高梁桥的河水差不多，但是神气不同。秦淮河里的船也不过是和万牲园松风水月处的船差不多，但是风味大异。我不禁想起从前鼓乐喧天灯火达旦的景象，多少的王孙公子在这里沉沦迷荡！其实这里风景并不见佳，不过在城里有这样一条河，月下荡舟却也是乐事。我在北京只在马路上吃灰尘，突然到河里荡漾起来，自然觉得格外有趣。

东南大学确是有声有色的学校，当然他的设备是远不及清华，他的图书馆还不及我们的旧礼堂；但是这里的学生没有上海学生的浮华气，没有北京学生的官僚气，很似清华学生之活泼朴质。清华同学在这里充教职的共十七人，所以前些天我们前校长周寄梅到这里演说，郭校长说出这样一句介绍词：“周先生是我们东南大学的太老师。”实在，东大和清华真是可以立在兄弟行的。这里的教授很能得学生的敬仰，这是胜过清华的地方。我会到的教授，只是清华老同学吴宓。我到吴先生班上听了一小时，他在讲法国文学，滔滔不绝，娓娓动听，声如走珠，如数家珍。我想一个学校若不罗致几个人才做教授，结果必是一个大失败。我觉得清华应该特别注意此点。梦华告诉我，他们正在要求学校把张鑫海也请去，但因经济关系不知能成功否。下午梦华送我渡江，我便一直地北上了。我很感激梦华和张女士，蒙他们殷勤的招待，并且令梦华睡了一夜的地板。

六

我南下的时候，心里多少还有几分高兴，归途可就真无聊了。南游虽未尽兴，到了现在总算到了期限，不能不北返了。在这百无聊赖的火车生活里怎么消遣？打开书本，一个字也看不进去，躺在床上，睡也睡不着。可怕的寂寥啊！没有法子，我只有去光顾饭车了。

一天一夜的火车，真是可怕。我想利用这些时间去沉思吧，但是辘辘的车声吵得令人焦急。在这无聊的时候，我也只有做无聊的事了。我把衣袋里的小本子拿出来，用笔写着：——“我是北京清华学校的某某，家住北京……胡同，电话……号，In case of accident，please notify my family！”事后看起来，颇可笑。车到泊头，我便朗吟着：

——列车抖得寂然，到哪一站了？
我起来看看。
路灯上写着“泊头”，
我知道到的是泊头。

无聊的诗在无聊的时候吟，更是无聊至极了。唉，不要再吟了，又要想起那“账簿式”的诗集了！

我在德州买了一筐梨，但是带到北京，一半烂了。

我很想在车上作几首诗，在诗尾注上“作于津浦道上”，但是我只好让人独步，我实在办不了。同车房里有一位镇江的妇人，随身带了十几瓶醋，那股气味真不得了，恐怕作出诗也要带点秀才气味呢。

在夜里十点半钟，我平安地到了北京，行李衣服、四肢头颅完好如初，毫无损坏。

忆青岛

“上有天堂，下有苏杭”。天堂我尚未去过。《启示录》所描写的“从天上上帝那里降下来的圣城耶路撒冷，那城充满着上帝的荣光，闪烁像碧玉宝石，光洁像水晶”。城墙是碧玉造的，城门是珍珠造的，街道是纯金的。珠光宝气，未能免俗。真不想去。新的耶路撒冷是这样的，天堂本身如何，可想而知。至于苏杭，余生也晚，没赶上当年的旖旎风光。我知道苏州有一个顽石点头的地方，有亭台楼阁之胜，网师渔隐，拙政灌园，均足令人向往。可是想到一条河里同时有人淘米、洗锅、刷马桶，不禁胆寒。杭州是白傅留诗、苏公判牍的地方，荷花十里，桂子三秋，曾经一度被人当做汴州。如今只见红男绿女游人如织，谁有心情看浓妆淡抹的山色空蒙。所以苏杭对我也没有多少号召力。

我曾梦想，如果有朝一日，可以安然退休，总要找一个比较舒适安逸的地点去居住。我不是不知道随遇而安的道理。

树下一卷诗，
一壶酒，一条面包——
荒漠中还有你在我身边歌唱——
啊，荒漠也就是天堂！

这只是说说罢了。荒漠不可能长久的变成天堂。我不存幻想，只想寻找一个比较能长久的居之安的所在。我是北平人，从不以北平为理想的地方。北平从繁华而破落，从高雅而庸俗、而恶劣，几经沧桑，早已无复旧观。我虽然足迹不广，但北自辽东，南至百粤，也走过了十几省，窃以为真正令人流连不忍去的地方应推青岛。

青岛位于东海之滨，在胶州湾之入口处，背山面海，形势天成。光绪二十三年（一八九七年），德国强租胶州湾，辟青岛为市场，大事建设。直到如今，青岛的外貌仍有德国人的痕迹。例如房屋建筑，屋顶一律使用红瓦片，山坡起伏，绿树葱茏之间，红绿掩映，饶有情趣。民国三年青岛又被日本夺占，民国十一年才得收回。随后虽然被几个军阀盘踞，但表面上没有遭到什么破坏。当初建设得根底牢固，就是要糟蹋，一时也糟蹋不了。青岛的整齐清洁的市容一直维持了下来。我想在全国各都市里，青岛是最干净的一个。“无风三尺土，有雨一街泥”的北平不能比。

青岛的天气属于大陆气候，但是有海湾的潮流调剂，四季的变化相当温和。称得上是“春有百花秋有月，夏有凉风冬有雪”的好地方。冬天也有过雪，但是很少见，屋里面无需升火不会结冰。夏天的凉风习习，秋季的天高气爽，都是令人喜的，而春季的百花齐放，更是美不胜收。樱花我并不喜欢，虽然第一公园里整条街的两边都是樱花树，繁花如簇，一片花海，游人摩肩接踵，蜜蜂嗡嗡之声震耳，可是花没有香气，没有姿态。樱花是日本的国花，日本和我们有血海深仇，花树无辜，但是我不能不连带着对它有几分憎恶！我喜欢的是公园里培养的那一大片娇艳欲滴的西府海棠。杜甫诗里没有提起过它，历代诗人词人歌咏赞叹它的却不在少数。上清宫的牡丹高与檐齐，别处没有见过，山野有此丽质，没有人嫌它有富贵气。

推开北窗，有一层层的青山在望。不远的一个小丘上有一座楼阁矗立，像堡垒似的，有俯瞰全市傲视群山之势，人称总督府，是从前德国总督的官邸，平民是不敢近的，青岛收回之后作为冠盖往来的饮宴之地，平民还是不能进去的（听说后来有时候也偶尔开放）。里面是什么样子我不知道，也不想知道。还有人说里面闹鬼。反正这座建筑物，尽管相当雄伟，却不给人以愉快的印象，因为它带给我们耻辱的回忆。

其实青岛本身没有高山峻岭，邻近的劳山，亦作崂山，又称牢山，却是峣峥巉岭，为海滨一大名胜。读《聊斋志异》劳山道士，早已心向往之，以为至少那是一些奇人异士栖息之所。由青岛驱车至九水，就是山麓，清流汩汩，到此尘虑全消。舍车扶策步行上山，仰视峰嶝，但见参嵯翳日，大块的青石陡峭如削，绝似山水画中之大斧劈的皴法，而且牛山濯濯，没有什么迎客松、五老松之类的点缀，所以显得十分荒野。有人说这样的名山而没有古迹岂不可惜，我说请看随便哪一块巍巍的巨岩不是大自然千百万年锤炼而成，怎能说没有古迹？几小时的登陟，到了黑龙潭观瀑亭，已经疲不能兴。其他胜境如清风岭碧落岩，则只好留俟异日。游山逛水，非徒乘兴，也须有济胜之具才成。

青岛之美不在山而在水。汇泉的海滩宽广而水浅，坡度缓，作为浴场据说是东亚第一。每当夏季，游客蜂拥而至，一个个一双双的玉体横陈，在阳光下干晒，晒得两面焦，扑通一声下水，冲凉了再晒。其中有佳丽，也有老丑。玩得最尽兴的莫过于夫妻俩携带着小儿女阖第光临。小孩子携带着小铲子、小耙子、小水桶，在沙滩上玩沙土，好像没个够。在这万头攒动的沙滩上玩腻了，缓步踱到水族馆，水族固有可观，更妙的是下面岩石缝里有潮水冲积的小水坑，其中小动物很多。如寄生蟹，英文叫hermitcrab，顶着螺蛳壳乱跑，煞是好玩。又如小型水母，像一把伞似的一张一阖，全身透明。孩子们利用他们的小工具可以罗掘一小桶，带回家去倒在玻璃缸里玩，比大人玩热带鱼还兴致高。如果还有余勇可贾，不妨到栈桥上走一遭。桥尽头处有一个八角亭，额曰“回澜阁”。在那里观壮阔之波澜，当大王之雄风，也是一大快事。

汇泉在冬天是被遗弃的，却也别有风致。在一个隆冬里，我有一回偕友在汇泉闲步，在沙滩上走着走着累了，便倒在沙上晒太阳，和风吹着我们的脸。整个沙滩属于我们，没有旁人，最后来了一个老人向我们兜售他举着的冰糖葫芦。我们在近处一家餐厅用膳，还喝了两杯古拉索（柑香酒）。尽一日欢，永不能忘。

汇泉冬夜涨潮时，潮水冲上沙滩又急遽的消退，轰隆呜咽，往复不已。我有一个朋友赁居汇泉尽头，出户不数步就是沙滩，夜闻涛声不能入眠，匆匆移去。我想他也许没有想到，那就是观音说教的海潮音，乃觌面失之。

说来惭愧，“饮食之人”无论到了什么地方总是不能忘情口腹之欲。青岛好吃的东西很多。牛肉最好，销行国内外。德国人佛劳塞尔在中山路开一餐馆，所制牛排我认为是国内第一。厚厚大大的一块牛排，煎得外焦里嫩，切开之后里面微有血丝。牛排上面覆以一枚嫩嫩的荷包蛋，外加几根炸番薯。这样的一份牛排，要两元钱，佐以生啤酒一大杯，依稀可以领略樊哙饮酒切肉之豪兴。内行人说，食牛肉要在星期三四，因为周末屠宰，牛肉筋脉尚生硬，冷藏数日则软硬恰到好处。弗劳塞尔店主善饮，我在一餐之间看他在酒桶之前走来走去，每经酒桶即取饮一杯，不下七八杯之数，无怪他大腹便便，如酒桶然。这是五十年前旧话，如今这个餐馆原址闻已变成邮局，弗劳塞尔如果尚在人间，当在百龄以上。

青岛的海鲜也很齐备。像蚶、蛤、牡蛎、虾、蟹以及各种鱼类应有尽有。西施舌不但味鲜，名字也起得妙，不过一定要不惜工本，除去不大雅观的部分，专取其洁白细嫩的一块小肉，加以烹制，才无负于其美名，否则就近于唐突西施了。以清汤汆煮为上，不宜油煎爆炒。顺兴楼最善烹制此味，远在闽浙一带的餐馆以上。我曾在大雅沟菜市场以六元市得鲥鱼一尾，长二尺半有奇，小口细鳞，似才出水不久，归而斩成几段，阖家饱食数餐，其味之腴美，从未曾有。菜蔬方面隽品亦多。蒲菜是自古以来的美味，诗经所说“其蔌维何，维笋及蒲”，蒲的嫩芽极细致清脆。青岛的蒲菜好像特别粗壮，以做羹汤最为爽口。再就是附近潍县的大葱，粗壮如甘蔗，细嫩多汁。一日，有客从远道来，止于寒舍，唯索烙饼大葱，他非所欲。乃如命以大葱进，切成段段，如甘蔗状，堆满大大一盘。客食之尽，谓乃平生未有之满足。青岛一带的白菜远销上海，短粗肥壮而质地细嫩。一般人称之为山东白菜。古人所称道的“春韭秋菘”，菘就是这大白菜。白菜各地皆有，种类不一，以山东白菜为最佳。

青岛不产水果，但是山东半岛许多名产以青岛为集散地。例如莱阳梨。此梨产在莱阳的五龙河畔，因沙地肥沃，故品质特佳。外表不好看。皮又粗糙，但其细嫩酥脆甜而多浆，绝无渣滓，美得令人难以相信。大的每个重十台两以上。再如肥城桃，皮破则汁流，真正是所谓水蜜桃，海内无其匹，吃一个抵得半饱。今之人多喜怀乡，动辄曰吾乡之梨如何，吾乡之桃如何，其夸张心理可以理解。但如食之以莱阳梨、肥城桃，两相比较，恐将哑然失笑。其他如烟台之香蕉、苹果、玫瑰葡萄，也是青岛市面上常见的上品。

一般山东人的特性是外表倔强豪迈，内心敦厚温和。宦场中人，大部分肉食者鄙，各地皆然，固无足论。观风问俗，宜对庶民着眼。青岛民风淳厚，每于细民中见之。我初到青岛，看到人力车夫从不计较车资，乘客下车一律付与一角，路程远则付两角，无争论者。这是全国所没有的现象。有人说这是德国人留下的无形的制度，无论如何，这种作风能维持很久便是难能可贵。青岛市面上绝少讨价还价的恶习。虽然小事一端，代表意义很大。无怪乎有人感叹，齐鲁本是圣人之邦，青岛焉能不绍其余绪？

我家里请了一位厨司老张，他是一位异人。他的手艺不错，蒸馒头，烧牛尾，都很擅长。每晚膳事完毕，沐浴更衣外出，夜深始返。我看他面色苍白消瘦，疑其吸毒涉赌。我每日给他菜钱二元，有时候他只飨我以白菜豆腐之类，勉强可以果腹而已。我问他何以至此，他惨笑不答。过几天忽然大鱼大肉罗列满桌，俨若筵席，我又问其所以，他仍微笑不语。我懂了，一定是昨晚赌场大赢。几番盯问之后，他最后迸出这样的一句“这就是一点良心！”

我赁屋于鱼山路七号，房主王君乃铁路局职员，以其薄薪多年积蓄成此小筑。我于租满前三个月退租离去，仍依约付足全年租赁，王君坚不肯收，争执不已，声达户外。有人叹曰：“此君子国也。”

我在青岛居住四年，往事如烟。如今隔了半个世纪，人事全非，山川有异。悬想可以久居之地，乃成为缥缈之乡！噫！

华清池

读过白居易《长恨歌》的人，都知道我们有个华清池。“春寒赐浴华清池，温泉水滑洗凝脂……”纵不引发某些人想象中窥浴的念头，那旖旎的风光也足够很多人向往的。其实这个地方是以温泉闻名，在陕西临潼城南骊山东北麓。“骊山晚照”号称“关中八景”之一。杨贵妃在她专用的“芙蓉汤”洗过澡，与我们没有多大关系。作为古迹看，倒是值得注意的。

秦始皇自阿房宫修筑四十多公里的“阁道”通往这个离宫，离宫就是行宫，名为骊山汤，汤就是温泉。一代暴君当然不能不有豪华享受。汉武帝也不多让，大事扩建，王维所谓“汉王离宫接露台，秦川一半夕阳开”，说的就是这个地方。唐太宗派画家阎立德设计改建为温泉宫，唐玄宗更扩建为华清宫，为了杨贵妃一浴而特别地名闻于后世。其实这个地方并无名山大川，谈不上什么美景，只是有一个很好的温泉，历代帝王不惜劳民伤财大事修建作为私人休沐的别墅罢了。其规划建筑较之有清一代的避暑山庄和颐和园，恐怕差得远。

民国二十九年元月，道出西安，顺便到临潼看华清池，哪里还有什么宫殿楼阁，满目是西北特有的黄尘滚滚，虽已经过近人的修葺，也只是几幢不中不西的小小楼房，几座平平常常的亭台木桥而已。我一看非常失望。几株大柳树，枯枝飘拂在寒风里，景况十分凄凉。至于那温泉，却还是滚烫的，清澈的。想想多少风流人物尽成尘土，一股温泉仍然汩汩不绝地长流，不胜感慨。什么莲花池芙蓉池，谁会感兴趣？有一个公开的、民众可以享用的大浴池，竟是一个黑暗龌龊的大水坑，热气蒸腾，不值一顾。我对华清池的印象随着时光的流转也渐渐淡忘了。

不料今年三月底，报端出现“伊美黛的华清池”新闻一条，据云：“菲律宾总统府马拉坎南宫，上个月公诸大众，争先恐后拥入宫里的菲国民众，惊异地发现他们的第一夫人，竟然拥有一座镶着黄金水龙头的特大浴池。曾经有人好奇地跳进澡盆戏水，感受贵妃般生活的乐趣。”又说：“池边各项设备均为进口货。”附有彩色插图为证。暴发户的气味很浓，令人看了作三日呕。参观人中居然有人胃口那样好，肯跳进去戏水！华清池是我们几朝君王骄奢淫逸留下来的不朽的纪念物，一个举步维艰民生凋敝的国度也会有一个类似华清池的所在！

天下事往往无独有偶。一九八五年七月十七日巴黎《人民日报》海外版有“林彪行宫开放”一段新闻：“到杭州游览，乘车沿西湖往花港公园后边的山林深处驶去，可以到达一座掩映在万绿丛中的‘宫殿’。这是林彪在杭州的行宫，即著名的‘七〇四工程’。整个工程占地三百零七亩，建筑面积二万八千平方米，耗资三千万元，用钢材三千吨，木材八千立方米，水泥一万八千吨。一号主楼外观为中西结合式样。建筑分地上地下两部分。地上部分有一个小剧场、一个舞厅和数十个房间……地下部分，建筑面积为四千平方米，共有房间大小四十多间……这座行宫还没有竣工……‘四人帮’倒台后，这里成为浙江高级宾馆，完全对外开放。游人可买票进去参观，还可以到温水游泳池游泳……”不知这个游泳池比华清池如何？林彪何人，也有“行宫”？宫里也有温水游泳池？这段新闻注明是“摘自《成都晚报》”，想来不是捏造。水光潋滟山色空蒙之中平添这么一座行宫，是使湖光生色还是使山水蒙羞？

因华清池而说到今天类似华清池的构筑，又不禁想到范仲淹《岳阳楼记》所说：“先天下之忧而忧，后天下之乐而乐。”古仁人并不多覯，求之今世，难矣哉！

六朝如梦

——记六十年前的南京

江雨霏霏江草齐，六朝如梦鸟空啼。

无情最是台城柳，依旧烟笼十里堤。

这是唐末五代前蜀诗人韦庄的一首七言绝句《金陵图》，咏的是一幅图画，有怀古感慨之意。金陵自古帝王洲，明成祖迁都北京，金陵始有南京之名。虎踞龙盘，再加上六朝金粉，俨然江南文化重镇，历来文人雅士常有吟咏描述的篇章。韦庄的这一首是最著名的之一。

民国十五年秋，我在南京有半年的勾留，赁屋于东南大学大门对面的蓁巷。从海外归来，初到南京，好像有忽然置身于中古时代之感。以面积论，南京比北京大。从下关进入市内，唯一的交通工具是破旧的敞篷马车，路旁大部分是田畴草牧。南京的饮水要由挑夫或水车从下关取江水运到市内，江水是黄泥浆，家家都要备大水缸，用明矾澄清之后才能饮用。南京有电灯厂，电力不足，灯泡无光，只露丝丝红线，街灯形同虚设，人人须备手电筒。至于厕所，则侧列蹲坑，不备长筹，室有马桶，绝无香枣。每年至少产卵三次、每次至少产卵二百的臭虫，温热带地区无处无之，而“南京虫”之名独为天下所熟知，好像冤枉，不过亲自领教之后亦知其非浪得虚名。

因韦庄诗说起台城，我就先从台城说起。台城离我的学校和住处很近。一日午后课毕，偕友步行趋往。所谓台城，本是台省与宫殿所在之地的总称，其故址在鸡鸣山南干河沿北。今习称鸡鸣寺北与明城墙相接的一段为台城遗址，实乃附会。但是台城太有名了，相传梁武帝萧衍于侯景之乱饿死于此。也有人说梁武帝并非饿死，实因老病于战乱之中死去。所有这些历史上的事实，后人不暇深考，鸡鸣寺附近那一段城墙大家认为是台城，我们也就无妨从众了。那一段城墙有个颇为宽大而苔藓丛生的墁砖的斜坡，循坡而上，即至墙头。这地方的景观甚为开阔，王勃《梓州福会寺碑》所谓"右萦层雉，左控崇峦"庶几近之。不过到处都是败壁摧垣，有一片萧索寂寥之感。我去的那一天，正值初秋，清风飒至，振衣当之，殊觉快意。想起台城在六朝的故事，由梁武帝想到陈后主，也不知那景阳井（胭脂井）究竟在什么地方，只觉得一幕幕的历史悲剧曾在这一带扮演过，不禁兴起阵阵怀古的哀愁。这时节夕阳西下，猛听得远远传来军中喇叭的声音，益发凄凉，为主愀然，遂偕友携手踉跄而下。以后我们还去过许多次，凄迷的淑景至今不能忘。

南京有两个湖，一大一小。大的是玄武湖，小的是莫愁湖。玄武湖在南京城东北，周长约十五公里，面积约四平方公里半。其中有几个岛屿。本是历朝操练水兵和帝王游宴之所，后来废湖为田，又曾几度疏浚为湖，直到清末辟为公园，习称后湖。其间古迹不少，如东晋郭璞的坟墓等。萧统编《昭明文选》也是在这个地方。我曾去过后湖两次，匆匆不及深入观赏，只见到处是席棚茶座，扰攘不堪。莫愁湖小得多，在水西门外，周长仅约三点五公里。相传南齐时代，洛阳女子莫愁远嫁到此地的卢姓人家，夫君远征，抑郁寡欢，湖因此得名。此说似不可信，因六朝时此地尚属大江的区域，莫愁湖之名始见于北宋乐史《太平寰宇记》。湖虽小，但有一段不平凡的历史。传说明太祖朱洪武曾在这湖上和徐达下过一局棋，赌注就是莫愁湖，徐达赢了，莫愁湖就成了他的别墅。后来好事者在此建了一座楼，名"胜棋楼"。大门口还有一副对联：

粉黛江山留得半湖烟雨

王侯事业都如一局棋枰

倒也稳妥贴切，可惜那局棋谱没有留下，无由窥测徐达的黑子棋怎样在白子中间摆出了"万岁"二字。我去游赏过一次，湖山仍旧，只是枯荷败柳，一片荒凉。

莫愁湖一度号称"金陵第一名胜"，而我最欣赏的地方却是清凉山下的扫叶楼。扫叶楼是明末清初高人画士龚贤（半千）的隐居之地，在水西门外，毗近莫愁湖。驱车至清凉寺，拾级而升，数转即可登楼上。半千是昆山人，流寓金陵，结庐于清凉山下，葺“半亩园”，筑“扫叶楼”，莳花种竹，远离尘嚣，以卖书鬻画自给。从游者甚众，编《芥子园画传》之王概即出其门下。我游扫叶楼，偕往者胡梦华、卢冀野，二君皆已下世。犹忆在扫叶楼上论茗清谈，偷闲半日。俯视半亩园，局面甚小，而趣味不俗。明末清初，江南固多隐逸，“金陵八家”以半千为首。其画用笔厚重，用墨丰秾，与时下泼墨之风迥异。半千不独以书画胜，人品之高尤足令人起敬。壁间中央供扫叶僧画像一帧，惜余当时未加详察，今已不复记忆是半千自画像的原本，抑或是后人模拟之作。对半千其人，我至今怀有敬意，因而对扫叶楼印象亦特别深刻。

明初宫殿建筑几已完全毁于兵燹，唯孝陵木构殿堂之石基尚在，石碑翁仲以及神兽雕刻大体完好，具见其规模之宏大。陵前殿址有屋数楹，想系后人所筑，游客至此可以少憩。壁间悬朱元璋画像，不知何人手笔，獐头鼠目，长长的下巴，如猪拱嘴，望之不似人君。也有人说此像相当逼真，帝王之相固当有异常流。我对朱元璋个人的印象相当复杂，以一个平民出身的人而能克敌制胜位至九五，当然颇不简单，但其为人之猜忌残酷，亦历来所少有。他入葬孝陵，殉葬者有十余人，极人间之惨事。明清两代荒谬绝伦之文字狱，朱元璋实开其端。我凭吊其陵寝，很难对他下一单纯之论断。从陵门到孝陵殿基址，有一拱形墓门隧道直抵墓门，据专家言乃一伟大的建筑设计。

从明陵折返，途经一小博物馆，内中陈列若干古物之中有一块高与人齐的石头，上面血渍殷然，据云是方孝孺洒的血。我看了大为震撼。方孝孺一代大儒，因拒为明燕王棣篡位草诏而被判大逆，诛九族，方曰“诛十族亦无所惧”，于是于九族之外加上门生一族，八百七十余人死之！这是历史上专制帝王最不人道的暴行！这也是重义节的读书人为了正义而付出的最大的代价。我在小学读历史，老师讲起过诛十族的故事，即不胜其愤慨，如今看到这血渍石，焉得不为这惨痛的往事而神伤?

到了南京而不去秦淮河一游，好像是说不过去。东南大学外文系教授李辉光、畜牧系的教授罗清生，经常和我在一起游宴。有一天我提议去看看这“烟笼寒水月笼沙”的胜景，二公无兴趣，强而后可。在华灯初上的时候，我们到了河畔。哇！窄窄的一条小河，好像是一汪子死水，上面还泛着一些浮沤，两岸全是破敝的民房，河上泊着几只褪色的游艇。我们既来则安，勉强地冲着一只游艇走去，只见船舱中走出一位衣履不整的老妪，带着一位浓妆艳抹俗不可耐的村姑出来迎客。我们不知所措，狼狈而逃，恐怕真是赢得李太白诗中所谓“两岸拍手笑”了。未来之前不是没有心理准备。明知这条传说中“祖龙”开凿的河渠两岸有过多少风流韵事，都早已成为陈迹，不复存在，但是万没想到会堕落荒废到如此的地步。只能败人意，扫人兴，怎能勾起人一丝半点的思古之幽情？朱自清写过一篇《桨声灯影里的秦淮河》，为人传诵，他认为当时的秦淮河上的船依然“雅丽过于他处而又有奇异的吸引力”，我不能不惊服佩弦先生的胃口之强了。

金陵号称有四十八景，可观之地当然不只上述几处，我课余得闲游览所及如是而已。友辈往还，亦多乐事。张欣海、余上沅、陈登格和我，当时均无室家，如无其他应酬，每日晚餐辄相聚于成贤街一小餐馆。南京烹调并不独树一帜，江南风味，各地相差不多。我们每餐都很丰盛，月底结账，四人分摊，每人摊派三十余元，约合一般教授月薪六分之一。有一天，李辉光告我，北门桥有一西餐馆供应鹿肉，唯须预订，俟猎户上山有获，即通知赴宴。我为好奇，应允参加一份。不久，果然接到通知，欣然往。座客六七人。鹿唯两后腿可食。虽非珍馐，究属难得一尝的野味。其实以鹿肉供食，在我国古时是寻常事。《礼记·内则》：“春宜羔豚……夏宜腒鳙……秋宜犊麛……冬宜鲜羽……”麛，同麑，小鹿也。又提到鹿脯、麋脯、麇脯之类。可见食鹿肉并不稀奇。

罗清生最善拇战，划拳赌酒，多半胜券在握。我曾请教其术，据告并无秘诀，唯须默察对方出拳之路数，如能看出其中变化之格式，自然易于猜中，同时自己之路数亦宜多所变化，务使对方莫测高深。因思《孙子兵法·谋攻篇》所谓“知彼知己，百战不殆”，大概即是这个道理。我聆教之后，数十年间以酒会友拳战南北几乎无往不利。

图书馆主任洪范五先生亦我酒友之一，拇战时声调高亢，有如铜锤花脸。其寝室内经常备有一整脸盆之茶叶蛋，微火慢煨，蛋香满室。不独先生有此偏嗜，客来必定飨蛋一枚。每蛋均写有号码，以志燉煮之先后。来客无不称美，主人引以为乐。

民国十六年春，革命军北伐，直薄南京，北军溃败，学校停课改组，我未获续聘，因而结束我在南京半载之盘桓。六十年前之南京，其风景人物，已经如梦，至若怀想六朝时代之金陵，真是梦中之梦了。

福特故居

我们从加拿大的安大略省驱车西南行，用了一整天的工夫，再抵美加边界，傍晚进入美国密歇根州的底特律。这是一个一百六十几万人口的大城市，事实上是完全在福特公司的庞大势力笼罩之下，这里的人或机构好像没有一个不直接或间接和福特发生关系。这里应是现代资本主义下的社会结构之最典型的一个实例。我们说底特律是“福特王国”，他们也自称“Ford Country”。

福特公司设有“招待中心”，据说每年有一百五十万以上的人前来参观。来宾先在中心登记，取得参观证，从早九点起用一部部的大汽车分批送到工厂去参观汽车生产，直到午后三时为止。车上的男女导游不消说都是能言善道训练有素的，述说福特的事业如数家珍。我们先去看碱性氧性熔炉（basic oxygen furnace），据说这是利用纯氧气炼钢方法的最新发展。我们看到一股股炽红的熔铁沿着模型蜿蜒而流，铸成铁块、铁板、铁条，厂里面轰轰声、砰砰声、嗞嗞声，杂然并作，工人戴着面具往来操作，里面的温度之高使得我们不能停留逼视，参观者的行列匆匆地向前移动，孩子们大声号啼，老人们用手捂着脸。福特厂自称他们是世界上汽车业者唯一设备自用炼钢厂的一家，自己炼钢，制造自己的汽车的车身及零件。所生产的钢铁在数量上占美国的第十位，但是福特厂所需要的钢铁有一半还要自外购入。厂里最有趣的一部分当然是那著名的装配线，这是福特的一大发明。一部汽车约有零件一万三千个，经过分工合作的装配线，一部完整的汽车自开始装配至开动出厂平均速度不需要一分钟！

福特的汽车事业的成功是一件了不起的事，在工业界成为一个巨大的里程碑。但是亨利·福特这个人却不仅是一个成功的工业家或资本主义者。他善于使用他的财富，他企图把美国开国以来的人民实际生活状况借实物展览的方式留给他的国人长久观摩——这便是福特博物馆及绿野村（Greenfield Village）的由来。博物馆建于1929年，占地十四亩，建筑物的正面是模仿费城独立厅的形式，内容分三大部分：一是装饰品，包括家具、瓷器、钟表、织绣之类；二是早期的店铺，由木匠铺、乐器店、玩具店、铁匠铺、马具店等排成一条街的形式；三是工艺品，农业、工业、蒸汽机、发电机、电灯、交通工具都有实物陈列，由最早的飞机以至最新电子装备都囊括在内。进门处的二楼是福特私人生活的实物展览，我们在这里清清楚楚地看出这个人如何在寒苦低微的环境之中努力奋斗以至于成功的全部经过。“绿野村”则是另一构想，福特把将近一百座有历史意义的建筑物重建在这一块地上，当然是具体而微的，不过建得惟妙惟肖，观光者可在一两小时之内巡视美国过去的许多名胜旧迹，诸如爱迪生的实验室、福特制造第一部汽车的厂棚、福特诞生的家屋，以及韦伯斯特与莱特兄弟之家等。

福特办博物馆和绿野村是爱国精神的表现。爱国的人一定珍视他的国家过去留下的文物遗产。美国自殖民时代至开国战争，随后开拓西部，其中有不少可歌可泣的资料，虽然由我们中国人看来，美国开国距今刚刚要满两百年，历史实在太短，古迹似乎古不到哪里去，但是福特作为一个资本家，已随时代而俱去，作为一个爱国者，其精神则永久存在而值得大众赞许。

我在底特律勾留两天，难忘的是福特的故居。是一所相当大的石头墙壁的大房子，两层，有地下室。房后有狭长的池塘，右边有一所小小的花园，花园是在荒废状态中，玫瑰花圃依稀可辨，但是荆棘丛生。听说由于福特后人无力维护，房屋楼上已经租出。我们去参观时，楼上一部分已在被人使用，谢绝参观了。我们所看到的若干房屋，当初设备必定是甚为豪华，如今都褪色了，气氛显着有一点阴沉。有一间房子是招待过爱迪生的。有一间屋子里有一个很大的壁炉，上面横石刻了一行字：

CHOP YOUR OWN WOOD AND IT WILL WARM YOU TWICE

意思是说：“柴要自己砍，身体便可以暖两回。”一切工作，在获至成果时固然可供享受，其实在工作进行的过程中也自有乐趣。福特家中烧的柴是否自己砍，我不知道，我猜想可能有时候是自己砍的，因为砍柴也是一种有趣的运动。福特是一个喜欢凡事自己动手的人，所谓事必躬亲。他的壁炉上这一句格言，使我久久思索不能忘怀。

火山！火山！

美国的火山不多，不过离西海岸不远有一条山脉，由加拿大哥伦比亚境内向南延伸，直到加州境，蜿蜒约七百里，是为加斯凯山脉，其中有一个山峰名圣海伦斯，位于华盛顿州南部，邻近奥瑞冈州，却是一座时醒时睡的火山。圣海伦斯并不太高，只有九千六百七十七尺，比起和它并峙的更为有名的瑞尼尔山之一万四千四百一十尺，要矮很大一截。圣海伦斯外表很好看，有火山之标准的圆锥体形，而且光光溜溜的。山上有长年不化的积雪，山坡上有茂密的森林，山脚下有滢澈的湖沼河流，其间也有拦水的堤坝若干座。这火山是活火山，但是最近一百二十三年之中一直在睡，有时候伸伸胳膊伸伸腿，呻吟几声，不曾大翻身，不曾大吼叫，不曾滋生事端。因为它乖，所以附近居民对它无所恐惧，彼此相安无事。春夏之交，天气晴朗，喜欢滑雪的，喜欢爬山的，喜欢露营的，从四面八方赶来享受大自然的乐趣。

但是从今年[①]三月二十日起情形有点不对了。下午三时四十八分发生地震，四点一级，此后三天地震继续增强到四点四级，有山崩的现象。科学家认为有爆发的可能，不过不敢确定，因为火山和人一样，每座火山也有它的个性，没人敢说圣海伦斯内心在打什么主意。为了安全，森林管理局撤退了山区工作人员。三月二十六日，联邦政府、州政府及地方官集会商讨应变之策，决定封闭通往鬼湖的五〇四号州公路。三月二十七日午间山上发生巨响，有一股浓黑的水汽和灰尘喷出，高达山巅以上七千尺的高空。地震高至四点五级。烟尘散后从飞机上可以

① 指一九八〇年。

窥见山巅上出现了一个新的火山口，直径二百到二百五十尺，深约一百五十尺。火山醒了！

以后数日，天天有地震，天天有烟尘喷射，表示有熔岩在火山腹内澎湃。这是火山大爆发的前奏。观光游客突然增加，谁都想要看看这自然奇景。四月三日州长狄克西·李瑞女士派出约六十名国民兵拦阻观光客进入危险地区。这时候火山口已经扩大到直径一千七百尺，深八百五十尺。平均每日地震三十三次，最严重的是山巅的北面凸出了约三百二十尺，这说明地下熔岩激荡，有随时大爆发的可能。如果爆发，首当其冲的当是鬼湖及五〇四公路。到了五月九日，有五级地震，地质观察人员奉命从四千三百尺高处的营地撤退。

有一个八十三岁的老人哈利·杜鲁门，他是当地唯一的长久居留的人，他坚决不肯离开他的“鬼湖小屋”。小屋是他亲手盖起来的，一椽一木都是他自己劈的锯的，而且他居住了五十四年之久。小屋距离山顶约有七里，占地却有四十亩之广。斯卡曼尼亚郡的警长毕尔·克劳斯纳在五月十七日，即事发之前一日警告他必须撤离，他曾对一个记者说：“如果山没有了，我要与之同归于尽。我要留在这里，并且正告它：‘你这个老杂种，我已挣扎了五十四年，还要再挣扎五十四年。’”他养了十六只猫，拥有自己的一个天地。他不是不知道处境的危险，他有一个陈旧的矿穴可以藏身，准备事急的时候携带一瓶威斯忌酒去躲避一下，可是他没有想到那矿穴离他住处有一两里路，烟泥沙石猛然泛滥之际他无法能逃，何况他又跑不快。所以事后直升机前去察视，只见鬼湖小屋一带整个地埋在三十尺深的泥灰之中，哈利·杜鲁门无影无踪地消失了。他有一位六十八岁的朋友荷尔斯幸免于难，他说：“我高兴得要命，我居然活着看到了，可是我很为罹难的人难过。”

大爆发是在五月十八日上午八时三十二分十秒。山顶北坡之凸出处突然崩裂，轰然一声，像原子弹爆发后的蕈状浓烟直射天空，约有六万三千尺高，山巅约有一千二百尺的尖端一下子完全被炸掉了，圣海伦斯顿时矮了一大截，没有熔岩流出，流出的是滚烫的泥浆，顺着山坡往下流，流向鬼湖。碎石自天降落，远及于瑞尼尔山，然后变成大股的灰沙落在雅奇玛，变成微尘洒落在斯波肯，然后由风吹送大片的灰尘飘过蒙大拿州，覆盖了黄石公园，进入了怀俄明州，直趋美国东部，全国境内完全未被波及的仅有十一二州。圣海伦斯的灾害，和公元七十九年意大利威苏威火山爆发不同，因为圣海伦斯没有熔岩溢出，喷的只是沙石，羼上融雪而成为泥浆。而且山上居民很少，故生命损失不太大，截至最近报告，确定失踪的有五十八人，由直升机查获的尸体有二十二具。其中有一具是摄影记者，他尚端坐在汽车驾驶座上，显然是被灼死或窒息而死，灰尘堆到了车子的窗口。如果能把他的照相机取出，其中必有珍贵的底片。

灰尘降落其灾害之大是一般人难以想象的。一个人从灾区附近开车走过，忽见天边黑暗下来，远远的彤云密布，还有电闪，以为是山雨欲来，随后听见车顶上砰砰响，以为是雨打车篷。猛然间挡风玻璃模糊了，能见度几乎等于零，伸手车外才知道不是下雨，是漫天洒落沙石。他算是幸运的，向前疾驶，脱离了险境。其他在危险区内活动的人就活活地被热达摄氏八百度的泥浆、灰尘、气体，给灼死、呛死、窒死、烫死，埋在几尺以至几十尺的泥尘之下了。

热气、热尘把数以千亩计的森林完全铲平，好多大树连根拔起，直而长的杉木一根根躺下，没有一片树叶存留，光秃秃的像是无数根火柴横七竖八地平铺着。有些木头顺着河流冲走，壅塞在桥边或是水湾之内。据估计，木材一项的损失约在五亿美元之数。野生动物也遭一大劫，据林管局的估计，死难者有两千只黑尾鹿，三百只麋鹿，二十只黑熊，十二只山羊。这个时候正是鲑鱼、鳟鱼从海里溯河而上前来产卵的季节，尽管有人说这些鱼十分聪明，发现情形不对便掉头而去寻求较安全的地方，据估计被水烫死的、被灰尘噎死的仍然不在少数，损失当在二百五十万元以上。有些鱼从水中跳到岸上，还是不免于死。物资的损失无法估计，单是清洗路面恢复交通一项就要两亿元。总统卡特前来巡视的时候，州长狄克西·李瑞向他说："华盛顿州现在需要联邦政府帮助的是钱、钱、钱！"事实上，人力也很需要，州长曾下令动员民兵四千余人，在公路上协助铲灰，像铲雪似的。报纸上居然还有人批评，说民兵只能在保卫治安的时候使用，不该叫他们做这种劳动的工作！据估计洗刷各地路面及公共设施要用两亿元以上的经费。

灰尘对农产的影响难于估计。我们知道雅奇玛一带是著名的水果产区。该区苹果产量占全国四分之一以上，灰尘落在苹果树上为害不小，果农要用喷杀虫剂的方法喷水上去冲洗，这工程之巨可以想见。樱桃正在开始收成，自然也成了大问题。有人刊登广告说今年水果经火山尘的培养特别硕大可口，这当然是瞎扯。据农业家说，火山尘大部分为矽，即细碎的玻璃，加上其他矿质，纵无大害，绝无益处。希望有大雨冲洗，若是小雨则火山灰成为稀泥，在树上和在地上均属不利。灰尘的酸性成分为四点七。事实上爆发后连日小雨连绵。

我于五月二十四日抵达西雅图，是日圣海伦斯火山发生第二度爆发，这次刮的是东南风，往西北吹，灰尘擦着西雅图的边缘飘向奥仑比亚半岛，塔科玛飞机场都受到了影响，有人脑筋动得快，收集火山尘，装进儿童玩具的沙漏之中，当作纪念品出售，看那灰黑色的细沙也颇有异趣。我没有机会到现场巡礼，可是那石破天惊的恐怖情形，可以在想象中得之。卡特总统说："看了这里的样子，月亮像是高尔夫球场。"我从前看过一部影片《庞贝之末日》，遂鼓起兴趣读伯华·李顿的小说原著，对于火山爆发有了一点初步认识，没有想到居然能在报章刊物读到火山爆发的报道。火山研究是一门专门的学问，火山学家和别的专家不同，他不可能有实验室，火山本身就是他的实验室。为了研究，他会觉得火山爆发的次数愈多愈好，虽然他并不是幸灾乐祸。

大块文章，忽然也会变成人间地狱！灾异不祥，未必就是上天示儆，但于"天地不仁，以万物为刍狗"，却庶几近之。

美国去来

一个走马看花的人没有资格写游记或是发表什么观感，何况我这一次到美国，来去匆匆，有甚于走马看花者。小学生到郊外踏青，归来之后奉老师之命一定要写一篇《远足记》。我未出国之前，编者先生就约定要我回来之后写一点东西，所以不得不妄谈所见，敷衍成篇，以免于交白卷。

三十几年前我到美国去过一次，去做学生，用的是美国退还的庚子赔款，当时虽然年纪小，心里还是老大地不是滋味。这一回旧地重游，心情当然不同，我是“中华民国”的国民，可是有时候感觉到在“中华民国”四字之下还有打个括号加个“台湾”的字样之必要，这就使人很不舒服。在美国，我们经常被人称为来自台湾的人，事实上我们是来自台湾，人家给我们的称呼没有错，也不一定是含有恶意，我们也无须随时随地地像赴世运大会的代表团那样抗议“正名”，可是心里颇不好受。在自己家里，可以关起门来做皇帝，出去走走，便可以使自己的头脑清醒一下，认识一下自己的真正面目。在地图的比例上，把台湾画得再大一些，也没有什么用处。夜郎王问汉使：“汉与我孰大？”传为笑柄。所不同者是我们本非夜郎，而有时竟比夜郎王更为可哂！让海外的冷风一吹，其不矍然以惊者几稀！

美国人的种族歧视是他们的最大的污点。从前我曾亲身领教过，至今不敢忘。这一次我发觉情形比从前进步很多。虽然小岩事件至今未决，虽然我们的总领事在漂亮的住宅区购买房屋而遭邻人反对，但一般的情形较比从前好些。至今是有知识的白人之能记起他们的立国理想者，为数渐多。由肤色而引起的差别和歧视，短期间是无法泯灭的，可喜的现象是有知识有教养的白人大概都肯谈这个问题，敢面对现实，愿意谋求补救之道。这就有希望。

美国的繁荣，尽人皆知，三十年来的进步，亦历历可数。最显而易见的是楼加高了，从前的摩天大厦比新茁生的建筑矮了半截。圆形的，八角形的，锥状的，喇叭状的，平顶的，波浪形屋檐的，玻璃墙壁的，形形色色的摩登建筑出人不意地显露在各种场合。马路加宽了，四线式的公路到处皆是，两层花瓣形的平交道使得车辆免于横冲直撞而各行其是，汽车多到无处停放的程度，到城区购物先要老远地就解决停车的问题，找到停车的地方要付费，逾时要罚钱。车的形状颜色争奇斗妍，有尾鳍翘得高高的，有做硬甲壳虫状的，有的大得像一节火车，有的小得只有三个轮子，翠绿的、酱紫的、枣红的、淡青的……一串串地在眼前穿梭似的驶过。热闹尽管热闹，但是有秩序。美国人的“开车的礼貌”是很值得欣赏的，红绿灯的管制固不必说，没有红绿灯的地方只稍竖起一面“停”的牌子，汽车便乖乖地停住，看清楚前后左右确是没有妨碍方才前进。车躲避行人，不是行人躲避车。美国的“市虎”好像是非常驯服的，不大吃人。此外如吃的、穿的、用的，到处都显示出富足、新颖、豪华，到处都有可供欣赏的橱窗。那“超级市场”是可爱的，里面干净、凉快、任凭取购，方便无比（扒窃之事偶然也有，但是不多）。

繁荣不是从天上掉下来的，也不是一两人领导起来的，是在一个环境里，一个传统中，一种风气下，大家辛苦努力获得的。要保持并发扬这种繁荣，需要继续辛苦努力。美国得天独厚，可是他们的辛苦努力，男男女女，上上下下，认真做事，也是很感动人的。美国的繁荣是普遍的，每一种享受差不多是被所有的人所有的家庭所分享，并没有一个显明的特权阶级骑在人民的脖子上养尊处优。一个人努一分力，便赚一分钱，便有一分享受。因此每个人都在忙，忙着赚钱，忙着享受。一个人的成功与否，以赚钱多寡为衡量的标准，有一栋漂亮的房子、一辆漂亮的汽车、一件漂亮的皮大衣，便是成功的标志。忙是美国人的特征，因为时间即是金钱，甚至可以说时间即是生命。美国人也知道他们的生活太紧张，所以“度周末”是他们生活中不可少的一个节目，不过从我们“闲磕牙”“摸八圈”“一局消永昼”的民族来看，他们的度周末也还是够紧张的。我在海滨闲步，看见一辆汽车载着一家人去野餐，小孩满地打滚、掷棒球，女人忙着做饭，男人手持一柄钢叉背着氧气筒扑通一声下海去捕鱼！夙兴夜寐，计较得失，如果与大自然完全绝缘，那种生活是太可怜了，美国人之喜爱旅行野餐，恰好多少补救了一星期孜孜为利的琐屑的生涯。

我们中国人对于勤俭起家的故事常常津津乐道。事实上美国人之在事业上成功而由于勤俭者亦颇不乏其例。但是就一般美国人讲，勤是公认的一项美德，俭则颇有问题。自奉而俭，在美国人看起来，好像是显得寒碜。“追求幸福”是美国独立宣言所标榜的一项生活目标。物质方面的享受是幸福的很大的一部分。享受要尽量地使之提前实现，苦痛要尽量地使之延缓，这是美国作风。所以，商业上的“分期付款制”乃应运而生。这种制度，不可小看它，实乃是美国生活方式的一大基石。分期付款即是欠账，美国人并不以欠账为可耻，只要他如期还账。在美国，几乎没有一样较为值钱的东西不可以分期付款。买飞机票出国旅行，亦可分二十个月付款，其他无论矣。收入较少的人，不必先行省吃俭用地苦苦积蓄，即可提前享受种种便利。当然，这种制度之普遍通行亦有其客观条件在，诸如社会安宁，币值稳定，相当高的国民道德水准等。

敏感的人看了美国的繁荣便不禁忆起古代的罗马。罗马鼎盛的时候，上层阶级真是席丰履厚，在历史上称之为骄奢淫逸，但是平心而论，尼禄皇帝才能举着啃嚼的鸡腿在美国是比较便宜的平民食物，罗马剧场中之风靡一时的赛车比起美国之足球、棒球比赛又当如何？罗马的公共浴池是出了名的，比起美国式的家庭浴室设备又如何？在奢侈上美国老早超过了罗马。罗马的繁荣经不起北方人的一击，如摧枯拉朽一般地衰亡了。美国的文明能持久吗？其将来将若何？有心人居安思危，不能不发出这样的疑问。据我看，美国和罗马颇有不同。罗马有显明的阶级存在，上层是贵族，下层是平民、奴隶，而美国是民主的，并无明显的阶级，更无贫富悬殊的现象。美国的生活方式是普遍的，是标准化的，一个家庭和另一个家庭差不多，一个城市和另一个城市也差不多。美国文明是平均发展的，所以比较健全。共产主义之所以不易在美国滋长者亦以此。据我看，美国之大患在于孤立主义，在地理上有两样使她天然地成为孤立，美国生活方式之美满成功使她在心理上沾沾自喜，唯恐或失，于是养成一种持盈保泰的孤立主义。虽然美国有许多人摒弃孤立主义，事实上孤立主义的幽灵始终在他们心里作祟。泛美主义、美洲门罗主义，都是孤立主义者把围墙往外伸展一步的表现，现在广建海外军事基地围堵共产世界依然是扩大的孤立主义的措施。在经济开发落后的地区给以援助使之发展起来，乃是缓不济急的，于是仍不得不乞灵于建筑围墙的老办法。殊不知围墙是要被人冲破的，防不胜防。伊拉克是一个漏洞，叙利亚是一个漏洞，古巴是一个更大的漏洞。美国之大患不在国内，而在国外。国外的大敌不消灭，美国没有安全可言。美国有强大的军力，庞大的经济力量，健全的社会组织，比罗马强得多，但是她是在等着挨打，等着被人破坏，等着被牵入战争旋涡后以核子武器而同归于尽！有钱的怕死，穿鞋的怕光脚的！奈何！奈何！

在美国草草巡游一番，感慨万千，一面惊叹其各方面之长足进展，一面又不禁为其前途深抱隐忧。但是最萦心的还是我们自己的祖国的前途。美国的休戚，与我们息息相关，可是我们自己的国家才是我们自己安身立命之处。于是摒挡行装，赶快回来。忆起昔人一首小诗："花开蝶满枝，花谢蝶还稀。惟有旧巢燕，主人贫亦归。"

尼亚加拉瀑布

尼亚加拉瀑布是我的旧游之地，那是在一九二四年夏，同游者闻一多早已下世。瀑布风光常在我想象之中。美国人称尼亚加拉瀑布为“度蜜月者的天堂”。度蜜月者最理想的地方应该是一个山明水秀而又远离尘嚣的地方。像尼亚加拉瀑布游人如蚁昼夜喧豗的地方，如何能让一对度蜜月者充分的全神贯注的彼此互相享受呢？这也许是西方人的看法，而度蜜月本是西方的产物。不过瀑布本身确是十分动人的。

我们到水牛城，立即驰往尼亚加拉瀑布（市镇名），傍晚在一家汽车旅馆住下。我上次来，一下火车就听到隔壁澎湃的声音，如今旧地重游，夜阑人静，一点声音也听不到，是瀑布上的槛岩年年崩落减小了水势，还是我的耳朵渐聋以至于充耳不闻？任何名胜，游览一次有一次的情趣，再游便另是一种风光。

翌晨，旅馆特备小型游览汽车专为我们使用一天，导游兼任司机，取费甚廉，仅八元。这位蓄小胡子的导游可是一个人才，不但口若悬河，一路没有停嘴，而且下车之后他倒退着走路，面对着我们指手画脚地不惮烦地详为解说一切，走到山羊岛上的时候，我生怕他一不当心仰跌到急湍里去。山羊岛上曲折有致，忽然看到树丛里有野兔出没，君达、君迈乐不可支，和野兔追逐起来。据导游说，兔子是买来放在这里的，借以增加野趣，就像城市公园草地上的鸽子、松鼠一样供人观赏。随后我们就驱车过桥，进入加拿大境，观看美国瀑的正面，同时观看加拿大境的更壮观的马蹄瀑。观瀑一定要到加拿大才能看得一清二楚。这里有一座比较最高的瞭望塔，塔的正面悬一巨像，乃是加拿大著名的骑警队员的画像，在这观光胜地悬挂警察画像用意何在殊难索解。塔的形状颇似西雅图的太空针，而高度不及。我们买票登塔，遥望两个瀑布有如湍濑。看完瀑布区便乘车沿尼亚加拉河东行，参观了一所公园，还有一所规模相当大的园艺学院，都宽阔整洁。而隔河看美国的一边，则只见烟囱林立，黑烟漫空，凌乱的棚舍逸通数十里，丑恶之态使这名胜之地蒙羞。从前英国工业化之后罗斯金（Ruskin）为保存风景曾呼吁开筑铁路要审慎处理，实在不无见地。工业区的建立与风景区的保存是可以并行不悖的。

我们匆匆走玩一天，兴尽而返，而导游仍然兴致勃勃，絮垢不休。士耀在车里抬头一看，见一告白："君如认此导游之服务为不能令人满意，则可不必惠给小费。"我们相顾而笑。下车时士耀付小费五元，导游雀跃而去。

回到旅舍，我们觉得瀑布还值得再看一次，决定明天搬到加境的一家旅馆再住一夜。这一天没有导游聒噪，反倒觉得自由了。最有趣的是坐缆车下峡谷，乘"雾中女郎"号汽船驶近马蹄瀑。每个游客都穿上长长厚厚的雨衣，罩上雨帽，等汽艇逼近瀑布的时候，但听得隆隆水响，继而傍濞沆溉，大水自上崩注而下，有电鹜雷骇之势。俄而大风起处，雾雨咸集，每个人都兜头灌顶，浑身尽湿。入夜，瀑布下彩色电灯放出强光，照得五颜六色，有人认为绚烂壮丽，其实恶俗不堪。这也许是我们看惯了水墨山水画，一着色反觉不雅。

尼亚加拉瀑布实在不高，马蹄瀑只有一百五十八英尺高，两千九百五十英尺阔，美国瀑一百六十七英尺高，约一千四百英尺阔。阔得可观，高则不足道。但是每分钟有五十万吨水倾注而下，不能不算是一大奇观。飞爆流泉，世界上何处无之？但以言声势之壮，则无出此右者。

拔卓特花园

国外游历，要看名山大川，但有时看看庭园花木也别有情趣，会心不必在远。加拿大的拔卓特花园（The Butchart Gardens）便不失为一个引人入胜的地方。

这花园是在加拿大的维多利亚城郊外，城在加拿大西岸的温哥华岛的南端，和美国的西雅图隔一海峡，一衣带水，来往甚便。我一家六口，祖孙三代，乘旅行车清晨由西雅图出发，连车带人搭轮渡过普杰海湾，直趋安哲利斯海港。途中在一小肆买煮熟的海蟹两只，非常硕大。在安哲利斯海港候轮渡时，就在路边取出自备冷餐进午饭。两只海蟹，六人分食，大膏馋吻，但是美国的蟹都是尖脐的，团脐的禁止捞食，无所谓七尖八团之说，而且细品其味，和我们故乡吃高粱稻米长大的河蟹大相径庭，“右手持酒杯，左手持蟹螯，拍浮酒船中”的风味当然更谈不到。我们食毕，轮渡正好开来，又连人带车地上去。海行约一小时，风飘飘而吹衣，为之目旷神怡。到维多利亚，入境手续很简单，有美国侨民身份的只消一句话，什么手续也没有，我是观光客，被请到屋里验护照，问我打算住多久，砰一声橡皮图章敲上去，再饶一句：“希望你玩得高兴！”前后不到两分钟。

维多利亚城只有一百多年的历史，是观光胜地，水上陆上游艺场所很多，给人印象最深的是拔卓特花园。这花园在白昼和夜晚景色不同，我们为节省时间起见，尽量在其他各处游玩，等到日薄崦嵫的时候才赶到花园去，以便和夜游相衔接。花园门口售票，收取少许费用。有八种语言的说明书备客取阅，中文、英文、法文、德文、意大利文、日文、西班牙文与俄文，这表示世界各地的游客之众多。中文的小册显然是我们当地侨胞的手笔，虽然文字相当生硬，间有不妥的字句，但是我们特感亲切，因为这充分表明我们的侨胞虽然所受教育有限，而在国外艰苦卓绝地努力奋斗，一面在事业上有所建树，一面还能在那环境里保存我们自己的语言文字。对这一篇不大出色的中文说明书的执笔者，我们应有相当的敬意。原文照录如下：

域多利

拔卓特花园

小册子

拔卓特花园位在度湾，距域埠十三里，是拔卓特先生在他一百三十英亩的产业上，开辟这占有面积二十五英亩的土地，为西北太平洋的游乐场所。

该花园系拔卓特在他的旧石矿场原址创设的。他为在加之美国泼伦红毛泥业的始创人，自行在附近地方设立红毛泥厂，自任总经理。后来，拔卓特夫人兴之所至，将该荒地悉心经营，在住屋周围种植花卉，以点缀居住美丽的环境，日将月就，遂蔚然而成世界著名的风景区，每年吸引游客到此参观者不少。

日间的游览　由此开始

我们向上行，经过绿草和水池，一方古木参天，一方夏天盛开的红玫瑰，环绕石柱盘旋向上，郁金香、紫罗兰春光灿烂，古式小屋一幢，隐在背后，其中花草的培植、布置方法，可称西北太平洋著名的地方。

转左行，许多春夏花草，馥郁缤纷，尤以秋海棠出类拔萃，更加优美；转右行，则是新境花园，石级栏杆，均以红毛泥制成。园中亦有许多东西，是用红毛泥制的，看来像用木头制成的。该花园有一高墙，长约五十尺，青藤蔓生，像一幅天鹅绒帐幕，下面芳径纵横，并有各种著名化石，筑成小壁，花卉混合，繁植其中。万紫千红翠绿，十分好看。冬天的雪盖满石上，显出了苍劲老气，夏天被大量的红玫瑰拥簇，又是一番新生景致。

远望前头，昔日开采石灰石用以制红毛泥的残迹，尚属存在。该部分广植蔷薇、日本樱花。通过小径，柳暗花明又一村，在石边有大石岛，坐落在人工艺术湖沼的中央，环湖路铺以石灰石，湖深五十尺，湖边遍植樱花、葡萄和日本枫树，左边有小瀑布由石矿场流下，水花飞舞，直注于湖中，昼夜不停，又有小树林，为拔卓特夫人四十年前所手植者。

湖边绿草如茵，花卉畅茂，垂杨婀娜，又是一片景色。

一九六四年，拔卓特花园举行六十周年纪念，建设一喷水池，今已完成。七彩水花可射上高空达七十尺，蔚为奇观。有高桥流水，春夏种植各种名花异卉，点缀得更臻优美。

现有两条路线选择：一是前往音乐会堂；另一条是从鲁登树林到此公园，通过短径，到达玫瑰花园，四周环以草茵和绿树，缓步其中，殊觉有异趣。

伫立闸门，蛙式喷水池即在眼前，系意大利艺术雕砌，再越过草场，登上另一草场，则有一幢住居大厦，玫瑰园每当七月间，玫瑰花盛开，不独在玫瑰花园，即拔卓特整个花园，各处都一样遍植玫瑰，可比国色天香，最为特色。

通过玫瑰花径，出现有英国薄荷，奇香扑鼻。我们跨过较高一级草茵，又到日本花园入门处，即转向左，就是著名的西藏蓝罂粟。拔卓特夫人是北美少有获得这么多花草之一人。后来有位巴来船长曾亲自到此介绍这些植物移种于英伦。日本枫树、松杉之属，环着小瀑布。又下一级，有流水小桥、小池，环植杨柳，随风飞舞，令人陶醉，有各种日本花草绿竹，涌现在目前，中置避暑小屋，这强调显露出是日本花园。穿过树林，可通往遍植过坛龙和百合花小谷，行出这树林，就是布连屈湾，在这里可望见一片汪洋，闪闪耀眼，气象万千了。

又由日本花园步落低草场，亦是玫瑰盛开，转下一步，则是星池，有喷水居中，由此又转入意大利花园，古木参天，都是柏树，有马古里像，系佛劳连廷标准的精巧艺术。在东边，则为住宅区，其中有一部分是掷木球场，适合老少玩乐，在西边则为玫瑰堤，衬以绿草及青藤。

意大利公园中央有一百合花水池，池中有喷水塔，小鱼游来游去，环以百合花造成的花边，春天遍植郁金香等，夏天又种云苔。

通过隧道又到一大玻璃屋，内中种着各种花草，至夏天时，万千花开，最为伟观。附近有咖啡馆和苗圃。当我们离花园而将到出口时，即看见这苗圃，面积四亩半，各种花草种子及幼苗，均在这里培植的。

这拔卓特花园周年开放，供人游览，同时保存创办人个人的事业，以留后世。该花园对于花草的培植和颜色的布置，确有其独到的地方。园中一切花草树木，亦常常种植新颖者，正所谓日新月异。花园面积如此广阔，而一年四季，都保持着美妙的容颜，因为是私家的花园，是拔卓特家所有，如今拔卓特夫妇已去世，交由他们的孙儿罗斯先生代为继续经营。

夜间灯光景色：一九五三年起，特别装置彩色灯光，点缀花园景色，更为别致美观，有如天上星光闪烁，成为北美夜景之中最伟大壮观的一处，每当夏日黄昏，千百灯光，隐约于千红万绿中，令人迷目。

如果欲在夜间游览该花园，请最好能依照小册子所指示之路线前进，就能随意享受这园中一切景物了。不要急迫，等候灯光开着才可前行。

夜间游览　由此开始

夜间游览，是由入门处沿着左边路径前行，经过苗圃植物室，一路红绿灯光直至著名的新景花园。四周一望，万虑皆空。继续前行，沿途有各种不同的灯火。至一湖沼，有喷水池；复造成一弧形水彩虹，像海市蜃楼。离此沿着红毛泥路至玫瑰花园，越过日本花园，在此流连后又转而至意大利花园，由此复出，也即是先前的入口处了。

我们相信，无论晴天、雨时、雪日，你们都是欢喜游览的，希望仕女诸君，尽情享乐，如果未能早日有机会游览这有五十年以上历史的著名花园，请随时争取机会驾临观光。

这说明书有再加说明的必要。这花园原是一位水泥（所谓“红毛泥”）业者的私产，石灰石挖光了，水泥厂只好停工，而山腰上已挖得乱七八糟，东一道沟西一个窟窿，面目全非。老板娘必是一位有风趣的人，她要美化环境，硬要把报废的水泥厂和石坑变成为一所美丽的花园。这一点心愿就值得赞扬。不要说他们多财善贾还要在脑满肠肥之后附庸风雅，他们挖空一座山腰之后未曾不可扬长而去，另挖别处的一座山腰。工业糟蹋了自然风景，再分出一部分利润来在原处建造花园供后人游览，将功折罪，我们不可再苛求了。

所谓“新境花园”，是Sunken Garden翻译，宜译意不宜译音，是“下陷花园”之意。这是整个花园之最精彩的所在。行入林中，曲径通幽，忽豁然开朗，面临深谷，可拾级而下，遥望谷中芳草鲜美，百卉杂陈，令人惊奇不已。这不是天然形势，这是大石坑的改造。我们听说过古代世界七大奇观之一的“悬空花园”，在巴比伦，公元前六世纪时所造，不过是几层类似梯田的高大建筑物而已。下陷花园正和悬空花园相反，一个向上发展，一个向下发展。居高临下，俯瞰园景，不能不算是一大奇观。可惜的是远远地迎面矗立着一根大烟囱，是水泥厂的唯一遗留物，主人舍不得拆除它，却破坏了整个的气氛，像是孙悟空变作一座小庙，后面翘着一根充作旗杆的尾巴！

西洋花园少不了大片的草地，东一块西一块的像是绿茸茸的毯子，这是最大特色之一。草地是经过栽植、施肥、修剪、灌溉的，和我们的“草色入帘青”的乱草不同。草地永远是齐齐整整的，像新理过发的平头。另一特色是把每一种花卉大量集中在一处，东边一片姹紫，西边一片嫣红，团团簇簇，以多为胜，不容你一株一株地欣赏，一枝一枝地把玩。至于把一些灌木之类的东西修剪得像是一堵墙，或圆球，或方锥，或像是一只鸟，形形色色，不一而足，是西洋园林中习见之物。水池喷泉尤不可或缺，其式样更是变化多端。总之是人工的气味浓厚。照基督教的说法，上帝创造人类之前，先创造了一所花园伊甸，想那花园必定不是这个模样。

我们来此观赏的时候，正是球茎秋海棠（begonia）盛开的季节。这种海棠不是鲁迅所艳羡的“吐两口血扶着丫鬟到阶前看秋海棠”的那个品种的秋海棠，这个品种在国内好像还没有见过，有相当大的球茎，花有各种颜色，大如牡丹、芍药，叶如翠羽，栽在盆里，也可以连盆吊挂起来，花朵簇簇下垂，远远望去，灿烂若抱锦。这花园里就有一个水泥构筑的棚架，悬挂着百数十盆秋海棠，蔚成一片花海，真是洋洋大观，令人花下忘归。

拔卓特花园里面又有日本花园、意大利花园各一处，我认为虽具巧思，却嫌庸俗。大花园里可以包含景色不同的小花园，于均衡对称之中力求变化，例如圆明园里也有西洋楼，颐和园里也有谐趣园，但是必须有宽敞的地址，不能过分拥挤。这里的日本花园把所有的东洋景色一味缩小充塞在一小块地上，犹如假山盆景，显得小家子气。意大利花园也是一样，有水池、有雕像、有格子棚凉亭荫道，具体而言，就是没有开朗没有肃穆的气象。设计的人想玩噱头，反成败笔。拔卓特花园规模还不够大，应以下陷花园为中心，此外各处多莳应时花卉，多建各式花棚花坛，也就够了，不必再求别的出奇制胜的点缀。

园内餐厅容量太小，顾客登记领牌，一小时后方有入席希望，我们实在无此耐心，就在附近小店买些食物充饥。加拿大的白昼特长，一直到夜晚十点天还黑不下来。我们在露天音乐台听唱歌，时在盛暑，凉意袭人。到十时半开始夜游。有两个可看的地方，一是下陷花园，在若干盏彩色的强力反光灯照耀之下，日本枫树格外的红，松杉格外的绿，有些像是一幅庞大的舞台布景。另一地方是有彩色灯光的喷水池，喷射的水流有变化，彩色亦有变化，周而复始轮流变化，变幻出好几种花样，规模相当大，颇有可观。我忽地联想起：当年我们的圆明园里蒋友仁督建的“大水法”，不知有没有这样的动人？

夜色渐深，露凉如水，我们匆匆离去。

翌日，在维多利亚城小游半日，无可记者。午后搭另一轮渡自此直驶西雅图，途经无数岛屿，都葱茏可喜。

哀枫树

我每至西雅图，下榻士耀、文蔷家。我六楼上寝室有两个窗子，从南窗远眺，晴朗时可以看到高一万四千余英尺的瑞尼尔山峰清清楚楚地浮现在天空中，山巅终年积雪，那样子很像日本的富士山，而其悬在半空的样子又有一点像是由我们的岳阳楼之遥望君山。西窗外，则有两棵大树骈立，一棵是杉，一棵是枫，根干相距约有十英尺，枝叶则纠结交叉，相依相偎如为一体。两棵树都高约五丈，虽非参天古木，亦甚庄严壮观。尤其是那株枫树，正矗立在我窗前，夕阳西下，几缕阳光从树叶隙处横射过来，把斑斓的叶影筛到窗幕上面。窗外的树，窗内的人，朝夕相对，默然无语。

枫树的种类很多，据说一百五十种以上。我们这棵枫树是最普通的一种，自阿拉斯加至南加州一带无处无之，是属于大叶枫的一类。叶厚而大，风过飒飒作响，所以此树从木从风。能制枫糖的是属于另外一种。“霜叶红于二月花”的则又是一种。我们中国诗人所常吟咏的是丹枫，又名霜枫，亦谓江枫。张继的《枫桥夜泊》中的“月落乌啼霜满天，江枫渔火对愁眠”，以及刘季游的《登天柱冈诗》中的“我行谁与报江枫，旋摆旌旗一路红”，都是有名的诗句。其实，红叶不限于枫，凡是树根吸取土中糖分过多，骤遏霜寒即起化学作用而呈红色，既非红颜娇艳取悦于人，亦非以憔悴之容惹人怜惜。

落叶乔木，到了季节，叶子总要变色脱落的。西雅图植物园里枫树很多，入秋红叶缤纷，有人认为景色甚美，我驱车往观，只是有一股萧瑟肃杀之气使人不快。我们这棵枫树，叶子不变红，变黄，一夜北风寒，黄叶纷纷落。我曾有好几个秋季给它扫除落叶。接连十天八天，叶子扫不尽。一早起来，就发现很厚的一层黄叶遮盖了一大块草地。我用大竹篾做的耙子，用力地耙拢成堆。从土壤里来的东西还让它回到土里去。扫叶工作相当累人，使人遍体生温，和龚半千扫叶楼的情景不大相同。扫叶楼是南京名胜之一，是我于一九二六年最喜欢盘桓的一个地方。那里庭院不大，树也不大，想半千居士所扫的落叶也不过是一种情趣的象征而已。我扫枫叶乃纯粹的劳动，整理庭除，兼为运动。

枫树不仅落叶烦人，春天开的小花，谢后散落如雨，而且所结的果实有翅，乘风滴溜溜的到处飞扬，落到草地上、石缝里、道路边，随地萌芽生长，若不勤加拔除，不久就会成为一座枫林。《易经》说："天地变化，草木蕃。"枫树之雄厚的蕃息力量，正是自然之道。不过由萌芽而滋长，逃过多少灾难，然后才能成为一棵几丈高的大树。枫树在我们需要阴凉的时候，它给我们遮阳，到了冬天我们需要温暖的时候它又迅速地脱卸那一身的浓密太叶，只剩下干枝光杆在半空寒风中张牙舞爪。它好知趣，好可人！

但树也有旦夕祸福。我这次到西雅图来，隔窗一望那棵枫树不见了！再探头望下来，一块块的大木橛子、大木墩子，横七竖八地陈列在木栅边。一棵树活生生地被锯成了几十段！那棵杉，孤零零地立着，它失掉了贴身的伴侣，比我更难过。

原来是今年春天，树该发芽的时候，这棵枫树突然没有发出芽来，有气无力地在顶端冒出几片小叶。请了三位树医，各有不同的诊断。一位说是当初造房子打地基伤了树根，一位说是草地施肥杀莠使它中了毒，一位说是感染了无名的疾病。有一点三位完全同意：树已害了不治之症。善后是必须立即办理，否则恐难久立，在风雪怒号之中它会訇然仆地。邻居测量形式，所受威胁最大。于是三家比价，以二百五十元成交，立即伐木丁丁了。言明在先，只管锯成短橛，不管运走。木橛的最大圆周是八英尺有余，直径约二英尺半。唯一用途是当柴烧，分期予以火化。可是斧劈成柴，那工程不小，怕只好出资请人把它一块块地运走了。

现在我的窗前没有东西遮望眼，一片空虚。十年树木，只能略具规模，像这棵枫树之枝叶扶疏，如张巨盖，至少是百年以上物。然而大千世界，一切皆是无常，一棵树又岂是例外？"树犹如此，人何以堪？"

清华的环境

一、清华园的邻里

我们由北京西直门乘车向西北走，沿着广植官柳的马路，穿过海淀的市街，或是穿行乡间的小径，经由清华园车站，有十里多路的光景，便到了清华园了。

清华的校门是灰砖砌的，涂着洁白的油质，一片缟素的颜色反映着两扇虽设而常开的铁制黑栅栏门。门前站立着一名守卫的警察。门的弯弧上面镶嵌着一块大理石，石上镌着清那桐写的“清华园”三个擘窠大字。

一条小河绕着园墙的东南两面，正对着校门就是一座宽可十步的石桥，跨在这条汩汩不息的小河上面。桥头是停放车辆的地方，平常有二三十辆人力车排齐了放着，间或也有几匹蹇驴拴在木桩上。校门是南向的。我们逆溯着小河西行，便是一条坦直的小马路，路的两旁栽着槐柳，一棵槐间着一棵柳。这些棵树，因为人工修削的缘故，长得异常的圆整高大，树枝子全都交接起来，在夏天的时候，马路上洒满了棋盘块似的树荫。路的左面是小河，右面便是清华的园墙。墙不是砖砌的，却是用石块堆成的，一片灿烂黑黄的颜色就像一张斑斓虎皮一般。枝蔓的“爬山虎”时常从墙里面爬过了墙头，垂在墙外。我们走尽了路头，正是到了园墙的西南角。再走过几步，便到了那断垣摧井瓦砾盈场的圆明园的大门了。这个寂静的颓废的圆明园，便是清华园最密切的西边的近邻。

清华的东北两面，全是农田了——麦田最多，高粱、玉蜀黍、荞麦次之。间或我们也可以看见几块稻田，具体而微地生长着，时常滋生满了三角叶片的粗豪的慈姑。麦田有时又种着瘫睡不起的白薯——哦！一片一片的尽是白薯。在这种田家风景当中，除了农人的泥舍和收获以外，最触人眼帘的要算是那叠叠的茔冢和郁郁的墓林了。

清华的四邻，不过如此：南面是一条小河，西面是圆明园遗址，东北两面是一片茫茫的农田。而清华的比较远些的邻里也颇有几处名胜的地方。过圆明园迤西，飞阁栋宇宏伟瑰丽的颐和园巍然雄立；再往西走，我们可以看见“天下第一泉”的玉泉山，高塔建瓴，插入云霄；再西去，则是翠微矫险的西山了。由清华至西山，有十余里。由清华南行，直趋车站，再南行数里可抵大钟寺，内有巨钟，列世界巨钟第四。由清华乘火车北行，三小时的工夫可以到八达岭，岭上有万里长城，蜿蜒不断。

清华园是在这样的邻里中间卜居。

二、入校门的第一瞥

我们跨进校门的头一步，举目一望，但见：一条马路，两旁树着葱碧的矮松；马路歧处，一片平坦的草地，在冬天像一块骆驼绒，在夏天像一块绿茵褥，草地尽处便是庞然隆大圆顶红砖的大礼堂。我们且把直射的视线收回，向上面看：离校门十步的所在，立着两棵细高直挺的灌木，好像是守门的两尊铜像；校门西面又是两棵硕大的白杨。且说这两棵白杨，有六丈多高，干有三人合抱那样的粗；在夏秋之交，树叶簌簌的声音像奔涛，像瀑布，像急雨，像万千士卒之鼓噪——我们校内的诗人曾这样唱道：

有风白杨萧萧着，
没风白杨也萧萧着——
萧萧外园里更没有些个什么。

实在，我们才跨进校门，假如鸦雀若不作响，除了白杨萧萧以外，我们简直听不见什么样的声音了。园里的空气是这般寂静，这般清幽！

紧把着校门，一边是守卫处，一边是稽查处和邮政局。守卫处里面有二十几名保安警察，我们从这里经过，时常可以听见警笛的声音吹得呜呜地响，接着便可以看见许多警察鱼贯而出，手里持着短小的黑漆木棒，到晚上就肩着枪，带着灯了，他们的白布裹腿和他们的黑色制服反映着显着格外白净。邮政局外面挂着一个四方的绿漆信箱，门旁钉着“邮政储金处”“代收电报”“代售印花税票”的招牌。我们时常可以看见穿着绿衣服的邮差乘着绿色的自行车，带着绿油布的信口袋，驼着背掮着无数的包裹邮件，走进邮局。我们隔着窗子可以看见稽查室里面的样子，桌上放着签名簿、假条等，墙上有置放假牌的木板一块；有时还可以看见一位岸然老者在里面坐着吸水烟。

才跨进校门的人，陡然看见绿葱葱的松，浅茸茸的草，和隆然高起的红砖建筑，不能不有身入世外桃源的感觉。再听听里面阒无声响的寂静，真足令人疑非凡境了。

三、大学和高等科

我们沿着矮松做篱的小马路北行，东折，途经庚申级建的石座银盘的日晷，便可看见一座红顶灰砖白面的楼，上面横嵌着“清华学堂”四个大字的一块大理石。我们推开大门，便看见挂着一个电表，大如面盆。在楼梯底下立着一个玻璃柜，柜里面放着无数的灿烂琳琅的银杯——大的、小的、高的、矮的、圆的、方的，各式各样的银杯，银杯的光芒直射得令人眼花缭乱。这全是清华运动健儿历年来在运动场上一滴一滴的血汗换来的战利品!

且说这一座楼是“凵”形的，大门就在左面的角上。这座楼的西边一半是大学和高等科的教室，东边一半是大学学生和高三级学生的寝室。楼有上下两层，但是东边一半又有一个地窖。

我们先看看教室。教室全是至少有两边的窗户，所以光线是异常的充足，空气也极其新鲜。教室大者可容五六十人，小者可容二三十人。这楼上楼下的教室一共有十三间，全是社会科学和文科各部的教室；所以屋里面布置很简单，除了一些排齐的桌椅、讲台、讲桌、绿漆的黑板、字纸篓以外，别无长物了。但是历史学的教室却又不然，各种的模型、画片、图像点缀得令人目不暇给——我们可以看见罗马建筑和万里长城的模型、武士戕杀白开特主教和凯撒被害的图像、圣罗马和维也纳会议后之欧洲的地图。总之，历史学教室简直是一个“上下数千年，纵横几万里”的世界的缩本。教室里的桌椅并不一律：有的是一桌一椅作为一个座位；有的是只有一个椅子，但在右手扶手的地方安着一块琵琶形的木板，这块木板的职务便是代替桌子，据说这样的座位是为防学生曲背的危险。教室墙上大概是涂着蓝色的粉，因为这种颜色是合于目光的。汽炉、电灯、窗帘等一应俱全。

在教室外甬路的两旁墙壁，悬挂着无数的画片：一半是珂罗版印的中国艺术画，如山水羽毛之类，附以说明标注；一半是西洋古今大建筑之相片，如各著名之礼拜堂及罗马之半圆剧场之类。紧对着楼梯，悬着大总统题颁的“见义勇为”的匾额。楼梯下悬着校长处及各部的通告板。

在这些教室中间夹杂着的楼上有学生会会所，楼下有童子军事务所。学生会会所很宽敞，中间一间会客厅，两边两间小屋供干事部办事之用。童子军事务所里点缀得很热闹，各种小玩意儿大概是应有尽有了。

我们离开教室，向东走，就到了寝室了，楼上是大一级学生寝室，楼下是高三级一部分学生寝室。寝室的门上，有学生的名牌，写着一个或二、三、四、五、六、八个学生的名字，因为寝室有大小的不同。我们试推开寝室的门，可以看见：几张铺着雪白的被单的铁床，一个衣服架子，几把椅子，几张带着三个抽屉的桌子，一个痰盂，一个字纸篓和一些各式各样大大小小的书架子，几盏五十烛的电灯，几幅白布的窗帘，几个“云片糕”似的汽炉。大概寝室墙上很少是一片空白的，差不多总有些点缀，例如清华校旗、会旗、西洋画、中国名人的字迹、电影片中的明星照片，等等。电灯上若不覆以中国式之绣幂，大约总用蓝绸围起来。墙是白色的，但是下半截敷以白油漆。楼上楼下的寝室大致相同。

紧对着楼梯悬着直隶省长题赠的“惠泽旁敷”的匾额，和教室那面的匾额遥遥相对。楼上墙上绘着箭形，指着那从未尝用过的太平梯。楼上楼下都有盥室厕所。紧挨着楼梯，楼上有大一级会所，楼下有高三级会所和周刊编辑部经理部。

寝室楼下还有一层地窖。里面的光线和空气，若说不适于人类生活，未免骇人听闻，因为里面除了照相暗室、汽炉蒸锅室以外，还有很多的会所，如孔教会等。

我们现在离开这座楼了。我们已经说过，这座楼是三面的，这三面中间环抱着的是一片草地，草地中间有几块方圆的花圃，沿边植着几株梨树和几株柳槐。草地上除了插着“勿走草地”的木牌以外，还在重要的地方围起带刺的铁丝来。

在此处一边就是手工教室、斋务处办公室、信柜室、旧礼堂，自东而西的一排，紧紧地把三面的大楼衔接起来，做成一个四方形，把草地圈在中间。

手工教室只有木工的设备，有十几份木工的器械，锯木机等各一。介乎手工教室与斋务处之间有戏剧社、美术社、军乐队的会所。信柜室和斋务处通着，内有几百个小信箱，信箱的玻璃门上贴着学生的名号。旧礼堂是可容三百余人的一间屋子，讲台在西首，列着十几排的黄色椅子，墙上悬着几幅图片。

我们再往北走，便看见高等科各级的寝室，寝室一共四排，中间一条走廊，所以每排又分东西两段。向北数第一排是大寝室，可容十余人，第二、三、四排是小寝室，可容四人。青年会和青年报社的会所也都在第一排。寝室里面的样子和适才说过的楼上寝室略有不同，这里没有汽炉，这里没有钢丝的铁床，这里的桌子没有三个抽屉，这里的房门镶玻璃，如是而已。

在各排寝室中间，栽着高大的杨柳或洋槐，在夏天的时候，从浓绿的树荫里发出吔吔的蝉声。各排寝室的前檐底下种着一排芍药，花开的时候恰似一队脂粉妖娆的女郎；后檐下种着一排玉簪花，落雨的时候叶上发出清脆的声音。仲春时候，柳絮漫舞，侵入寝室的纱窗。

走廊的北头尽处便是高等科食堂。食堂门前，有七八块木质的布告板。食堂里面分两大部分，中间一大部分是普通学生会餐的地方；西边一部分是运动队员会餐的地方，名曰“训练桌”。食堂里摆着红漆八仙桌子，每个桌子贴着八个学生的名条。中间有一个颇易令人误会的柜台，这是庶务处特派员办公的所在。厨房在东面，紧接着食堂。

在寝室的东边，还有一排房间，就是役室、厕所、行李室、理发室、学生盥室。理发室里面有四个座位，所有理发设备，除了香料化妆品以外，一应俱全。

小寝室里面，有些个是会所，如书报社、文学社等。斋务主任办公室和斋务员宿舍也在里面。走廊的北首，悬着斋务主任特办的“暮鼓晨钟”的格言板。

四、图书馆

我们离了大学和高等科，走过一座灰色的洋灰桥，劈头便是一座壬戌级建的喷水池。这喷水池是铜质的，虽然没有任何的雕刻，但是喷起水来好像三炷香似的喷着，汩汩不绝的水声，却也淙然可听。图书馆的两扇铜门便正对着这喷水池。

图书馆的建筑是文艺复兴时期的样式。门前站立着两个铁质的灯台，上面顶着梅花式的电灯。我们拉开铜门进去，便是一个石刻的楼梯。拾级而上，但见四壁辉煌，完全镶着云纹式的大理石。中间是借书柜，前面列着两个玻璃柜保存着美术画片；南面是西文阅书室，四壁布满各种字典、百科全书及各种类书杂志；北面是中文阅书室，四壁也是满布类书及杂志。阅书室里摆着长可一丈宽可三尺的楠木桌子，配着有靠背的楠木椅子，每个桌子可坐六个人，两个阅书室共可容两百人。桌上放着硬纸的牌示，上面印着“你知道否在图书馆里说话要低声的规矩？”“你若找不到你要看的书，图书管理可以帮助你”等字样。地板完全是用棕色的软木——就是用来做酒瓶塞的软木——铺着。三面全有很大的罗马式的窗子，挂着蓝绒的窗帘。

我们下楼，转到楼梯底下，中间有一个饮水池，只要扳动机关，一突清泉便汩汩地涌上来，其味清冽无比。两边是男女厕所各一。对面，一间是装订室，一间是阅报室。装订室里面放着装订的书籍，堆着无数的待订的书籍、报纸。阅报室放着两张大桌子，四个报纸架子，有中文报二十几份，英、法文报十几份。就在饮水池的地方，南北向有一条甬道，甬道的两旁全是各部教授的公事房，房门玻璃上写着“方言研究室”“数学研究室”等字样。共有二十几间。

此外还有一个重要的部分，就是书库。书库紧贴着借书楼后面，我们一上楼梯就可看见。书库联起两间阅书室来恰成一个丁字形。书库共有三层，中、西文书籍各半，中文书籍在北边一半，西文书籍在南边一半。最底下一层是装订成册的杂志、报纸，中间一层是通常用的各种参考书，上面一层是新到的西文书籍，西文小说，德、法文书籍及中文图书集成一部。书架子完全是铁质，地板完全是厚玻璃砖做成的。书架前置有电灯，白昼可用。安排书籍悉照杜威氏之十大分类法。

五、中等科

我们出了图书馆，向北望，但见一片木制的房舍，在密杂的树草中间掩映着，这便是美国教员住所（内中却有一个是中国人）；向西望，便是中等科的房舍。

中等科的正门是南向的，正对着东流的小河，一条马路直通到校门。我们进了中等科的正门，便看见校长处通告板，接着是东西向一条雨路，共有教室十二间。教室里的情形和大学高等科的差不多，只是桌子上涂的墨迹刻的刀痕比较多些罢了。离开这一排教室，北行，便是一个庭院。两旁有两行迤逦的走廊，中间一条人行路。院里满种着花草树木，有两个芍药的花圃，几株桃、杏、丁香、海棠、紫荆之类，花开的时节简直是和遍缀锦绣一般。走路尽处又是一排房舍，当中一间是会客厅，西边两间是教室，东边三间是庶务斋务办公室和信柜室，沿着两边的走廊再往北走，便是三排寝室。头排寝室大些，可容八人一间；后两排则可容四人。但是现在前排没有人住，后两排只是两人一间。寝室门镶着玻璃，屋里布置得都很整齐——或者比高等科的还要齐整。墙上点缀品很多，总不出字画相片之类，间或也有悬着关帝像的。屋中间两套自修的桌椅，临窗又有一张桌子，贴墙两床。很多桌上放着从大钟寺买来的金鱼。

在第三排寝室中间，便是食堂，门前也有木质的布告板，屋里也有庶务先生特制的一座柜台，八仙桌子只有十几张；所谓“训练桌”者不在食堂里面，在第二排寝室的西头。

寝室的西边还有一排南北向的房舍，就是厕所、役室和消防队办公室。消防队办公室里面，放着灯笼、水枪、水龙、皮带之类；我们时常在下午看见校内警察率领着校役整队地从这里出入。

在第二、第三排寝室中间是学生盥室。在第一排寝室中间有饮茶处。第二排东首有学生储蓄银行，规模和营业的银行相仿，只是具体而微罢了。

六、体育馆

我们出了中等科，往西去，便是运动场。运动场的东边有四个网球场，两个手球场，一个箭术场。南边临河有两个篮球场，浪木，秋千。中间是一块空地，在冬天用作足球场，在夏天用作棍球场和田径赛场。西边便是一座庞大的体育馆。

体育馆的前面有用十几根云母石柱建的一座阳台，台上可容百余人站立，上边伸着四根长长的旗杆。在云母石上刻着“纪念罗斯福体育馆”几个金字。阳台底下，中间是正门，两边是上阳台的楼梯。门的一边悬着罗斯福半面像的铜牌；一边悬着清华历来各项运动成绩优者的名牌。阳台的两边，各有一个旁门。我们先从南面的一个旁门进去，迎面便是楼梯，梯旁通着更衣室，里面有几百个铁柜子，为大学和高等科学生更衣之处。从北边的旁门进去，也是有楼梯和更衣室，为中等科学生用的。铁柜子是每人一个，各有钥匙，柜门凿孔，以流空气。两排铁柜中间，有一条宽六英寸的条凳。更衣室各有饮水池，味较图书馆者尤美。由更衣室可通健身房、浴室、泅水池、厕所。

健身房的位置在体育馆的中央。四面有门，南北门通更衣室，东门即体育馆正门，西门通泅水池。地板是木质的。房的大小恰好可做一个篮球场，哑铃、木棒、木马、跳板、平行架、水平棒等运动器械都在四壁放着；爬绳、飞环、铁杠等等，则在房顶上悬着。屋角有两个螺旋楼梯，上面便是跑轨。

浴室内分两部：汽浴和淋浴。汽浴室是一间小屋，四周有大理石的条凳，凳下有热气管。淋浴室各有喷水龙头八个。泅水池紧挨着浴室，推开浴室门便是泅水池。池长六十英尺，宽二十英尺。一边水深两三英尺，一边深十几英尺。池的壁底全是大理石，一片白色，注满了水的时候，和海水一般的蓝，但是清可见底。池旁有跳板、跳台。

体育馆的北边楼上有拳术室，里面有刀、枪、剑、戟以及中国几百年前用的各种武术器械，一应俱全。南边楼上有一间房子，大约是供铜乐队练习——练习音乐——用的。楼上还有一个楼梯，直达一个窗口的地方，从此可以俯览健身房里的动作，了如指掌。

体育馆的西邻便是荒芜不治、大小与清华园相埒的近春园，内有一个足球场、几个篮球和网球场，紧靠近体育馆。且说这个近春园，面积甚大，预备将来大学建筑之用，所以用围墙圈入了清华园。北部有土山隆起，登高一望，清华园全部尽在眼前，树木葱蕤，郁郁勃勃；西望则西山蜿蜒起伏，一带是青碧，一带是沉紫，颐和园的楼阁，玉泉山的尖塔，宛然如画；北望则圆明园的遗迹，焦土摧墙，杂然乱列；南望则只是近春园的一片芦草荆棘。南部辟作花窖，培养校内使用的花卉树木。园墙上栽着爬山虎，长得异常茂盛，沿墙又种针松，隔十几步一株。现在这园里还有一些从前学生发园艺狂牧畜狂的遗迹。从前搭起茅屋，种起白菜，养起蜜蜂鸡鸭，现在只看见几堆倾斜的破屋和土上开辟过的痕迹而已。从前学生在土山上挖的地洞，曾在里面做令人猜疑的举动，现在也倾圮了。

七、医院

出体育馆南行，我们要首先看到一座喷水池，池作五角形，灰色的坚石做的，中间矗立石柱，顶上有灯，灯下有孔，水向下喷，池的角上有饮水的水管。这个喷水池是己未级建的。过了喷水池，便到了入天堂必经之路的医院。

医院门东向。里面中间是医药房，房里不消说是小瓶小罐应有尽有。附带着有手术室。在这房里我们可以看见一位忠厚长者美国医生和两位笑容可掬的男看护。斜对门，是眼口鼻耳科的诊疗室。在这房里，有一位短小和蔼的中国医生在小刀小剪中间周旋。

病人的卧室在两旁，分普通病室与传染病室两种，共有十几间。传染病室大概是每人一间，普通病室大概数人一间。房里除床桌以外，别无长物。靠近每个床，墙上置有电铃。传染病室门上时常发现“禁止探视”的条子；在普通病室里桌子上，时常可以看见象棋子、围棋子之类的玩意儿。牛奶、豆浆的瓶子，大概哪一个病室里都有。在病床栏上挂着一张诊视单子。

病室里死过人的几间，总多少带几分鬼气，当然这是主观的现象，但是多少人却都是这样地感觉着。

医院南边临河的地方，辟有一块草地，有几个包树皮的椅子，略微种些花草，这大概是预备病人散坐的意思了，但是阒无人迹的时候为多。

八、大礼堂

出医院门是一条笔直的马路，我们沿着路东走到了中等科正门的时候，向南折，便看见一座洋灰桥。桥上有四个壮丽美观的铁灯，这是癸亥级建的。我们过了桥，便到了大礼堂。

礼堂是面向南的，我们初进校门便首先望到了。是罗马式与希腊式的混合建筑。礼堂的正面（facade）是四根汉白玉制的石柱，粗可二人合抱，高两三丈。

四根柱子中间，是三个闪亮的铜门。门前左右两个灯台，两根高六七丈的旗杆在两边立着。建筑的上面是一个铜质的圆顶。这个礼堂外面并没有任何的装饰，如雕刻石像花纹等，但是却也有一种雄伟的气象。

我们进了门，左右两边有售票的窗口，还有上楼的楼梯。前面是三个皮门，我们进了这二重门便到了礼堂的内部了。一间广大的会场！楼下可容千余人，楼上亦可容千人。地板是软木做的，后面高，前面低，呈倾斜形。硬木的椅子摆成整齐的行列，椅子底下安着热气管。

讲台正对着大门，宽四五丈，深一丈。台上悬着二十几匹褐色纺绸缀成的幕帘。台的里面全是赭色木雕的板墙。讲台后面，左右各有空屋几间，可做演戏化妆室用。在对面楼上，有电影机室，光线直射到台幕上。

在礼堂里，我们看不见柱子，只见四个大弯弧架着上面覆盖的圆顶。圆顶里面作蓝色，在四个角上安置着千余盏的反射电灯。夜晚时候，灯光齐射到圆顶上去，再反照下来，全场明亮。

在台幕上边的墙上，雕着一个圆形的图像，里面写着几个隶书大字，这便是清华的校训："厚德载物，自强不息。"

九、科学馆

我们出了礼堂，在东边看见高等科，在西边就看见科学馆了。且说科学馆因为太科学的缘故，所以便不怎样美观，远远望过去，只像是一个养鸽子的巢房——一个一个的小窗洞。这是一座三层楼的建筑，红砖上略微有些绿"爬山虎"的叶子，倒还可以减少一点单调。屋顶是石板做的，在阳光底下照得很亮。门是铜质的，上面门框上刻着"科学"二字，门旁墙上有两盏铜灯。一进门墙上有气象报告的牌子，前边便是楼梯，旋绕着可以直上第三层楼。不远，我们可以看见升降机所在的地方，但是只有一个空隙，机器还不知在哪里哩。

最底下一层的房间，和科学不发生密切的关系，因为只是校长室、文案处、庶务处、中西文主任处、文具室、注册部、会计处等办公的所在。紧挨着校长室，是一间会客厅，里面陈设很整齐，一盆文竹几盆花卉点缀在桌上，墙上悬着校内风景片。会计处俨然有银行的神气，柜台上立起铜栏，"付款处""交款处”……小牌子挂在上边。在房门上都各标明了其办公处的字样。打字机的声音大概在那一个门外都可听见。在甬路中间，立着校长特置的学生建议箱，听说箱里面发现东西的时候很少。

第二层楼是一间讲演室，一间绘图室，两个物理试验室。讲演室是物理学与普通科学用的。绘图室里中间一个大桌子，周围有些个小圆凳子，这是供用器画和几何画用的。物理试验室一个是初级的，一个是高级的。里面摆满了各种声光电学的试验器械。还有一间测量学教室。

第三层楼上是两间讲演室，一个生物学试验室，两个化学试验室。讲演室一为化学用，一为生物学用。生物学试验室免不了二十几个显微镜和一些酒精浸着的标本。化学试验室，一是初级的，一是高级的。我们只消在门外经过一回，嗅着各种不妙的气味，就要掩鼻而走，想来屋里面也不外乎一些玻璃瓶、玻璃管、玻璃灯、玻璃片、玻璃盆之类罢了。

科学馆楼下有风扇室，里面的风扇活动起来，全科学馆的空气都可以流通，可以彻底地把各个屋里的空气淘换干净。

十、工字厅与古月堂

科学馆的西边，隔着一条小河，便是工字厅，工字厅的西边便是古月堂。工字厅是西文部教授住的地方，古月堂是国文部教授住的地方。

工字厅的大门面向南，完全是中国旧式的建筑。门上悬着清咸丰御笔“清华园”三字的匾额，金字朱印，辉煌可观。门前两尊石狮，狞目张口，栩栩欲活。门旁一边张挂着布告板，一边钉着“纪念校长唐国安君”的铜牌。我们踱进门去，只听得啾啾的山雀在参天的古柏上叫着，静悄悄的没有动静。西行便到了校内电话司机处。左右有厢房，有跨院，都是教员住的地方。我们照直北进，穿过穿堂门，便到了一个很美丽的庭院。院里有一座玲珑的假山石，上面覆满了密丛丛的“爬山虎”。假山石前栽着两池硕大的牡丹，肥壮无比。院子东西两旁全是曲折的回廊。我们穿过这个院子北走，就真到了名实相符的工字厅了。几间殿宇式的房间，两排平行，中间用一段走廊连起来，恰好成为“工”字，故名。前工字厅东边一半是音乐教室，里面有一个钢琴，许多椅子，一张五线的黑板。西边一半是教员的阅报室。我们穿过走廊北去，便是后工字厅，这是学校各机关团体俱乐部，里面有西式的讲究的布置。推开后工字厅的窗子北望便是荷花池了。

后工字厅的西边有西工字厅，这是来宾暂住的地方，从前梁任公担任讲师时即住于此。屋前有两棵紫藤树，爬满了阖院子大的架子。此外还有些个小跨院，全是教员住所了。

古月堂比工字厅小。门旁有几棵马尾松长得非常的葱茏。门前有一个篮球场，里面是中间一个大院，左右各有小院。油印讲义的地方就附属在这里的役室里。古月堂的后边有两个网球场。

工字厅前面，是一条小河，过了石桥便是一条马路，马路的两旁是一片浓密的树林，林里的草长得可以到一人多高。马路尽处，西折，便是校长住宅、从前的副校长住宅和工程师住宅。

十一、电灯厂与商店

电灯厂在清华园的东南角上，我们在园外就可以望到那耸入天际的烟囱了。这个烟囱是砖制的，高有五六十尺；傍晚的时候我们可以听见汽机突突的声音从这个角上发出来，烟囱顶上开出一朵一朵的黑牡丹。厂里面有发电机四部，计开14K.V.A.一部、70K.V.A．二部、140K.V.A．一部，可供六千盏电灯之用。现在校内共有大小电灯四千三百八十四盏，每天约用煤五吨。

离电灯厂不远，西去几十码的地方便有一所房子，里面有售品公社、京华教育用品公司、鞋铺、成衣铺、木厂。售品公社是学生教职员集股办的，里面大概分四部分：食品部、用品部、文具部、兑换部。食品部贩卖点心、水果、饮料之类，用品部有日用之牙粉、手巾等。京华公司由北京分来，承办各种课本书籍，附售文具。鞋铺专做皮鞋、帆布鞋和体育馆用的鞋。成衣铺则以竹布衫、白帽子为营业大宗。木厂则似乎集中精力于制造桌椅。

在中等科厨房后面，还有一个木厂和成衣铺，在营业上无形中有了竞争。

十二、荷花池

工字厅的背后就是荷花池，这里是清华园里最幽绝的地方。

池宽东西有两百尺，南北有一百尺。工字厅后面展现出一座石台，做了池的南岸，北岸西岸是一带土山，东岸是一座凉亭。池的四围全栽着摇曳的杨柳，拂着水面。荷花池的景象，四时不同，各臻其妙。在冬天，池水凝冰，光滑如镜，滑冰的人像燕子似的在上面飞攫，土山上的树全秃了，松柏也带了一层暗淡的颜色。在春天，坚冰初融，红甲纱裙的金鱼偶尔地浮到水面，池水碧绿得和油一般，岸上的丁香放了蓓蕾，杨柳扯了绿线。在夏天，满池荷花，荷叶大得像车轮似的，岸上草茵茸茸，蝉在树上不住地叫，一阵一阵的薰风吹送着沁人的荷香。在秋天，残荷萧瑟，南岸上的两株枫树，叶红如荼，金风吹过池面，荷叶沙沙作响。四时的景象真是变化不绝。

四角的凉亭，周围全是堆砌的山石，几株丁香、凤尾草环绕着。亭里面有木座，我们在月明风清之夕，或是夕阳回射的时候，独在这里徜徉徘徊运思游意，当得到无穷尽的灵感与慰藉。对岸伞形的孤松，耸入云际，倒影悬在水里，有风的时节，像蚯蚓一般地动摆起来。翘首西望，一带青山在树丛顶线上面横着。翻跃的鲤鱼在池心不时地跳动。这是何等清幽的所在哟!

亭子的东边是一条小河，河的对岸土丘上便是钟阁。里面悬着一口径有四尺余的巨钟，钟上生满了一层绿色，古色斑斓。这是清华园报时辰的钟，每半小时敲一次，钟声远及海淀。钟上刻着这几个字：

> 大明嘉靖甲午年五月□日阜成门外三里河池水村御马监太监麦监造。

我们离开凉亭，踱过小板桥，登土山。土山上生满高可参天的常青树，径上落了无数的柏实松针之类。假山石在土山上错落地堆着，供行人息足之用。西行尽处，一根独木桥横跨在小河上。过了独木桥，仍是土山，从这里向东望，只见绿荫的树影里藏着一座玲珑剔透的冷亭，映着礼堂的红墙铜顶。

我们若要描述这荷花池的景象，只消默记工字厅后廊上悬着的一个匾额，上面是四个大字：

水木清华

后廊柱上悬着的一副楹联，这样的两句：

槛外山光，历春夏秋冬，万千变化，都非凡境；
窗中云影，任东西南北，去来澹荡，洵是仙居。